El misterioso Mr. Brown

Biblioteca Agatha Christie
Novela

Biografía

Agatha Christie es la escritora de misterio más conocida en todo el mundo. Sus obras han vendido más de mil millones de copias en la lengua inglesa y mil millones en otros cuarenta y cinco idiomas. Según datos de la ONU, sólo es superada por la Biblia y Shakespeare.

Su carrera como escritora recorrió más de cincuenta años, con setenta y nueve novelas y colecciones cortas. La primera novela de Christie, *El misterioso caso de Styles*, fue también la primera en la que presentó a su formidable y excéntrico detective belga, Poirot; seguramente, uno de los personajes de ficción más famosos. En 1971, alcanzó el honor más alto de su país cuando recibió la Orden de la Dama Comandante del Imperio Británico. Agatha Christie murió el 12 de enero de 1976.

Agatha Christie
El misterioso Mr. Brown

Traducción: C. Peraire del Molino

ESPASA

Obra editada en colaboración con Grupo Planeta – Argentina

Título original: *The Secret Adversary*

The Agatha Christie Roundel Copyright © 2013
Agatha Christie Limited. Used by Permission
© Dodd Mead & Company Inc. (1922)

© Por la traducción, Editorial Molino (1956)
Traducción: C. Peraire del Molino

© 2015, Grupo Editorial Planeta S.A.I.C.– Buenos Aires, Argentina

Derechos reservados

© 2018, Editorial Planeta Mexicana, S.A. de C.V.
Bajo el sello editorial BOOKET M.R.
Avenida Presidente Masarik núm. 111,
Piso 2, Polanco V Sección, Miguel Hidalgo
C.P. 11560, Ciudad de México
www.planetadelibros.com.mx

AGATHA CHRISTIE y la firma de Agatha Christie son marcas registradas de
Agatha Christie Limited en todo el mundo. Todos los derechos reservados.
Iconos Agatha Christie Copyright © 2013 Agatha Christie Limited. Usados
con permiso.

Agatha Christie

Ilustraciones de portada: Rocío Fabiola Tinoco Espinosa y Miguel Angel
Chávez Villalpando / Grupo Pictograma Ilustradores
Adaptación de portada: Alejandra Ruiz Esparza

Primera edición impresa en Argentina: agosto de 2015
ISBN: 978-987-580-752-5

Primera edición impresa en México en Booket: septiembre de 2018
Primera reimpresión en México en Booket: junio de 2022
ISBN: 978-607-07-5221-6

Impreso en los talleres de Impresora Tauro, S.A. de C.V.
Av. Año de Juárez 343, Colonia Granjas San Antonio, Iztapalapa
C.P. 09070, Ciudad de México.
Impreso en México –*Printed in Mexico*

Guía del lector

A continuación se relacionan en orden alfabético los principales personajes que intervienen en esta obra

Albert: Listísimo botones del ascensor de la casa en que vive mistress Rita Vandemeyer.

Annette: Sirvienta de una banda de conspiradores.

Beresford (Tommy): Un simpático muchacho, amigo de las aventuras y enamorado de Tuppence; alma de esta novela.

Brown: Éste es el personaje misterioso.

Carter (A): Un destacado político, muy interesado en la desaparición de unos papeles de vital importancia internacional.

Conrad: Portero de la banda de conspiradores y verdadero gángster.

Cowley (Prudence): Tuppence, muchacha intrépida, compañera de aventuras del citado Tommy.

Danvers: Un estadounidense portador de valiosos documentos, desaparecido en el hundimiento del *Lusitania*.

Finn (Jane): Una joven raptada, nudo de la trama que forma esta novela.

Hersheimmer (Julius): Joven estadounidense multimillonario y primo de Jane Finn.

Kramenin: Revolucionario ruso, integrante de la citada banda.

Peel Edgerton (Sir James): Una lumbrera como abogado.

Stepanov (Conde Boris): Ruso, miembro destacado de la mencionada banda.

Vandemeyer (Rita): Una importante aliada de los conspiradores.

Whittington (Edward): Personaje de importancia en el grupo de la banda que conspira.

*A todos aquellos que llevan una vida mo-
nótona, con la esperanza de que puedan
gustar las delicias y peligros de la aventura.*

Prólogo

Eran las dos de la tarde del 7 de mayo de 1915. El *Lusitania* había sido alcanzado por dos torpedos y se iba hundiendo rápidamente, mientras los botes eran lanzados al agua a la máxima velocidad posible. Las mujeres y los niños se encontraban alineados aguardando su turno. Algunas mujeres se asían desesperadas a sus esposos y padres, y otras estrechaban contra sí a sus hijos. Una joven contemplaba la escena, sola y algo apartada del resto. Era casi una niña: no tendría más de dieciocho años, y al parecer no estaba asustada. Sus ojos, de mirada firme y grave, miraban al frente.

—Le ruego me perdone.

Una voz masculina que sonó junto a ella le sobresaltó haciéndola volverse. Era un pasajero de primera clase en el que había reparado varias veces. Tenía un halo de misterio que desató su imaginación. No hablaba con nadie, y si alguien le dirigía la palabra se apresuraba a cortarle en seco. Además, tenía un modo muy particular de mirar con recelo por encima del hombro.

Ahora se dio cuenta de que estaba muy excitado y que tenía la frente perlada de sudor. Evidentemente era presa de un pánico febril. ¡Y, no obstante, no daba la impresión de ser un hombre que tuviera miedo de enfrentarse con la muerte!

—¿Sí? —los ojos de la muchacha le miraron interrogadoramente.

Él la miraba con una especie de duda desesperante.

—¡Tiene que ser! —musitó para sí—. Sí... es el único medio —y en voz alta agregó con brusquedad—: ¿Es usted estadounidense?

—Sí.

—¿Y patriota?

La joven enrojeció.

—¡No tiene derecho a hacerme semejante pregunta! ¡Claro que lo soy!

—No se enfade. ¡Si supiera lo que está en juego! Pero tengo que confiar en alguien... y tiene que ser una mujer.

—¿Por qué?

—Porque ya sabe: «Las mujeres y los niños primero». —Miró a su alrededor y bajó la voz—. Soy portador de unos papeles... de vital importancia. Pueden hacer que todo cambie para los aliados en la guerra. ¿Comprende? ¡Este documento tiene que ser salvado! Usted tiene más probabilidades de hacerlo que yo. ¿Quiere llevarlo consigo?

La muchacha alargó la mano.

—Espere... tengo que advertirle. Puede que corra algún riesgo... si me han seguido. No lo creo, pero nunca se sabe. De ser así, correrá peligro. ¿Tiene el valor suficiente para seguir adelante?

La joven sonrió.

—Seguiré adelante. ¡Y me siento orgullosa de ser yo la escogida! Pero ¿qué debo hacer después?

—¡Vigile los periódicos! Pondrá un anuncio en la columna personal del *Times* que empezará con las palabras: «Compañero de viaje». Si al cabo de tres días no lo ha visto... bueno, es que habré muerto. Entonces lleve el paquete a la embajada de Estados Unidos, y entréguelo personalmente al embajador. ¿Está claro, señorita?

—Sí.

—Entonces, ¿está dispuesta?... Voy a despedirme —le estrechó la mano—. Adiós y suerte —dijo en tono más bajo.

Ella cerró la mano sobre el paquete impermeabilizado que él dejó en su palma.

El *Lusitania* continuaba desembarcando a los pasajeros siguiendo la lista. En respuesta a una orden rápida, la muchacha se adelantó para ocupar su puesto en uno de los botes.

Capítulo primero

JÓVENES AVENTUREROS, SOCIEDAD LIMITADA

—¡Tommy, viejo amigo!

—¡Tuppence, vieja calamidad!

Los dos jóvenes se saludaron afectuosamente, bloqueando momentáneamente la salida del metro de la calle Dover. El adjetivo «viejo» era engañoso puesto que entre los dos no sumarían ni cuarenta y cinco años.

—Hace siglos que no te veo —continuó el joven—. ¿A dónde vas? Ven a tomar algo conmigo. Aquí molestamos a todo el mundo... y tapamos la salida. Salgamos.

La muchacha asintió y echaron a andar por la calle Dover en dirección a Piccadilly.

—Bueno —dijo Tommy—; ¿a dónde podemos ir?

El tono de ligera inquietud con que pronunció estas palabras no escapó al fino oído de miss Prudence Cowley, conocida entre sus amigos íntimos, por alguna oculta razón, por el sobrenombre de Tuppence, o sea penique, y exclamó en el acto.

—Tommy, ¡estás sin blanca!

—Nada de eso —declaró el muchacho en tono poco convincente—. Nado en la abundancia.

—Nunca supiste mentir —dijo Tuppence con severidad—. Aunque en una ocasión hiciste creer a la hermana Greenbank que el doctor te había recetado cerveza como reconstituyente, pero se había olvidado de anotarlo en la ficha. ¿Te acuerdas?

Tommy se echó a reír.

—¡Vaya si lo hice! ¿Y no se puso hecha una fiera cuando lo descubrió? ¿Y no es que fuese mala, la hermana Greenbank! El viejo hospital supongo que habrá sido desmovilizado como todo lo demás, ¿verdad?

Tuppence suspiró.

—Sí. ¿Y tú también?

Tommy asintió con la cabeza.

—Hará un par de meses.

—¿Y la gratificación? —insinuó Tuppence.

—La gasté.

—¡Oh, Tommy!

—No te asustes, calamidad, que no fue en diversiones. ¡No tuve esa suerte! El coste de la vida... sencilla, ordinaria, es, te aseguro, si es que no lo sabes...

—No seas niño —le interrumpió la joven—. No hay nada que yo no sepa con respecto al coste de la vida. Aquí están Los Leones; entremos y cada uno pagará su parte. —Y Tuppence abrió la marcha.

El local estaba lleno y estuvieron buscando una mesa mientras iban recogiendo fragmentos de conversaciones.

«Y... ¿sabes?, se sentó y lloró cuando le dije que no podía quedarse con el piso. ¡Era una verdadera ganga, querida! Igualito que el que Mabel Lewis compró en París...»

—Se oyen cosas muy curiosas —murmuró Tommy—. Hoy he pasado por la calle junto a un par de individuos que hablaban de una tal Jane Finn. ¿Has oído alguna vez un nombre semejante?

Pero en aquel momento se levantaban dos señoras y Tuppence se apresuró a ocupar uno de los asientos vacíos.

Tommy pidió té y bollos. Tuppence, té con tostadas.

—Y procure servir el té en teteras —agregó con severidad.

Tommy se sentó ante ella. Su cabeza descubierta dejaba ver sus cabellos rojos cuidadosamente peinados hacia atrás. Su rostro era feo, pero agradable... difícil de describir, pero sin duda el de un caballero y un deportista. Su traje castaño era de buen corte, pero estaba muy usado.

Formaban una pareja muy moderna. Tuppence no era una belleza, pero las líneas infantiles de su carita tenían personalidad. Su barbilla era enérgica y sus grandes ojos grises, muy separados, miraban dulcemente bajo sus cejas oscuras. Llevaba un pequeño sombrerito verde sobre sus cortos cabellos negros, y la falda de su vestido, bastante raído, dejaba ver un par de tobillos extraordinarios. Su aspecto era elegante.

Al fin llegó el té, y Tuppence, dejando a un lado sus pensamientos, se dispuso a servirlo.

—Ahora —dijo Tommy tomando un gran trozo de bollo— pongámonos al día. Recuerda que no te he visto desde aquellos tiempos en que te encontrabas de servicio en el hospital.

—Muy bien. —Tuppence sirvióse abundante mantequilla en una tostada—. Biografía de miss Prudence Cowley, quinta hija del arcediano Cowley de Little Missendell, Suffolk. Miss Cowley dejó las delicias (y trabajos) de su casa al principio de la guerra y se vino a Londres, donde ingresó en un hospital de oficiales. Primer mes: Lavaba cada día seiscientos cuarenta y ocho platos. Segundo mes: Fue ascendida a secar los antedichos platos. Tercer mes: Ascendida a pelar patatas. Cuarto mes: Ascendida a cortar pan y untarlo de mantequilla. Quinto mes: Ascendida al primer piso para manejar la escoba y el estropajo. Sexto mes: Ascendida a servir la mesa. Séptimo mes: Mi aspecto y mis maneras amables hacen que me asciendan a servir a las hermanas. Octavo mes: Ligero descenso en mi carrera. ¡La hermana Bon se come el huevo de la hermana Westhaven! ¡Gran revuelo! ¡La culpa es de la doncella de la sala! ¡Falta de atención en asuntos de tal importancia; debe ser castigada! ¡Vuelta al estropajo y a la escoba! ¡Cómo caen los poderosos! Noveno mes: Ascendida a barrer las salas, donde encuentro a un amigo de mi infancia en la persona del teniente Thomas Beresford (saluda, Tommy), a quien no había visto por espacio de cinco largos años. ¡El encuentro fue tierno! Décimo mes: Fui reprendida por ir al cine en compañía de uno de los pacientes; el antes mencionado teniente Thomas Beresford. Undécimo mes: Vuelvo a mis deberes de doncella con éxito absoluto. Y al finalizar el año dejo el hospital rodeada de un halo de gloria. Después de esto, la talentosa miss Cowley se convierte sucesivamente en chofer de una camioneta de repartos, de camión y de un general. Este último fue el empleo más agradable. ¡Era un general bastante joven!

—¿Quién era ese tipo? —preguntó Tommy—. Es mareante ver cómo esos jefazos van del Departamento de Guerra al Savoy y del Savoy al Departamento de Guerra.

—He olvidado su nombre —confesó Tuppence—. Resumiendo, eso fue en cierto modo la cúspide de mi carrera. Luego ingresé en una oficina del gobierno. Celebramos unas reuniones muy divertidas. Tenía intención de convertirme en cartero o conductora de autobús para redondear mi carrera... pero vino el armisticio. Estuve en esa oficina durante muchos meses, pero, cielos, al fin me echaron. Desde entonces he estado buscando un empleo. Ahora... te toca a ti.

—En la mía no hay tantos ascensos —dijo Tommy con pesar—, y mucho menos variedad. Como ya sabes, volví a Francia. De allí me enviaron a Mesopotamia, donde me hirieron por segunda vez y estuve en otro hospital. Luego permanecí en Egipto hasta el armisticio, pude estar allí algún tiempo más, hasta que al fin me desmovilizaron, como te dije. ¡Y por espacio de diez meses interminables he estado buscando trabajo! ¡No hay empleos! ¿Qué sé de negocios? Nada.

Tuppence asintió con pesar.

—¿Y si probaras en las colonias? —le sugirió.

Tommy negó con la cabeza.

—No me gustaría… y estoy completamente seguro de que no iban a aceptarme.

—¿Tienes parientes ricos?

Tommy volvió a mover la cabeza.

—¡Oh, Tommy! ¿Ni siquiera una tía abuela?

—Tengo un tío anciano que nada en la abundancia, pero no me sirve.

—¿Por qué no?

—Quiso adoptarme en cierta ocasión y yo me negué.

—Creo recordar que me hablaste de ello —dijo Tuppence despacio—. Te negaste por tu madre…

Tommy enrojeció.

—Sí, hubiera sido una crueldad. Como ya sabes, sólo me tenía a mí. Mi tío la odiaba… y sólo quería apartarme de su lado.

—Tu madre murió, ¿verdad? —dijo Tuppence.

Tommy asintió.

Los enormes ojos de Tuppence se nublaron.

—Eres un buen chico, Tommy. Siempre lo fuiste.

—¡Tonterías! —exclamó el muchacho—. Bueno, ésta es mi posición… casi desesperada.

—¡Igual que la mía! He resistido cuanto me ha sido posible. Lo he intentado todo. He contestado a los anuncios. ¡He ahorrado, economizado y me he privado de lo necesario! Pero ha sido inútil. ¡Tendré que regresar a casa!

—¿Quieres volver?

—¡Claro que no! ¿De qué sirve ser sentimental? Mi padre es un encanto… le quiero mucho… pero no tienes idea de lo mucho que le preocupo. Tiene un punto de vista muy victoriano en cuanto al largo de las faldas y considera que el fumar es una inmoralidad. ¡No puedes imaginarte la espina que soy para él! Suspiró aliviado cuando la guerra me alejó de casa. Comprende, en casa somos siete. ¡Es horrible! ¡No se habla más que de las tareas de la casa y las reuniones de mamá! Yo siempre he sido la nota discordante. No quiero regresar. Pero… ¡Oh, Tommy! ¿Qué puedo hacer si no?

Tommy meneó la cabeza tristemente. Hubo un silencio y al cabo Tuppence exclamó:

—¡Dinero! ¡Dinero! ¡Dinero! ¡Dinero! ¡Pienso en él por la mañana, por la tarde y por la noche! ¡Soy una interesada, pero ahí me tienes!

—A mí me ocurre lo mismo —convino Tommy con pesar.

—He pensado en todos los medios imaginables de conseguirlo —continuó Tuppence—. ¡Sólo hay tres! Heredándolo, casándose o ganándolo. El primero queda eliminado. No tengo ningún pariente viejo o rico. ¡Todos los que tengo se encuentran refugiados en asilos! Siempre ayudo a las ancianas a cruzar la calle y a llevar paquetes a los viejecitos por si resultara ser algún millonario excéntrico. Pero ninguno me ha preguntado siquiera cómo me llamo… y muchos ni me dan las gracias.

Hubo una pausa.

—Desde luego —resumió Tuppence—, el matrimonio es la mejor oportunidad. Cuando era muy joven decidí casarme sólo por dinero. ¡Cualquier chica sensata lo haría! Ya sabes que no soy sentimental —se detuvo—. Vamos, no puedes decir que lo sea —agregó desafiante y mirándole fijamente.

—Claro que no —apresuróse a decir Tommy—. Nadie pensará jamás que el sentimentalismo tenga algo que ver contigo.

—Eso no es muy galante —replicó Tuppence—. Pero me atrevo a asegurar que lo dices con buena intención. Bueno. ¡Ahí tienes! Estoy dispuesta y deseosa de casarme… pero nunca conozco hombres ricos. Todos los chicos amigos míos están tan apurados como yo.

—¿Y qué me dices del general? —preguntó el joven.

—Creo que en tiempos de paz tiene una tienda de bicicletas —le explicó Tuppence—. No, no me sirve. En cambio tú podrías casarte con una chica rica.

—Me pasa lo que a ti. No conozco a ninguna.

—Eso no importa. Siempre puedes tener la oportunidad de conocerla. En cambio, si yo veo salir del Ritz a un caballero envuelto en un abrigo de pieles no puedo correr hasta él y decirle: «Escuche, usted es rico y me gustaría conocerle».

—¿Sugieres que eso es lo que haría ante una mujer vestida de manera similar?

—No seas tonto. Tropiezas con ella, le recoges el pañuelo o algo por el estilo. Si cree que deseas conocerla se sentirá halagada y te ayudará.

—Exageras mis encantos masculinos —murmuró Tommy, un tanto incrédulo.

—En cambio —continuó Tuppence—, mi millonario echaría a

correr como si le persiguiese el diablo. No... el matrimonio está lleno de dificultades. Sólo queda por lo tanto... el hacer dinero.

—Ya lo hemos intentado y fracasamos —le recordó Tommy.

—Sí, hemos probado todos los medios corrientes, pero supón que probamos los... otros. Tommy, ¡convirtiéndonos en aventureros!

—Bueno —replicó el muchacho alegremente—. ¿Cómo empezamos?

—Ahí está la dificultad. Si pudiéramos darnos a conocer, la gente nos alquilaría para que cometiéramos delitos en su provecho.

—Delicioso —comentó el muchacho—. ¡Sobre todo viniendo de la hija de un clérigo!

—La culpa moral —le indicó Tuppence— sería de ellos... no mía. Tienes que admitir que existe una gran diferencia entre robar un collar de diamantes para uno mismo o estar alquilado para robarlo.

—¡No existiría la menor diferencia si te pescaran!

—Tal vez no. Pero no me atraparán. Soy muy lista.

—La modestia ha sido siempre tu punto flaco —observó Tommy.

—No te hagas el gracioso. Escucha, Tommy, ¿quieres que lo hagamos? ¿Quieres que formemos una sociedad?

—¿Que formemos sociedad para robar collares de brillantes?

—Eso era sólo un ejemplo. Tenemos un... ¿cómo le llaman en teneduría? ¿Libro de cuentas?

—No sé. Nunca llevé ninguno.

—Yo, sí... pero siempre me confundía y colocaba las entradas en el Debe y las salidas en el Haber...; por eso me despidieron. Oh, ya sé... será una sociedad de aventureros. Me parece una frase romántica. Tiene cierto sabor isabelino...; me hace pensar en galeras y doblones. ¡Una sociedad de aventureros!

—¿Y la registraremos bajo el nombre de Jóvenes Aventureros, Sociedad Limitada? ¿Es ésa tu idea, Tuppence?

—Sí, ríete, pero creo que podría dar resultado.

—¿Cómo piensas ponerte en contacto con tus posibles clientes?

—Por medio de un anuncio —replicó Tuppence en el acto—. ¿Tienes un lápiz y un pedazo de papel? Los hombres siempre llevan. Igual que nosotras horquillas y polvos.

Tommy le alargó una libretita verde bastante usada y Tuppence empezó a escribir afanosamente.

—¿Te parece que empiece así: «Joven oficial, dos veces herido en la guerra...»?

18

—Desde luego que no.

—¡Oh, está bien! Pero te aseguro que esa clase de cosas ablandan el corazón de las solteronas y tal vez alguna te adoptase, y entonces no tendrías necesidad de convertirte en aventurero.

—No quiero que me adopte nadie.

—Olvidé que tienes prejuicios. ¡Sólo lo he dicho por hacerte rabiar! Los periódicos están hasta arriba de estas cosas. Ahora escucha... ¿qué te parece?: «Se alquilan dos aventureros jóvenes dispuestos a hacer lo que sea y a ir a cualquier parte, por un buen precio». Debemos dejar esto bien sentado desde el principio. Luego podríamos agregar: «No rechazamos ninguna oferta razonable...».

—Yo creía que cualquier oferta que recibiéramos iba a ser irrazonable.

—¡Tommy! ¡Eres un genio! Eso es mucho más chic. «Ninguna oferta irrazonable será rechazada... si está bien pagada.» ¿Qué tal?

—Yo no volvería a mencionar lo del dinero. Se nota demasiado que estamos ansiosos de dinero y eso sería perjudicial.

—¡Por mucho que se note, no será tanto como en la realidad! Pero es posible que tengas razón. Ahora voy a leértelo todo. «Se alquilan dos aventureros jóvenes dispuestos a hacer lo que sea y a ir a cualquier parte por un buen precio. Ninguna oferta razonable será rechazada.» ¿Qué opinarías tú si lo leyeras?

—Lo tomaría o bien por una broma o por algo escrito por un lunático.

—No es ni la mitad de absurdo que el que leí esta mañana firmado por «El Mejor Muchacho» —arrancó la página y se la tendió a Tommy—. Ahí tienes, creo que lo mejor será publicarlo en el *Times*. La respuesta a Lista de Correos, etcétera. Supongo que lo menos costará unos cinco chelines. Aquí tienes mi parte: media corona.

Tommy contemplaba el papel pensativo, y su rostro se puso como la grana.

—¿Debemos intentarlo? —dijo al fin—. ¿Tú crees, Tuppence? ¿Sólo por si resulta divertido?

—Tommy, ¡eres un encanto! ¡Ya lo sabía! Bebamos por el éxito —y sirvió un poco de té ya frío en las dos tazas.

—¡Por nuestra aventura en comandita y que pronto prospere!

—¡Por los Jóvenes Aventureros, Sociedad Limitada! —respondió Tommy.

Dejaron las tazas y rieron de buena gana. Tuppence se puso en pie.

—Tengo que regresar a mi suntuoso departamento del hotel.

—Tal vez sea hora de que regrese al Ritz —dijo Tommy a su vez con una sonrisa—. ¿Cuándo volveremos a vernos? ¿Y dónde?

—Mañana, a las doce, en la estación del metro de Piccadilly. ¿Te va bien?

—Soy dueño de mi tempo —replicó Beresford con empaque.

—Hasta la vista entonces.

—Adiós, encanto.

Los dos jóvenes tomaron dirección opuesta. La pensión de Tuppence estaba situada en una zona llamada compasivamente Belgravia Sur. Por razones de economía no tomó el autobús.

Cuando se encontraba en mitad del parque Saint James se sobresaltó al oír una voz masculina a sus espaldas.

—...Perdóneme —le dijo—. ¿Podría hablar un momento con usted?

Capítulo II

LA OFERTA DE MÍSTER WHITTINGTON

Tuppence se volvió airada, pero las palabras que estaba a punto de pronunciar se quedaron en la punta de su lengua, ya que el aspecto y los modales de aquel hombre no correspondían al tipo que era natural esperar. Y como si leyera sus pensamientos, él se apresuró a decir:

—Le aseguro que no tengo intención de molestarla.

Y Tuppence le creyó. A pesar de que le desagradaba instintivamente, produciéndole un sentimiento de desconfianza, sintióse inclinada a rechazar el motivo particular que le atribuyera al principio y le miró de arriba abajo. Era un hombre corpulento, cuidadosamente rasurado y de barbilla poderosa. Sus ojos, pequeños y astutos, desviaron la mirada de la suya.

—Bien, ¿qué desea? —le preguntó.

El hombre sonrió.

—Por casualidad escuché parte de la conversación que sostenía en Los Leones con cierto joven.

—Bueno, ¿y qué?

—Nada... excepto que creo poder serle útil.

—¿Me ha seguido hasta aquí? —se le ocurrió preguntar a Tuppence.

—Me tomé esa libertad.

—¿Y en qué forma cree que podría serme de utilidad?

El hombre sacó una tarjeta de su bolsillo y se la ofreció con una inclinación.

La joven la estudió cuidadosamente. En ella aparecían las palabras: «Edward Whittington» y bajo este nombre se leía «Cía. de Cristalería de Estonia», y la dirección de una oficina de la ciudad. Míster Whittington volvió a hablar:

—Si quiere pasar por mi despacho mañana por la mañana, a las once, le expondré los detalles de mi proposición.

—¿A las once? —dijo Tuppence vacilando.

—A las once.

Tuppence se decidió.

—Muy bien. Allí estaré.

—Gracias. Buenas tardes.

Se quitó el sombrero con ademán cortés antes de alejarse. La joven permaneció unos instantes mirándole marchar. Luego sacudió los hombros con un movimiento muy particular, parecido al de los perritos cuando salen del agua.

—Las aventuras han comenzado —murmuró para sí—. Quisiera saber qué es lo que quiere que haga. Hay algo en usted, míster Whittington, que no me gusta nada. Pero por otro lado no temo lo más mínimo, y como ya he dicho antes y sin duda volveré a repetir, la pequeña Tuppence sabe cuidar de sí misma, ¡gracias a Dios!

Y con breve gesto de asentimiento de su cabecita echó a andar con decisión. Sin embargo, como resultado de posteriores reflexiones, se desvió de su ruta para entrar en una oficina de Correos, donde estuvo meditando algunos momentos con un impreso de telegrama en la mano. El pensar en el gasto innecesario de cinco chelines le decidió a arriesgarse a malgastar nueve peniques.

Desdeñando la pluma despuntada y la tinta negra y espesa que ponía a su disposición el gobierno, sacó el lápiz de Tommy, que aún conservaba en su poder, y escribió a toda prisa: «No pongas el anuncio. Mañana te lo explicaré». Lo dirigió a Tommy, a su club, donde sólo podría permanecer un mes, a menos que la fortuna le permitiera pagar su cuota.

—Es posible que le alcance —murmuró—. Y de todas formas vale la pena probarlo.

Después de dejarlo sobre el mostrador emprendió a toda prisa el camino de su casa, deteniéndose en una panadería para comprar unos bollos.

Más tarde, en su diminuta habitación, situada en lo más alto de la casa, se comió los bollitos y estuvo meditando sobre el futuro. ¿Qué sería aquella Compañía de Cristalería de Estonia y para qué diablos necesitarían sus servicios? Una agradable excitación la hizo estremecer. Por lo menos, el tener que regresar a su pueblecito natal quedaba relegado a segundo término. El mañana le ofrecía nuevas posibilidades.

Aquella noche Tuppence tardó mucho en dormirse, y cuando al fin lo hubo conseguido, soñó que míster Whittington le mandaba lavar un enorme montón de vajilla de Estonia, que se parecía extraordinariamente a los platos del hospital.

Faltaban aún cinco minutos para las once cuando Tuppence llegó ante el bloque de edificios en los que se hallaba situada la Compañía de Cristalería de Estonia. Pero el llegar antes de la hora señalada podría demostrar demasiada ansiedad: por ello decidió pasear hasta el final de la calle y luego regresar. A las once en punto entraba en el edificio. La Compañía de Cristalería de Estonia se encontraba en el último piso. Había ascensor, pero prefirió subir a pie.

Ligeramente falta de aliento se detuvo ante la puerta de cristales en la que se leía: «Cía. de Cristalería de Estonia».

Tuppence llamó con los nudillos, y como respuesta a una voz que salió del interior hizo girar el pomo y penetró en una oficina reducida y bastante sucia.

Un empleado bajó de un alto taburete que estaba cerca de la ventanilla para acercarse a ella con ademán interrogante.

—Tengo una cita con míster Whittington —dijo Tuppence.

—¿Quiere pasar, por favor?

Se dirigió a una puerta en la que se leía «Privado», a la que llamó, haciéndose luego a un lado para dejarle paso.

Míster Whittington estaba sentado tras un gran escritorio cubierto de papeles. Tuppence vio confirmarse su juicio anterior. Había algo raro en la persona de míster Whittington. La combinación de su aspecto próspero y su mirada huidiza no resultaba atractiva.

Al verla exclamó:

—¿De modo que ha venido? Bien. Siéntese, ¿quiere?

Tuppence ocupó la butaca que estaba ante él. Aquella mañana parecía particularmente menuda y tímida. Sentóse con los ojos bajos mientras míster Whittington revolvía entre sus papeles. Al fin los dejó a un lado y se inclinó sobre la mesa escritorio.

—Ahora, mi querida señorita, pasemos a tratar de negocios —su rostro alargado se ensanchó con una sonrisa—. ¿Quiere usted trabajar? Bien, yo tengo trabajo que ofrecerle. ¿Qué le parecerían cien libras y todos los gastos pagados? —Míster Whittington echóse hacia atrás introduciendo sus pulgares en las sisas de su chaleco.

Tuppence le miraba aturdida.

—¿Y por qué clase de trabajo? —preguntó.

—Nominal… puramente nominal. Un viaje de placer, eso es todo.

—¿A dónde?

Míster Whittington volvió a sonreír.

—A París.

—¡Oh! —exclamó Tuppence pensativa, diciendo para sus adentros: «Claro que si papá lo oyera le daba un síncope. Pero, de todas maneras, no puedo imaginarme a míster Whittington en el papel de alegre seductor».

—Sí —continuó Whittington—. ¿Qué podría ser más agradable? Retrasar el reloj unos pocos años... muy pocos, estoy seguro... y volver a uno de esos encantadores *pensionnaires de jeunes filles* que tanto abundan en París.

Tuppence le interrumpió:

—¿Un pensionado?

—Exacto. El de madame Colombier, de la avenida de Neuilly.

Tuppence lo conocía bien de nombre. Era de lo más selecto, y en él estuvieron varias amigas suyas estadounidenses. Sintióse más intrigada que nunca.

—¿Quiere que vaya al madame Colombier? ¿Por cuánto tiempo?

—Eso depende. Posiblemente unos tres meses.

—¿Y eso es todo? ¿No existen condiciones?

—No. Desde luego, irá usted como si fuera mi pupila y no podrá comunicarse con sus amistades. Tengo que exigirle el secreto más absoluto desde el principio. A propósito, es usted inglesa, ¿verdad?

—Sí.

—No obstante habla con ligero acento estadounidense.

—Mi compañera en el hospital era una muchacha estadounidense y creo que se me pegó. Pero puedo librarme de él de nuevo.

—Al contrario. Le será más sencillo hacerse pasar por estadounidense. Serían más difíciles de probar los detalles de su vida pasada en Inglaterra. Sí, creo que será mucho mejor. Entonces...

—¡Un momento, míster Whittington! ¡Parece que da usted por sentado que he de aceptar!

Whittington pareció sorprendido.

—¡No pensará usted negarse! Puedo asegurarle que el pensionado de madame Colombier es uno de los colegios de más seriedad y categoría. Y las condiciones son muy liberales.

—Exacto —replicó Tuppence—. Precisamente eso. Son demasiado liberales, míster Whittington. Y no comprendo en qué forma puede usted pensar que yo puedo valer ese dinero.

—¿No? —le dijo con voz suave—. Bien, se lo diré. Podría encontrar cualquier otra por menos dinero. Pero estoy dispuesto a pagar por una joven con la suficiente inteligencia y presencia para representar bien su papel, y que al mismo tiempo tenga la discreción de no hacer demasiadas preguntas.

Tuppence sonrió. Comprendió que Whittington le llevaba ventaja.

—Hay otra cosa. Hasta ahora no ha mencionado usted a míster Beresford. ¿Cuándo interviene él?

—¿Míster Beresford?

—Mi socio —repuso Tuppence con dignidad—. Ayer nos vio usted juntos.

—¡Ah, sí! Pero me temo que no precisaré de sus servicios.

—¡Entonces, asunto liquidado! —Tuppence se puso en pie—. Los dos o ninguno. Lo siento... pero es así. Buenos días, míster Whittington.

—Espere un momento. Veamos si podemos arreglarlo. Vuelva a sentarse, señorita... —Hizo una pausa, mirándola interrogadoramente—. ¿Cuál es su nombre?

A Tuppence le dio un vuelco el corazón al recordar a su padre, el arcediano, y se apresuró a pronunciar el primer nombre que le vino a la memoria.

—Jane Finn —dijo sin vacilar; y se quedó boquiabierta al ver el efecto producido por aquellas dos sencillas palabras.

Toda la cordialidad había desaparecido del rostro de Whittington; ahora estaba rojo de ira y las venas se marcaban en sus sienes. Se inclinó hacia ella siseando salvajemente:

—De modo que ése es el juego que se trae, ¿verdad, jovencita?

Tuppence, aunque cogida de sorpresa, supo conservar la calma. No tenía la menor idea del significado de todo aquello, pero poseía una mentalidad rápida y sintió la necesidad imperiosa de «mantenerla alerta», como ella decía.

Whittington continuaba:

—Ha estado jugando todo el tiempo conmigo como el gato y el ratón, ¿verdad? Sabiendo lo que deseaba de usted y continuando la comedia. Es eso, ¿verdad? —se iba calmando. Su rostro perdía paulatinamente el color rojo, y la miraba con fijeza—. ¿Quién ha estado hablando? ¿Rita?

Tuppence negó con la cabeza. Ignoraba cuánto tiempo podría seguir engañándole, pero comprendió la importancia de no mezclar en aquello a una Rita desconocida.

—No —replicó diciendo la verdad—. Rita no sabe nada de mí.

Sus ojos seguían taladrando los de ella.

—¿Qué sabe usted? —le espetó.

—Muy poco —repuso Tuppence viendo con placer que la inquietud de Whittington se acentuaba en vez de disminuir. El haber alardeado de grandes conocimientos hubiera despertado sospechas en su mente.

—De todas formas —gruñó Whittington—, sabe lo bastante para venir aquí y lanzar ese nombre.

—Podría ser el mío —le indicó Tuppence.

—¿Le parece probable que existan dos jóvenes con un nombre como ése?

—O podría haberlo oído por casualidad —continuó Tuppence, satisfecha del éxito de su sinceridad.

Míster Whittington dejó caer su puño con fuerza sobre el escritorio.

—¡Basta de tonterías! ¿Qué sabe usted? ¿Y cuánto quiere?

Las tres últimas palabras hicieron mella en Tuppence, sobre todo después de un parco desayuno y los bollos que cenara la noche anterior, y se sentó más erguida con la sonrisa y el aire de quien domina la situación.

—Mi querido míster Whittington —le dijo—, pongamos nuestras cartas sobre la mesa, y le ruego que no se enfurezca. Ayer me oyó decir que me proponía vivir de mi inteligencia. ¡Me parece que ahora he demostrado que tengo la suficiente para poder vivir de ella! Admito que he oído ese nombre, pero tal vez mi conocimiento termine ahí.

—Sí... pero es posible que no —gruñó Whittington.

—Insiste en juzgarme equivocadamente —dijo Tuppence con un suspiro.

—Como ya le dije antes —replicó Whittington furioso—, déjese de tonterías y vamos al grano. Conmigo no puede usted hacerse la inocente. Sabe usted mucho más de lo que quiere admitir.

Tuppence hizo una pausa para admirar su propia ingenuidad y luego dijo suavemente:

—No quisiera contradecirle, míster Whittington.

—De modo que pasamos a la pregunta acostumbrada... ¿Cuánto?

Tuppence encontróse ante un dilema. Hasta el momento había engañado a Whittington con éxito, pero si ahora mencionaba una cifra imposible podría despertar sus sospechas. Una idea cruzó rauda por su cerebro.

—¿Qué le parece si me diera algo ahora y discutimos el asunto más tarde?

Whittington le dirigió una mirada terrible.

—Chantaje, ¿verdad?

Tuppence sonrió con dulzura.

—¡Oh, no! Llamémosle un pago adelantado por mis servicios.

Whittington lanzó un gruñido.

—Comprenda —le explicó Tuppence en el mismo tono—. ¡Me gusta tanto el dinero!

—Es usted el colmo —rugió Whittington con admiración—.

Me ha engañado con la inteligencia suficiente para llevar a cabo sus propósitos.

—La vida está llena de sorpresas —sentenció Tuppence.

—De todas maneras —continuó Whittington—, alguien ha debido hablar. Usted dice que no fue Rita. ¿Fue...? ¡Oh, adelante!

El empleado apareció después de haber llamado y colocó un papel junto al codo de su jefe.

—Acaba de llegar un mensaje telefónico para usted, señor.

Whittington tomó el papel para leerlo y frunció el ceño.

—Está bien, Brown. Puede retirarse.

El empleado salió de la estancia, cerrando la puerta tras sí. Whittington volvióse a Tuppence.

—Venga mañana a la misma hora. Ahora estoy ocupado. Aquí tiene cincuenta libras de momento.

Rápidamente contó varios billetes y se los tendió a Tuppence, que se irguió impaciente por marcharse.

La joven contó los billetes con un gesto de «hombre de negocios», los metió en su bolso y se levantó.

—Buenos días, míster Whittington —le dijo cortésmente—. Mejor dicho, yo diría *au revoir*.

—Exacto. *Au revoir!* —Whittington volvió a adquirir su tono jovial, cosa que inquietó ligeramente a Tuppence—. *Au revoir*, mi encantadora jovencita.

Tuppence bajó a toda prisa la escalera presa de una sensación indecible, un reloj cercano señalaba las doce menos cinco.

—¡Voy a dar una sorpresa a Tommy! —murmuró deteniendo un taxi.

Dijo al chofer que se detuviera ante la estación del metro. Tommy la estaba ya esperando y sus ojos se abrieron hasta el límite al apresurarse a ayudarla a descender. Tuppence le sonrió con afecto y dijo con voz ligeramente afectada:

—Paga tú, ¿quieres? ¡El billete más pequeño que tengo es de cinco libras!

Capítulo III

UN PASO ATRÁS

El momento fue todo lo triunfal que debía haber sido. Para empezar, los recursos de los bolsillos de Tommy eran algo limitados. Al fin consiguió pagar al taxista, que con la variedad de monedas en la mano preguntó, mirando el sobrante de dos peniques si era aquello una propina.

—Me parece que le has dado demasiado, Tommy —dijo Tuppence, inocentemente—. Creo que quiere devolverte algo.

Y fue posiblemente aquel comentario lo que indujo al conductor a reemprender la marcha.

—Bueno —dijo Beresford cuando al fin pudo expresar sus sentimientos—, ¿para qué diablos has tenido que tomar un taxi?

—Temía llegar tarde y hacerte esperar —replicó Tuppence amablemente.

—¡Temías… tú… llegar… tarde! ¡Oh, Dios, eres un caso perdido! —exclamó Beresford.

—Es cierto —continuó Tuppence con los ojos muy abiertos—. Y el billete más pequeño que tengo es de cinco libras.

—Has representado muy bien la comedia, pequeña, pero de todas maneras ese individuo no lo ha creído… ni por un momento.

—No —repuso Tuppence pensativa—, no lo ha creído. Eso es lo curioso, cuando uno dice la verdad nadie le cree. Lo he descubierto esta mañana. Ahora vamos a comer. ¿Qué te parece el Savoy?

Tommy sonrió.

—¿Y por qué no al Ritz?

—Pensándolo mejor, prefiero el Picadilly. Está más cerca y no tendremos que tomar otro taxi. Vamos.

—¿Es éste un nuevo tipo de humor? ¿O es que has perdido el juicio? —preguntó el muchacho.

—Tu segunda suposición es la acertada. He entrado en posesión de dinero, y ha sido un golpe demasiado fuerte para mí. Para este desequilibrio mental los médicos recomiendan *hors d'oeuvre, langouste à l'americaine, poulet Newberg* y *pêche Melba.* ¡Vamos a tomarlo!

—Tuppence, mi vieja amiga, ¿qué te ha ocurrido?

—¡Oh, algo increíble! —Tuppence abrió su bolso—. ¡Mira esto, esto y esto!

—¡Gran Josafat! Querida, no muestres los billetes de una libra de esta manera.

—No son de una libra, sino cinco veces mejor que eso, y éste es diez veces mejor.

Tommy lanzó un gemido.

—¡Debo haber estado bebiendo sin darme cuenta! ¿Estoy soñando o de verdad has blandido una gran multitud de billetes de cinco libras de un modo peligroso?

—Es bien cierto. Ahora, ¿quieres que vayamos a comer?

—Iré a donde quieras. Pero, ¿qué has estado haciendo? ¿Asaltando un banco?

—Todo a su debido tiempo. Qué lugar tan odioso es la plaza Piccadilly. Ese enorme autobús por poco nos atropella. ¡Sería terrible que aplastara los billetes!

—¿Vamos al *grill*? —preguntó el muchacho cuando llegaron salvos a la otra acera.

—La otra sala es más cara —musitó Tuppence.

—Eso son extravagancias. Vamos abajo.

—¿Estás seguro de que ahí podrán darme todo lo que deseo?

—¿Ese menú extremadamente nocivo que acabas de anunciar? Claro que sí...

Entraron y buscaron un sitio donde acomodarse.

—Y ahora cuéntame... —dijo Tommy, incapaz de dominar su curiosidad por más tiempo cuando se sentaron rodeados de los muchos *hors d'oeuvres* de los sueños de Tuppence.

Y miss Cowley se lo contó todo.

—¡Y lo curioso del caso —concluyó—, es que en realidad yo inventé el nombre de Jane Finn! No quise dar el de mi pobre padre... por temor a que se viera envuelto en algo vergonzoso.

—Tal vez tú lo creas así —dijo Tommy despacio—. Pero no lo inventaste tú.

—¿Qué?

—No. Ya te lo dije. ¿No lo recuerdas? Ayer te conté que había oído a dos personas que hablaban de una tal Jane Finn. Por eso te vino tan pronto a la memoria.

—De modo que fuiste tú. Ahora lo recuerdo. ¡Qué extraordinario...! —Tuppence quedó silenciosa y de pronto exclamó—: ¡Tommy!

—¿Sí?

—¿Qué aspecto tenían esos dos hombres que pasaron por tu lado?

Tommy frunció el entrecejo en su esfuerzo por recordar.

—Uno era grueso, bien afeitado, y creo que... moreno.

—Ése es él —exclamó Tuppence—. ¡Es Whittington! ¿Y cómo era el otro?

—No consigo acordarme. Apenas me fijé en él. En realidad sólo fue ese nombre lo que me llamó la atención.

—¡Y hay quien no cree en las coincidencias! —Tuppence atacó el melocotón Melba con aire atento.

Pero Tommy se había puesto serio.

—Escucha, Tuppence, ¿adónde llevará todo esto?

—A conseguir más dinero —replicó su compañera.

—Lo sé. Sólo tienes esa idea en la cabeza. Lo que quiero decir es: ¿cuál será el próximo paso? ¿Cómo vas a continuar el juego?

—¡Oh! —Tuppence dejó la cucharilla—. Tienes razón, Tommy. Es un problema difícil.

—Ya sabes que no puedes engañarle siempre. Más pronto o más tarde es seguro que habrás de descubrirte. Y de todas formas, no estoy seguro de que no sea punible... el chantaje, ya sabes...

—Tonterías. El chantaje es decir que no se dirá nada hasta recibir cierta cantidad de dinero. Pues bien, yo no podría decir nada, puesto que en realidad nada sé.

—¡Hum! —replicó Tommy poco convencido—. Bien, de todas maneras, ¿qué vamos a hacer? Whittington esta mañana tenía prisa por librarse de ti, pero la próxima vez querrá saber algo más antes de separarse de su dinero. Querrá saber cuanto antes, de dónde obtuviste la información, y muchas cosas más que tú no puedes contestar. ¿Qué piensas hacer?

Tuppence frunció el ceño.

—Debemos pensar. Pide café turco, Tommy. Estimula el cerebro. ¡Oh, Dios mío, cuánto he comido!

—¡Eres una tragona! También yo he comido lo mío pero me enorgullezco de que mi elección de los platos ha sido mucho más juiciosa que la tuya. Dos cafés —esto iba dirigido al camarero—, uno turco y otro francés.

Tuppence bebió el café con aire pensativo y reprendió a Tommy cuando le habló.

—Cállate. Estoy pensando.

Tommy guardó silencio.

—¡Ya está! —dijo Tuppence al fin—. Tengo un plan. Eviden-

30

temente lo que hemos de hacer es averiguar algo más acerca de todo esto.

Tommy aplaudió.

—No te burles. Sólo podemos descubrirlo a través de Whittington. Debemos averiguar dónde vive, lo que hace… espiarle, en una palabra. Yo no puedo hacerlo porque me conoce, pero a ti sólo te vio un momento en Los leones, y no es probable que te reconozca. Al fin y al cabo, los chicos jóvenes sois casi todos iguales.

—Rechazo este comentario. Estoy seguro de que mis facciones agraciadas y mi aspecto distinguido me harían sobresalir incluso en medio de una multitud.

—Mi plan es éste —continuó Tuppence con calma—. Mañana iré yo, y le engañaré lo mismo que hice hoy. No importa que no consiga más dinero de momento. Estas cincuenta libras nos durarán varios días.

—¡O incluso más!

—Tú esperarás fuera y cuando yo salga no te hablaré por si nos vigilan, pero me situaré en algún lugar cercano, y cuando él salga del edificio dejaré caer mi pañuelo, o algo por el estilo, y tú lo sigues.

—¿Adónde?

—¡Pues adonde sea, tonto! ¿Qué te parece la idea?

—Es como esas cosas que se leen en las novelas. Sin embargo creo que en la vida real debe uno sentirse algo estúpido si permanece durante horas en la calle sin nada que hacer. La gente se preguntará qué estoy haciendo.

—En la ciudad no. Todo el mundo tiene prisa. Lo más probable es que ni siquiera reparen en ti.

—Es la segunda vez que haces esa clase de comentarios. No importa, te perdono. De todas formas será divertido. ¿Qué vas a hacer esta tarde?

—Pues —dijo Tuppence despacio— había pensado comprar un sombrero. ¡O tal vez medias de nylon! O puede que…

—Frena —le aconsejó Tommy—. ¡Las cincuenta libras tienen un límite! Pero podemos ir a cenar y luego a algún espectáculo.

—No está mal.

El día transcurrió agradablemente y la noche todavía más. Ahora dos de los billetes de cinco libras habían desaparecido.

Se encontraron a la mañana siguiente como habían convenido y se dirigieron al centro. Tommy permaneció en la acera de enfrente mientras Tuppence penetraba en el edificio.

El muchacho paseó hasta el extremo de la calle y luego regresó. Cuando volvía a aproximarse al edificio vio que Tuppence cruzaba la calzada en dirección hacia él.

—¡Tommy!

—Sí. ¿Qué ocurre?

—La oficina está cerrada. No he conseguido que me oyera nadie.

—Es extraño.

—¿Verdad? Sube conmigo e intentémoslo de nuevo.

Tommy la siguió, y cuando estaban en el tercer descansillo un joven empleado salió de un despacho. Vaciló un instante y al fin se dirigió a Tuppence.

—¿Buscan la Compañía de Cristalería de Estonia?

—Sí.

—Está cerrada desde ayer tarde. Dicen que ha quebrado. No es que haya pasado eso precisamente, pero de todas formas el despacho está por alquilar.

—Gra... gracias —tartamudeó Tuppence—. Supongo que no sabrá usted la dirección de míster Whittington.

—Me temo que no. Se marcharon tan de improviso...

—Muchísimas gracias —dijo Tommy—. Vamos, Tuppence.

Volvieron a salir a la calle, donde se miraron estupefactos.

—Esto ha terminado —dijo Tommy al fin.

—Y yo no lo sospeché nunca —gimió Tuppence.

—Anímate, pequeña, no tiene remedio.

—¿Que no? —La joven alzó la barbilla desafiante—. ¿Tú crees que esto es el fin? Si así es, te equivocas. ¡Es sólo el principio!

—¿El principio de qué?

—¡De nuestra aventura! Tommy, ¿no comprendes que si se ha asustado lo bastante como para salir corriendo, eso demuestra que debe haber mucho más de lo que imaginamos en el asunto de esa Jane Finn? Bien, hemos de llegar hasta el fondo. ¡Les perseguiremos! ¡Seremos sabuesos incansables!

—Sí, pero no ha quedado nadie conocido a quien seguir la pista.

—No, por eso tendremos que empezar de nuevo. Dame un pedazo de papel. Y tu lápiz. Gracias. Aguarda un momento... y no interrumpas. ¡Ya está! —Tuppence le devolvió el lápiz y repasó satisfecha el trozo de papel en el que había estado escribiendo.

—¿Qué es esto?

—Un anuncio.

—¿No pensarás ponerlo después de todo?

—No. Éste es distinto. —Y le tendió el papel.

Tommy leyó en voz alta:

«Se desea cualquier información acerca de Jane Finn. Escribir a J.A.»

Capítulo IV

¿QUIÉN ES JANE FINN?

El día siguiente pasó muy despacio. Era preciso restringir los gastos. Cuidadosamente administradas, las cuarenta libras podían durar mucho. Por suerte el tiempo era bueno y «el pasear es barato», sentenciaba Tuppence. Pasaron la tarde en un cine de reposiciones.

El día de la desilusión había sido el miércoles. El jueves debía aparecer el anuncio y esperaban que las cartas comenzaran a llegar el viernes a las habitaciones de Tommy.

El joven le había prometido no abrir ninguna, si es que llegaban, y llevarlas a la Galería Nacional, donde su colega le esperaría a las diez.

Tuppence fue la primera en acudir a la cita y ocupó uno de los asientos tapizados de terciopelo rojo, mirando sin ver los Turners hasta que vio aparecer la figura familiar de su amigo.

—¿Y bien?

—¿Y bien? —repitió el joven Beresford en tono provocador—. ¿Cuál es tu cuadro favorito?

—No seas malo. ¿Hay alguna respuesta?

Tommy meneó la cabeza con un profundo suspiro.

—No quisiera decepcionarte, pequeña, diciéndotelo de golpe. Mala suerte. Hemos malgastado el dinero. —Volvió a suspirar—. Bueno, aquí tienes. El anuncio se ha publicado, y... ¡sólo hemos tenido dos contestaciones!

—¡Tommy, eres un diablo! —casi gritó Tuppence—. Dámelas. ¿Cómo puedes ser tan ruin?

—¡El léxico, Tuppence, vigila tu léxico! Son muy exigentes en la Galería Nacional. Ya sabes, el gobierno... Y recuerda, que como ya te he indicado muchas veces, como hija de un arcediano...

—¡Debiera dedicarme al teatro! —terminó Tuppence.

—Eso no es precisamente lo que yo iba a decir. Pero si me aseguras que has disfrutado de la reacción de sentir alegría después del desaliento, cosa que acabo de proporcionarte gratis, pasemos a despachar nuestra correspondencia, como suele decirse.

Tuppence le arrebató los dos sobres sin ceremonias y los estudió con suma atención.

—Éste es de papel muy grueso, da la sensación de riqueza. Lo dejaremos para lo último. Abre el otro primero.

—Tienes razón. ¡A la una, a las dos... y a las tres...!

Tuppence abrió el sobre y extrajo su contenido:

> *Muy señor mío:*
> *Es posible que yo pueda serle útil con respecto a su anuncio aparecido en los periódicos de la mañana. Quizá quisiera venir a visitarme a la dirección que le incluyo, mañana por la mañana, a las once.*
> *Suyo afectísimo.*
>
> A. CARTER

—Carshalton Terrace, número veintisiete —dijo Tuppence leyendo la dirección—. Eso está en dirección a Gloucester. Tenemos tiempo de sobra para ir allí si tomamos el metro.

—Lo inmediato es el plan de campaña —dijo Tommy—. Ahora me toca a mí iniciar la ofensiva. Al ser llevado a la presencia de míster Carter, él y yo nos daremos los buenos días como es costumbre. Entonces él dirá: «Por favor, siéntese, señor...». A lo cual yo responderé en el acto y en tono muy significativo: «Edward Whittington». Míster Carter se pondrá como la grana y exclamará: «¿Cuánto?». Una vez tenga en mi bolsillo las cincuenta libras de rigor me reuniré contigo en la calle y nos dirigiremos a la dirección siguiente para repetir la farsa.

—No seas absurdo, Tommy. Ahora abre la otra carta. ¡Oh, ésta es del Ritz!

—¡Pediré cien libras en vez de cincuenta!

—Yo la leeré.

> *Muy señor mío:*
> *Referente a su anuncio, celebraré verle en mi hotel a la hora de comer.*
> *Suyo afectísimo,*
>
> JULIUS P. HERSHEIMMER

—¡Ajá! —exclamó Tommy—. ¿Se tratará de un millonario estadounidense de poco abolengo? De todas formas nos cita a la hora de comer gratis.

Tuppence asintió.

—Ahora vamos a ver a Carter. Tendremos que darnos prisa.

Carshalton Terrace resultó ser una impecable serie de lo que Tuppence llamaba «casas de aspecto señorial». Hicieron sonar el timbre del número veintisiete, y una doncella muy pulcra les abrió la puerta. Su aspecto era tan respetable que a Tuppence le dio un vuelco el corazón. Cuando Tommy preguntó por míster Carter fueron introducidos en un despachito de la planta baja donde les dejó. No obstante, apenas habría transcurrido un minuto cuando se abrió la puerta para dar paso a un hombre alto de aspecto fatigado y cara de halcón.

—¿Míster J.A.? —dijo con una sonrisa muy atractiva—. Por favor, siéntense.

Obedecieron. Él ocupó una butaca frente a Tuppence y le sonrió para animarla. Había no sé qué en aquella sonrisa que hizo que la joven perdiera su acostumbrado dinamismo.

Como al parecer no estaba dispuesto a entablar conversación, Tuppence viose obligada a comenzar.

—Querríamos saber... es decir, ¿será usted tan amable de decirnos lo que sepa de Jane Finn?

—¿Jane Finn? ¡Ah! —míster Carter pareció reflexionar—. Bueno, la cuestión es, ¿qué saben ustedes de ella?

Tuppence se irguió.

—No veo que esto tenga nada que ver.

—¿No? Pues tiene que ver, ¿sabe?, y mucho. —Volvió a sonreír con su aire cansado y continuó—: De modo que volvemos a lo mismo. ¿Qué sabe de Jane Finn? Vamos —continuó al ver que Tuppence permanecía callada—. Tiene que saber algo para haber puesto ese anuncio —se inclinó hacia delante y su voz adquirió un tono persuasivo—. Supongamos que me dice...

Había cierto magnetismo en la personalidad de míster Carter, y Tuppence se libró de él con un esfuerzo al decir:

—No podemos hacerlo, ¿verdad, Tommy?

Pero ante su sorpresa, su compañero no la secundó. Tenía los ojos fijos en míster Carter, y su tono, cuando habló, denotaba una deferencia desacostumbrada.

—Me parece que lo poco que sabemos no va a servirle de nada, señor. Pero se lo diremos con mucho gusto.

—¡Tommy! —exclamó Tuppence sorprendida.

Míster Carter se removió en su butaca y sus ojos formularon una pregunta.

Tommy asintió.

—Sí, señor, le he reconocido en seguida. Le vi en Francia cuando estuve en el Servicio Secreto. Tan pronto como entré en esta habitación supe...

—Nada de nombres, por favor. Aquí me conocen por míster Carter. A propósito, es la casa de mi prima. Ella me la presta algunas veces cuando se trata de trabajar en algún caso de un modo extraoficial. Bien, ahora... —miró a los jóvenes—, ¿quién va a contarme la historia?

—Adelante, Tuppence —le animó Tommy—. Cuéntalo tú.

—Sí, señorita. La escucho.

Y obediente, la joven refirió toda la historia desde el momento en que se fundó la Compañía de Jóvenes Aventureros.

Míster Carter la escuchaba en silencio con su aire cansado. De vez en cuando se pasaba la mano por la cara para ocultar una sonrisa. Cuando hubo terminado asintió gravemente.

—No es gran cosa, pero resulta sugestivo... muy sugestivo. Perdonen lo que voy a decirles, pero son ustedes una pareja muy curiosa. No sé... es posible que tengan éxito donde otros han fracasado... yo creo en la suerte, ¿saben?, siempre he creído.

Hizo una pausa y continuó:

—Bien, ¿qué les parece? Ustedes van en busca de aventuras. ¿Les gustaría trabajar para mí? De modo extraoficial, ¿saben? Todos los gastos pagados, y un sueldo moderado.

Tuppence le miraba con los labios entreabiertos y los ojos desorbitados.

—¿Qué tendremos que hacer? —susurró.

Míster Carter le dedicó una sonrisa.

—Pues continuar lo que están haciendo ahora: *Buscar a Jane Finn*.

—Sí, pero... ¿quién es Jane Finn?

Míster Carter asintió con gesto grave.

—Sí, creo que tiene derecho a saberlo.

Y recostándose en su butaca, cruzó las piernas, juntó las yemas de los dedos y comenzó en tono monótono:

—La diplomacia secreta, que dicho sea de paso casi siempre es una mala política, no les concierne a ustedes. Será suficiente decirles que en los primeros días de 1915 vio la luz cierto documento. Era el resumen de un acuerdo secreto... o tratado... como quieran llamarle. Estaba listo para ser firmado por diversos representantes, y se guardaba en Estados Unidos... que entonces era un país neutral. Fue enviado a Inglaterra por un mensajero especial escogido para este fin..., un joven llamado Danvers. Se esperaba que todo aquel asunto se hubiera mantenido tan secreto que nada hubiera trascendido. Esa clase de esperanza casi siempre sufre una decepción. ¡Siempre hay alguien que habla!

»Danvers embarcó para Inglaterra en el *Lusitania*. Llevaba los preciosos papeles en un paquete impermeable. Durante aquel viaje el *Lusitania* fue torpedeado y hundido. Danvers estaba en la lista de los desaparecidos. Al fin su cadáver fue arrojado a la playa e identificado sin ningún género de dudas. ¡Pero el paquete impermeable había desaparecido!

»El caso era, o se lo habían quitado, o él mismo lo entregó a otra persona para que lo custodiara. Había algunos incidentes que sustentaban la posibilidad de esta última teoría. Después que el torpedo alcanzara el barco y durante los momentos en que se fueron lanzando los botes, Danvers fue visto hablando con una jovencita estadounidense. A mí me parece muy probable que le confiara el documento creyendo que ella, por ser mujer, tenía muchas más probabilidades de llevarlo a tierra.

»Pero de ser así, ¿dónde está esa muchacha y qué ha hecho de los papeles? Según las últimas noticias de EE.UU. parece ser que Danvers fue seguido muy de cerca. ¿Es que acaso esa joven estaba asociada a sus enemigos? ¿O tal vez, también fue seguida, engañada, o quizá obligada a entregar el precioso paquete?

»Nos dispusimos a buscarla, cosa que resultó en extremo difícil. Su nombre era Jane Finn, y aparecía en la lista de supervivientes, pero parece haberse desvanecido en el aire. Sus antecedentes nos han ayudado muy poco. Era huérfana y había sido lo que aquí llamamos maestra de párvulos en una escuela del oeste. Su pasaje era para París, donde iba a ingresar en el Cuerpo de Sanidad de un hospital. Había ofrecido voluntariamente sus servicios y tras mantener alguna correspondencia fue aceptada. Habiendo leído su nombre entre la lista de supervivientes del *Lusitania*, en el hospital se extrañaron mucho de que no se presentara ni supieran de ella.

»Pues bien, se hizo todo lo posible por encontrarla... pero todo en vano. Le seguimos la pista a través de Irlanda, pero nada se supo de ella desde que pisó Inglaterra. Nadie ha utilizado el acuerdo o tratado... como pudieron hacer fácilmente... y por ello llegamos a la conclusión de que Danvers, después de todo, lo habría destruido. La guerra entró en otra fase, el aspecto diplomático cambió y el tratado no volvió a redactarse nunca. Los rumores de su existencia fueron desmentidos. Se olvidó la desaparición de Jane Finn y todo el asunto quedó, por aquel entonces, abandonado.

Míster Carter hizo una pausa y Tuppence intervino, impaciente.

—Pero ¿por qué ha vuelto a surgir ahora? La guerra ha terminado.

El rostro de míster Carter mostró una ligera alarma.

—Porque parece ser que el documento no fue destruido, y pudiera resurgir en la actualidad con un nuevo y fatal significado.

Tuppence le miró asombrada, y Carter asintió.

—Sí, cinco años atrás, ese tratado era un arma en nuestras manos; hoy lo es contra nosotros. Era un disparate enorme. Si se hiciera público podría significar el desastre... y posiblemente traer otra guerra... y esta vez no contra Alemania. Es una posibilidad extrema y yo no creo en su probabilidad, pero ese documento complica sin duda alguna a un número de nuestros hombres de Estado que no pueden ser desacreditados en los momentos presentes. Como propaganda para los laboristas sería irresistible, y en mi opinión un gobierno laborista en esta ocasión sería una gran traba para el comercio británico, pero eso es casi nada comparado con el peligro real.

Se detuvo y luego agregó tranquilamente:

—Es posible que haya oído decir que hay influencias bolcheviques trabajando tras la presente inquietud laborista...

Tuppence asintió.

—Es la verdad. El oro bolchevique está entrando en el país con el propósito determinado de provocar una revolución. Y existe un hombre, cuyo nombre desconocemos, que trabaja en la oscuridad para sus propios fines. Los rusos están tras la inquietud laborista... pero este hombre está detrás de los bolcheviques. ¿Quién es? Lo ignoramos. Siempre se habla de él con el apodo vulgar de «míster Brown». Pero una cosa es segura, que es el maestro de la delincuencia actual. Controla una organización maravillosa. La mayor parte de la propaganda de paz que se hizo durante la guerra fue originada y patrocinada por él. Sus espías están en todas partes.

—¿Es alemán? —preguntó Beresford.

—Al contrario. Tengo motivos para creer que es inglés. Protegía a los alemanes como hubiera podido proteger a los del Transvaal. Ignoramos lo que busca... probablemente el supremo poder para él, de una clase única en la historia. No tenemos la menor pista de su verdadera personalidad. Hemos sido informados de que ni sus seguidores la conocen. Siempre que hemos tropezado con sus huellas descubrimos que ha representado un papel secundario. Otro cualquiera asume el principal, pero luego descubrimos que ha habido una persona insignificante, un criado o un empleado que ha permanecido en segundo término sin llamarnos la atención, y que el escurridizo míster Brown se nos ha escapado una vez más.

—¡Oh! —exclamó Tuppence—. Me pregunto…

—¿Sí?

—Recuerdo la oficina de míster Whittington. El empleado… se llamaba Brown. No creerá usted…

Carter asintió pensativo.

—Es muy posible. Lo único es que ese nombre se menciona con mucha frecuencia. ¿Podría describirle?

—La verdad es que apenas me fijé en él. Era un tipo bastante corriente… como cualquier otro.

Míster Carter suspiró con aire cansado.

—¡Ésa es la inevitable descripción de míster Brown! Entró para entregar un mensaje telefónico a Whittington, ¿verdad? ¿Se fijó si había un teléfono en la oficina exterior?

Tuppence meditó unos instantes.

—No, creo que no.

—Exacto. Ese «mensaje» era el medio que míster Brown tenía para dar una orden a su subordinado. Desde luego escucharía toda la conversación. ¿Fue después de que Whittington le entregara el dinero y le dijera que volviese al día siguiente?

Tuppence asintió.

—Sí, sin duda es la mano de míster Brown. —Carter hizo una pausa—. Bien, eso es todo. ¿Comprenden contra lo que van a luchar? Posiblemente contra el cerebro más criminal de esta época. Y no me agrada demasiado. Son ustedes muy jóvenes los dos. No quisiera que les ocurriese nada malo.

—No nos ocurrirá nada —le aseguró Tuppence.

—Yo cuidaré de ella, señor —dijo Tommy.

—Y yo de ti —replicó Tuppence, resentida de la superioridad masculina.

—Bien, entonces que cada uno cuide del otro —dijo míster Carter, sonriendo—. Ahora volvamos al asunto. Hay algo misterioso en este convenio que todavía no hemos profundizado. Hemos sido amenazados con él… en términos claros e inconfundibles. Los elementos revolucionarios declaran que está en sus manos y que intentan exhibirlo en un momento dado. Por otro lado, se equivocan con respecto a muchas de sus cláusulas. El gobierno considera que ha sido una baladronada por su parte, y acertada o equivocadamente ha mantenido la política de negación absoluta. No estoy seguro. Ha habido pistas, indiscreciones, alusiones, que parecen indicar que la amenaza es verdadera. Nos da la impresión de que han conseguido hacerse con el documento, pero que no pueden leerlo por estar cifrado... aunque nosotros sabemos que no lo estaba... no sería posible en esta clase de cosas... de modo que esto no cuenta. Pero hay algo. Claro que Jane Finn puede haber muerto... pero yo no lo creo. Lo curioso del caso es que *intentan obtener noticias de la muchacha a través de nosotros.*

—¿Qué?

—Sí. Han surgido un par de cosillas. Y su historia, señorita, confirma mi idea. Saben que andamos buscando a Jane Finn. Pues bien, ellos nos proporcionan una Jane Finn de su propiedad... pongamos en un pensionado de París. —Tuppence dejó escapar un gemido y Carter sonrió—. Nadie sabe cómo es, de modo que no es difícil. Le cuentan cualquier historia, y su verdadera misión es conseguir toda la información que le sea posible de nosotros. ¿Comprende la idea?

—¿Entonces usted cree... —Tuppence se detuvo para exponer su opinión una vez bien comprendida— que querían que yo fuera a París como si *fuera* Jane Finn?

La sonrisa de míster Carter demostró más que nunca su cansancio.

—Ya sabe que yo creo en las coincidencias —le dijo.

Capítulo V

MÍSTER JULIUS P. HERSHEIMMER

—Bueno —dijo Tuppence recobrándose—, la verdad es que parece como si estuviese escrito.

Carter asintió.

—Sé lo que quiere decir. Yo también soy supersticioso. Confío en la suerte y toda esa clase de cosas. El destino parece haberla escogido para mezclarla en esto.

Tommy se permitió una risita.

—¡Cielos, no me extraña que Whittington levantara el vuelo cuando Tuppence pronunció ese nombre! Yo hubiera hecho lo mismo. Pero escuche, le estamos entreteniendo mucho. ¿Tiene que hacernos alguna advertencia antes de marcharnos?

—Creo que no. Mis expertos, que trabajan con sistemas estereotipados, fracasaron. Ustedes aportarán a esta empresa su imaginación y una mentalidad abierta. No se desanimen si eso tampoco les conduce al éxito. En primer lugar es muy probable que se haya acelerado el ritmo.

Tuppence frunció el ceño al no comprenderle.

—Cuando usted sostuvo su entrevista con Whittington tenía tiempo por delante. Tengo noticias de que el gran golpe planeaban darlo a primeros de año. Pero el gobierno está estudiando una acción legislativa que resolverá efectivamente la amenaza. Ellos lo comprenderán en seguida, si es que ya no se han dado cuenta y es posible que todo ello precipite las cosas. Yo espero que así sea. Cuanto menos tiempo tengan para madurar sus planes, mejor. Sólo tengo que advertirles que no tienen mucho tiempo por delante y que no deben desanimarse si fracasan. De todas formas no les propongo nada fácil. Eso es todo.

Tuppence se puso en pie.

—Creo que debemos adoptar una actitud comercial. ¿En qué podemos contar con usted, exactamente, míster Carter?

Carter frunció los labios, pero repuso concisamente:

—Les proporcionaré dinero… dentro de un límite razonable y detallada información acerca de todos los puntos, y *no les re-*

conoceré oficialmente. Quiero decir que si tienen complicaciones con la policía, no podré ayudarles oficialmente. Ustedes trabajan por su cuenta y riesgo.

—Lo comprendo perfectamente —dijo Tuppence—. Le haré una lista de las cosas que deseo saber cuando haya tenido tiempo de pensar. Ahora... en cuanto al dinero.

—Sí, miss Tuppence. ¿Desea decirme cuánto quiere?

—No es eso. De momento tenemos bastante, pero cuando necesitemos más...

—Yo les estaré aguardando.

—Sí, pero... no quiero ser descortés con el gobierno puesto que usted tiene que ver con él, pero ya sabe el tiempo que se necesita para conseguir sacarle alguna cosa. Y si tenemos que llenar un impreso azul, enviarlo, y luego, al cabo de tres meses, ellos nos envían uno verde, y así sucesivamente... bien, no iba a sernos de gran ayuda.

Míster Carter se rió de buena gana.

—No se preocupe, miss Tuppence. Usted me envía una petición personal aquí, y el dinero, en billetes se le enviará a vuelta de correo. Y en cuanto al sueldo..., ¿pongamos tres mil al año? Y desde luego, otro tanto para míster Beresford.

Tuppence sonrió encantada.

—Estupendo. Es usted muy amable. ¡Me encanta el dinero! Le llevaré la cuenta detallada de todos nuestros gastos... el Debe, el Haber, el balance en el lado que corresponde y una línea roja a los lados con los totales. Sé hacerlo cuando me lo propongo.

—Estoy seguro de ello. Bien, adiós y buena suerte.

Les estrechó la mano, y a los pocos minutos descendían el tramo de escalones del número veintisiete de Garshalton Terrace mientras la cabeza les daba vueltas.

—¡Tommy! Dime en seguida quién es «míster Carter».

El muchacho murmuró un nombre a su oído.

—¡Oh! —exclamó Tuppence, impresionada.

—Y puedo asegurarte que es estupendo.

—¡Oh! —volvió a exclamar la joven antes de agregar en tono reflexivo—. Me gusta, ¿a ti no? Parece muy cansado y al mismo tiempo da la impresión de que interiormente es como el acero penetrante y muy inteligente. ¡Oh! —Pegó un brinco—. ¡Pellízcame, Tommy, pellízcame! ¡No puedo creer que sea verdad!

Beresford le obedeció.

—¡Ay! ¡Ya basta! Sí, no estamos soñando, y ¡tenemos un empleo!

—¡Y qué empleo...! La aventura ha comenzado de verdad.

—Y es más respetable de lo que yo pensaba —dijo Tuppence pensativa.

—¡Por suerte yo no tengo tu afición a lo criminal! ¿Qué hora es? Vamos a comer... ¿eh?

El mismo pensamiento acudió a sus mentes. Tommy fue el primero en traducirlo en palabras.

—¡Julius P. Hersheimmer!

—No le hemos dicho nada de él a míster Carter.

—Bueno, no hay mucho que contar... por lo menos hasta que le hayamos visto. Vamos, tomemos un taxi.

—Ahora, ¿quién es el extravagante?

—Recuerda que tenemos todos los gastos pagados. Sube.

—De todas maneras causaremos mejor impresión llegando en taxi —dijo Tuppence recostándose en el asiento—. ¡Estoy segura de que los chantajistas nunca viajan en autobús!

—Nosotros hemos dejado de serlo —le recordó Tommy.

—No estoy segura —dijo Tuppence en tono sombrío.

Al preguntar por míster Hersheimmer fueron acompañados en seguida a sus habitaciones. Una voz impaciente exclamó: «Adelante», respondiendo a la llamada del botones, que se hizo a un lado para dejarles pasar.

Míster Julius P. Hersheimmer era muchísimo más joven de lo que Tommy o Tuppence pudieron imaginar. La muchacha le calculó unos treinta y cinco años. Era de mediana estatura y de espaldas cuadradas que hacían juego con su mandíbula. Su rostro retador, resultaba agradable. Todo el mundo le hubiera tomado por estadounidense, aunque hablaba con poquísimo acento.

—¿Recibieron mi nota? Siéntense y díganme todo lo que sepan de mi prima.

—¿Su prima?

—Sí. Jane Finn.

—¿Es su prima?

—Mi padre y su madre eran hermanos —explicó míster Hersheimmer.

—¡Oh! —exclamó Tuppence—. ¿Entonces usted sabe dónde está?

—¡No! —Hersheimmer golpeó la mesa con el puño—. ¡Que me maten si lo sé! ¿Y ustedes?

—Nosotros pusimos el anuncio para obtener información, no para darla —replicó Tuppence con severidad.

—Ya lo sé. ¡¿Acaso cree que no sé leer?! Pero creí que tal vez

44

conocieran su paradero actual y sólo les interesaran sus antecedentes.

—Bueno, no nos importaría oír su historia —dijo Tuppence.

Pero míster Hersheimmer pareció sentirse receloso de pronto.

—Oigan —exclamó—, esto no es Sicilia. Nada de exigir rescates ni amenazarme con cortarme las orejas si me niego a entregarlo. Éstas son las Islas Británicas, de modo que déjense de negocios sucios o llamaré a ese enorme policía que acabo de ver en Piccadilly.

—No hemos secuestrado a su prima. Al contrario, queremos encontrarla. Nos han empleado para buscarla.

Míster Hersheimmer se recostó en su butaca.

—Pónganme al corriente —dijo.

Tommy le hizo un resumen bastante limitado de la desaparición de Jane Finn y de la posibilidad de que estuviera envuelta inocentemente en alguna «maniobra política». Dijo que él y Tuppence eran «investigadores privados» encargados de buscarla, y agregó que por lo tanto le agradecerían cualquier detalle que pudiera darles.

El caballero movió la cabeza con gesto de aprobación.

—Está bien. Veo que me he precipitado. ¡Pero Londres me saca de mis casillas! Sólo conozco el viejo Nueva York. Hagan las preguntas que gusten y las contestaré.

De momento los Jóvenes Aventureros quedaron cortados, mas Tuppence se rehízo y osadamente lanzó la primera pregunta que se le ocurrió y que había aprendido en las novelas policíacas.

—¿Cuándo vio por última vez a la des... a su prima, quiero decir?

—Nunca la he visto —respondió míster Hersheimmer.

—¿Qué? —exclamó Tommy, asombrado.

Hersheimmer volvióse hacia él.

—No, señor. Como ya dije antes, mi padre y su madre eran hermanos, como pueden serlo ustedes... —Tommy no corrigió su opinión acerca de su parentesco—, pero no siempre se llevaron bien. Y cuando mi tía decidió casarse con Amos Finn, que era un pobre maestro de escuela del oeste, mi padre se puso furioso. Y dijo que si hacía fortuna, como ya iba en camino, ella nunca vería un céntimo. Bueno, el caso es que tía Jane se fue al oeste y nunca volvimos a saber de ella.

»El viejo hizo fortuna. Negoció con aceites, luego con acero... ferrocarriles, y puedo asegurarle que tuvo en vilo a Wall Street. —Hizo una pausa—. Luego murió... y yo entré en posesión de los dólares. Bueno, ¿querrán creerlo? ¡Mi conciencia empezó a darme trabajo! No cesaba de remorderme diciéndome: "¿Qué será de tu tía Jane, por el Oeste?". Y me preocupé. ¿Saben? Yo siempre creí que Amos Finn no haría nada bueno en esta vida. Al fin contraté a un hombre para que la buscara. Resultado: ella ha muerto, Amos Finn también, pero dejaron una hija... Jane... que iba en el *Lusitania* camino de París cuando fue torpedeado. Se salvó, pero desde entonces no se ha sabido nada de ella por este lado. Pensé que lo mejor era venir aquí y acelerar las cosas. Ante todo telefoneé a Scotland Yard y al Almirantazgo. Los del Almirantazgo casi me mandaron a paseo, pero en Scotland Yard estuvieron muy amables... dijeron que harían averiguaciones, incluso esta mañana han enviado a un hombre para recoger su fotografía. Mañana salgo para París. Quiero ver lo que hace la Prefectura. Me figuro que si voy de un lado a otro metiéndoles prisa, tendrán que trabajar.

La vitalidad de míster Hersheimmer era tremenda y se inclinaron ante ella.

—Pero díganme —concluyó—, ¿no la buscan por nada? Por desacato a la autoridad, o algo así... Una joven estadounidense de espíritu orgulloso pudo encontrar sus leyes y métodos bastante fastidiosos en tiempo de guerra. Si se trata de esto, y en este país existe el soborno, yo compraré su libertad.

Tuppence le tranquilizó.

—Bien. Entonces podemos trabajar juntos. ¿Qué les parece si comiéramos? ¿Quieren que nos sirvan aquí, o bajamos al restaurante?

Tuppence expresó sus preferencias por esto último y Julius se avino a sus deseos.

Las ostras acababan de dar paso al lenguado Colbert cuando presentaron una tarjeta a míster Hersheimmer.

—Inspector Japp, del Departamento de Investigación Criminal de Scotland Yard. Esta vez es otro hombre. ¿Qué espera que le diga que no haya dicho ya al primero? Espero que no hayan perdido esa fotografía. El fotógrafo del oeste vio quemarse su establecimiento con todos sus negativos... y ésta es la única copia que existe. La conseguí en el colegio.

Un temor indescriptible se apoderó de Tuppence.

—¿No... no sabe usted el nombre del policía que vino esta mañana?

—Sí creo que sí. No... Espere un segundo. Estaba escrito en su tarjeta. ¡Oh, ya lo sé! Inspector Brown. Era un tipo muy corriente.

Capítulo VI

UN PLAN DE CAMPAÑA

Sería mejor correr un velo sobre los acontecimientos de la media hora siguiente. Basta decir que en Scotland Yard no se conocía a ningún «Inspector Brown». La fotografía de Jane Finn que tan valiosa hubiera sido a la policía para dar con su paradero, se había perdido sin esperanza de ser recobrada. «Míster Brown» había triunfado una vez más.

El efecto inmediato de este contratiempo tuvo como resultado un *rapprochement* entre Julius Hersheimmer y los Jóvenes Aventureros. Todas las barreras se vinieron abajo con estrépito, y Tommy y Tuppence tuvieron la sensación de que habían conocido al joven estadounidense toda su vida. Abandonaron su postura de «investigadores privados» y le contaron toda la historia desde que fundaron la sociedad de aventureros, ante lo cual el hombre se «divirtió horrores».

Al concluir la narración se volvió a Tuppence.

—Siempre había creído que las muchachas inglesas eran un poco tímidas. Anticuadas, dulces, eso sí, pero temerosas de dar un paso sin una dama de compañía. ¡Me figuro que estoy algo atrasado!

El resultado final de estas confidencias fue que Tommy y Tuppence fijaron su residencia en el Ritz; según Tuppence, para poder estar en contacto con el único pariente de Jane Finn.

—¡Y haciéndolo así —agregó dirigiéndose a Tommy—, nadie podría quejarse del gasto!

Y nadie lo hizo, que fue lo bueno.

—Y ahora —dijo la jovencita a la mañana siguiente de haberse instalado—, ¡a trabajar!

Míster Beresford dejó el *Daily Mail* que estaba leyendo para aplaudir con innecesario vigor, siendo reprendido amablemente por su colega.

—No seas tonto, Tommy, tenemos que hacer algo para justificar nuestro sueldo.

El muchacho suspiró.

—Sí, me temo que ni siquiera nuestro querido gobierno nos tendría en el Ritz holgazaneando a perpetuidad.

—Por consiguiente, como ya te dije antes, debemos *hacer* algo.

—Bien —replicó Tommy volviendo a tomar el periódico—, *hazlo*. Yo no te detendré.

—¿Sabes? —continuó Tuppence sin hacerle caso—, he estado pensando.

Se vio interrumpida por una nueva salva de aplausos.

—Es muy propio de ti quedarte ahí sentado haciendo el oso, Tommy. No te haría daño alguno hacer un poco de ejercicio mental.

—¡Mi Sindicato, Tuppence, mi Sindicato! No me permite trabajar antes de las once.

—Tommy, ¿quieres que te tire algo? Es absolutamente necesario que tracemos un plan de campaña sin dilación.

—¡Oigamos! ¡Oigamos!

—Bien, manos a la obra.

Tommy al fin se puso serio.

—En ti hay algo de la sencillez de una gran inteligencia, Tuppence. Suelta lo que sea. Te escucho.

—Para empezar —dijo la aludida—, ¿en qué podemos basarnos?

—Absolutamente en nada —dijo Tommy alegremente.

—¡Te equivocas! —Tuppence le señaló acusadoramente con su índice—. Tenemos dos pistas distintas.

—¿Cuáles son?

—Primera pista: conocemos a uno de la banda.

—¿Whittington?

—Sí. Lo reconocería en cualquier parte.

—¡Hum! —replicó Tommy pensativo—. A mí eso no me parece una pista. No sabes dónde buscarlo y existe una posibilidad contra mil de que le encuentres por casualidad.

—No estoy tan segura de eso —replicó Tuppence pensativa—. Me he dado cuenta de que a menudo, una vez empiezan a ocurrir coincidencias, luego se siguen sucediendo del modo más extraordinario. Yo diría que es alguna ley natural que todavía no hemos descubierto. No obstante, como bien dices, no podemos confiar en ello. Pero en Londres existen ciertos sitios por los que nadie deja de pasar más pronto o más tarde. Por ejemplo, la plaza Piccadilly. Una de mis ideas consiste en pasarme allí el día con una bandeja de banderitas, simulando venderlas.

—¿Y cuándo comerás? —preguntó el muchacho, siempre práctico.

—¡Qué masculino es eso! ¿Qué importa la comida?

—Eso lo dices ahora, porque acabas de tomarte un opíparo

desayuno. Nadie tiene mejor apetito que tú, Tuppence, y a la hora del té te habrías comido las banderitas con alfiler y todo. Pero, con franqueza, no me convence tu idea. Es posible que Whittington ni siquiera esté en Londres.

—Es cierto. De todas formas, creo que la pista número dos es más prometedora.

—Oigámosla.

—No es gran cosa. Sólo un nombre de pila… Rita. Whittington lo mencionó aquel día.

—¿Es que te propones insertar un tercer anuncio? «Se busca a una individua sospechosa que atiende por Rita».

—No. Lo que me propongo es razonar de una manera lógica. A ese hombre, Danvers, le seguían, ¿no es cierto? Y es mucho más probable que lo hiciera una mujer que un hombre.

—No veo el porqué.

—Estoy completamente segura de que sería una mujer y además atractiva —replicó Tuppence sin alterarse.

—En estos puntos técnicos tengo que inclinarme ante tu opinión —murmuró Beresford.

—Ahora bien, es evidente que esa mujer, sea quien fuere, se salvó.

—¿Cómo lo sabes?

—De no ser así, ¿cómo sabrían que Jane Finn tenía los papeles?

—Correcto. Continúa, ¡Sherlock!

—Existe la posibilidad, admito que sólo es una posibilidad, de que esa mujer fuese «Rita».

—¿Y de ser así?

—De ser así, tendríamos que buscar entre los supervivientes del *Lusitania* hasta dar con ella.

—Entonces lo primero que hay que hacer es conseguir una lista de los supervivientes.

—Ya la tengo. Escribí una larga lista de cosas que deseaba saber y la envié a míster Carter. Esta mañana he recibido su contestación y entre otras cosas me incluye la lista oficial de las personas que se salvaron de la catástrofe del *Lusitania*. ¿Qué te parece la pequeña Tuppence?

—Diez en diligencia y cero en modestia. Pero el caso es, ¿hay alguna Rita en la lista?

—Eso es lo que no sé —confesó Tuppence.

—¿Que no sabes?

—No. Mira —los dos se inclinaron sobre la lista—. ¿Ves? Hay muy pocos nombres de pila. Casi todas son señoras o señorita tal.

Tommy asintió.

—Eso complica el asunto —murmuró pensativo.

Tuppence sacudióse el cabello con su aire «perruno» tan personal.

—Bien, tendremos que aplicarnos a la tarea de averiguarlo, eso es todo. Empezaremos por el área de Londres. Anota las direcciones de las mujeres que viven en Londres o en los alrededores, mientras yo voy a ponerme el sombrero.

Cinco minutos más tarde, la joven pareja salía a la calle y pocos segundos después, un taxi les llevaba a Los Laureles, carretera de Gledower, número siete, residencia de mistress Keith, cuyo nombre figuraba en primer lugar en una lista de siete nombres que Tommy guardaba en su bolsillo.

Los Laureles era una mansión ruinosa separada de la carretera por unos pocos arbustos raquíticos que pretendían dar la impresión de jardín. Tommy pagó al taxista y acompañó a Tuppence hasta la puerta. Cuando ella iba a hacer sonar el timbre la contuvo.

—¿Qué vas a decir?

—¿Qué voy a decir? Pues diré… Oh, Dios mío, no lo sé. Es muy peliagudo.

—Me lo imaginaba —exclamó el muchacho satisfecho—. ¡Eso es muy femenino! ¡No prevéis nada! Ahora apártate y contempla qué fácilmente resuelven los hombres una situación así. —Hizo sonar el timbre y Tuppence se situó a una distancia conveniente.

Les abrió la puerta una criada de aspecto desaliñado, cara sucia y un par de ojos a juego con el conjunto.

Tommy había sacado una libreta y un lápiz.

—Buenos días —dijo en tono vivaz y alegre—. Somos de la Junta del Distrito de Hampstead. El nuevo Registro de votantes. ¿Vive aquí mistress Edgard Keith?

—Sí —repuso la sirvienta.

—¿Cuál es su nombre de pila? —preguntó Tommy, blandiendo el lápiz.

—¿De la señora? Eleonor Jane.

—E-l-e-o-nor —deletreó Tommy—. ¿Tiene algún hijo, hija mayor de veintiún años?

—No.

—Gracias. —Tommy cerró su bloc de notas con gesto rápido—. Buenos días.

La sirvienta se permitió la primera observación.

—Creí que tal vez venía por el gas —observó antes de cerrar la puerta.

Tommy se reunió con su cómplice.

—¿Ves, Tuppence? —comentó—. Esto es cosa de niños para una despierta mentalidad masculina.

—No me importa admitir por una vez que te has desenvuelto maravillosamente. A mí no se me hubiera ocurrido nunca.

—Buen truco, ¿verdad? Y podemos repetirlo a voluntad.

La hora de comer sorprendió a los dos jóvenes devorando rápidamente un bistec con patatas fritas en una oscura posada. Habían dado con una Gladys Mary, una Marjorie, sufrieron una desilusión al ver que una de las de la lista había cambiado de domicilio, y tuvieron que soportar una larga conferencia sobre el sufragio universal de labios de una señora estadounidense muy habladora, cuyo nombre de pila resultó ser Sadie.

—¡Ah! —dijo Tommy después de tomar un buen trago de cerveza—. Me siento mejor. ¿Dónde es la próxima dirección?

El libro de notas estaba abierto sobre la mesa y Tuppence lo agarró.

—Ahora le toca el turno a mistress Vandemeyer —leyó—, que vive en el número veinte de las Mansiones South Audley. Luego a miss Wheeler del número cuarenta y tres de la calle Clapington, Battersea. Es camarera, de modo que probablemente no estará allí, y de todas formas no creo que sea la que buscamos.

—Entonces lo más indicado es visitar en primer lugar a la señora que vive en Mayfair.

—Tommy, empiezo a desanimarme.

—Ánimo, pequeña. Ya sabíamos que era una posibilidad muy remota. Y de todas formas acabamos de empezar. Si fracasáramos en Londres nos queda la perspectiva de un viaje por Inglaterra, Irlanda o Escocia.

—Cierto —repuso Tuppence sintiendo renacer su ánimo—. ¡Y con todos los gastos pagados! Pero, oh, Tommy, me gustaría que todo fuera más de prisa. Hasta ahora, las aventuras se han ido sucediendo, pero esta mañana ha sido muy aburrida.

—Debes contener tus ansias de sensaciones, Tuppence. Recuerda que si míster Brown es tal como lo han pintado, es un milagro que no esté aquí ya para hacernos pasar a mejor vida. Vaya, me ha salido muy bien.

—La verdad es que eres mucho más pretencioso que yo… y con menos motivos. ¡Ejem! Pero desde luego es extraño que míster Brown no haya descargado aún su cólera sobre nosotros (ya ves que yo también sé hacer frases) y podamos continuar nuestro camino.

—Tal vez considere que no vale la pena preocuparse por nosotros —sugirió con sencillez.

Tuppence recibió la frase con disgusto.

—Qué agradable eres, Tommy. Como si nosotros no tuviéramos importancia.

—Lo siento, Tuppence. Lo que he querido decir es que nosotros trabajamos en la oscuridad y que él no sospecha de nuestros planes malvados. ¡Ja, ja!

—¡Ja, ja! —repitió Tuppence como un eco en tono de aprobación mientras se ponía en pie.

Las Mansiones South Audley eran un imponente bloque de pisos situados junto a Park Lane. El número veinte estaba en la segunda planta.

Tommy ya había adquirido cierta práctica, y lanzó el formulario de preguntas a la anciana que le abrió la puerta, que más parecía la dueña de la casa que una sirvienta.

—¿Cuál es su nombre de pila?

—Margaret.

Tommy lo deletró; ella le interrumpió.

—No, «gue».

—Oh, Marguerite; ya, como en francés. —Hizo una pausa, preguntando luego osadamente—: Nosotros la teníamos inscrita como Rita Vandemeyer, pero supongo estaría equivocado.

—Casi siempre la llaman así, pero su nombre es Marguerite.

—Gracias. Eso es todo. Buenos días.

Incapaz de contener su excitación, Tommy corrió hacia la escalera. Tuppence le esperaba en el rincón de turno.

—¿Has oído?

—Sí. ¡Oh, Tommy!

—Lo sé, pequeña. Yo siento lo mismo.

—Es… tan bonito pensar las cosas… y que luego ocurran realmente —exclamó Tuppence entusiasmada.

Tommy continuaba llevándola de la mano. Habían llegado a la planta baja. En la escalera se oían voces y rumor de pasos.

De pronto, ante la sorpresa de Tommy, Tuppence le arrastró al lado del ascensor donde la luz era más escasa.

—¿Qué día…?

—¡Silencio!

Dos hombres bajaban la escalera y salieron a la calle. Tuppence se asió con fuerza al brazo de Tommy.

—Deprisa… sígueles. Yo no me atrevo. Pudiera reconocerme. No sé quién será el otro, pero el más grueso de los dos es Whittington.

Capítulo VII

LA CASA DEL SOHO

Whittington y su acompañante caminaban a buen paso. Tommy emprendió la persecución en el acto, llegó a tiempo de verles doblar la esquina de la calle. Sus largas piernas le permitieron alcanzarles, y cuando él llegó a la esquina, había acortado considerablemente la distancia que le separaba de ellos. Las avenidas de Mayfair estaban relativamente desiertas, y consideró muy prudente contentarse con tenerles bajo su vigilancia.

Aquel pasatiempo era nuevo para él. Aunque no desconocía su técnica gracias a un curso de lecturas policíacas, hasta entonces nunca había intentado «seguir» a nadie, y al llevarlo a la práctica le pareció que el procedimiento estaba sembrado de dificultades. Supongamos, por ejemplo, que de pronto tomaran un taxi… En las novelas, uno se limita a llamar a otro, prometiendo una propina al taxista… y todo solucionado. Pero en realidad, Tommy temía no encontrarlo tan a mano, en cuyo caso tendría que correr. ¿Y qué papel haría en la actualidad un joven corriendo sin parar por las calles de Londres? En una calle principal podría dar la impresión de que corría para tomar el autobús, pero en aquellas aristocráticas y solitarias calles era de esperar que le detuviera cualquier policía para pedirle explicaciones.

Cuando había llegado a aquel punto de sus meditaciones vio aparecer un taxi libre, y contuvo su aliento. ¿Lo tomarían?

Exhaló un suspiro de alivio al ver que lo dejaban pasar sin detenerle. El camino que llevaban iba zigzagueando en dirección a la calle Oxford. Cuando al fin llegaron, emprendieron la dirección este y Tommy aceleró ligeramente el paso. Poco a poco se fue aproximando a ellos. En aquella acera tan concurrida no era de esperar que llamara su atención, y estaba ansioso de poder pescar alguna palabra de lo que hablaban. En esto fracasó rotundamente: conversaban en tono bajo y el ruido del tránsito ahogaba sus voces, que tanto le interesaban.

Antes de llegar a la estación del metro de Bond Street, atravesaron la calzada y entraron en Los Leones seguidos fielmente por Tommy. Subieron al primer piso y se instalaron en una mesa junto a la ventana. Era tarde y el local empezaba a vaciarse. Tommy ocupó la mesa más próxima a ellos, sentándose detrás de Whittington por temor a que le reconociera. Por otro lado así podía contemplar tranquilamente al otro hombre y estudiarle con atención. Era rubio, con un rostro pálido y muy desagradable. Tommy le clasificó como polaco o ruso. Tendría probablemente unos cincuenta años, e inclinaba algo los hombros al hablar.

Puesto que ya había comido a gusto, Tommy se contentó con pedir queso gratinado y una taza de café. Whittington pidió una comida sustanciosa para él y su acompañante; luego, cuando la camarera se hubo alejado, acercando la silla un poco más a la mesa, comenzó a hablar en voz baja. Tommy sólo conseguía pillar alguna palabra suelta; mas al parecer le daba al otro instrucciones u órdenes, que este último discutía de vez en cuando. Whittington se dirigía a él llamándole Boris.

Tommy pescó la palabra «Irlanda» varias veces, y también «propaganda», mas no mencionaron a Jane Finn. De pronto, en un momento en que cesó el ruido de la estancia, captó una frase entera. Whittington era quien hablaba.

—Ah, pero usted no conoce a Flosie. Es maravillosa. Haría jurar a cualquiera que era su propia madre. Siempre tiene la frase oportuna y eso es lo principal.

Tommy no pudo oír la respuesta de Boris, pero dijo algo que sonó como:

—Desde luego… sólo en caso de necesidad…

Luego volvió a perder el hilo. De pronto las frases volvieron a hacerse perceptibles. Bien porque hubieran alzado la voz, o porque el oído de Tommy se iba aguzando… no sabría decirlo. Pero dos palabras tuvieron un efecto estimulante en el que escuchaba. Las pronunció Boris y fueron: «Míster Brown».

Whittington pareció poner algún reparo, pero el otro se echó a reír.

—¿Por qué no, amigo mío? Es un hombre respetable… y muy corriente. ¿No le escogió por esta razón? Ah, como me gustaría conocer a míster Brown.

Hubo un timbre especial en la voz de Whittington al replicar:

—¡Quién sabe! A lo mejor ya le ha conocido.

—¡Bah! —repuso el otro—. Esto es un cuento de niños… una fábula inventada para engañar a la policía. ¿Sabe lo que yo digo algunas veces? Que es un mito inventado por los de arriba para asustarnos. Bien pudiera ser.

—O tal vez no.

—Me pregunto…, ¿será o no cierto que está entre nosotros como uno más, desconocido por todos excepto unos cuantos escogidos? Si es así, guarda bien su secreto. Y la idea es buena, vaya si lo es. Nosotros nunca lo sabremos. Nos miramos unos a otros… *uno de nosotros es míster Brown…*, ¿cuál? Él ordena… pero también obedece. Está entre nosotros… y nadie sabe quién es…

Con un esfuerzo el ruso se liberó de sus imaginaciones para mirar el reloj.

—Sí —dijo Whittington—, será mejor que nos marchemos.

Llamó a la camarera para pedir la cuenta. Tommy hizo lo propio y pocos segundos después seguía a los dos hombres por la escalera.

Una vez en el exterior, Whittington detuvo al taxi diciendo al conductor que les llevara a la estación de Waterloo.

Allí abundaban los taxis, y antes que arrancara el de Whittington, otro se detenía junto a la acera obedeciendo a un ademán perentorio de Tommy.

—Siga a ese taxi —ordenó al conductor—. Y no lo pierda de vista.

El taxista no demostró el menor interés. Se limitó a lanzar un gruñido al bajar la bandera. El viaje no tuvo contratiempo. El taxi de Tommy se detuvo inmediatamente después que el de Whittington, y el joven se colocó tras él ante la taquilla, y le oyó pedir un billete para Bournemouth. Él adquirió otro para el mismo sitio. Al apartarse de la ventanilla, Boris observó, mirando el reloj:

—Tienes tiempo de sobra. Falta media hora.

Las palabras de Boris despertaron una nueva serie de ideas en la mente de Tommy. Por lo oído, Whittington iba a realizar el viaje solo, mientras el otro se quedaba en Londres… tenía que escoger a cuál de los dos seguir. No era posible seguir a los dos… a menos que… Miró el reloj igual que hiciera Boris, y luego al tablero donde se anunciaban las salidas de los trenes. El de Bournemouth salía a las tres treinta y eran sólo las tres y diez. Whittington y Boris paseaban junto al kiosco de periódicos. Tras dirigirles una mirada vacilante, Tommy corrió a meterse en una cabina telefónica. No se atrevió a perder tiempo tratando de comunicar con Tuppence. Lo más probable era que siguiera en las proximidades de las Mansiones South Audley, pero todavía le quedaba otro aliado. Telefoneó al Ritz y preguntó por Julius Hersheimmer. ¡Oh, si por lo menos el joven estadounidense estuviera en su habitación! Se oyó un zumbido y al fin un «sí» de acento inconfundible llegó hasta su oído.

—¿Es usted Hersheimmer? Le habla Beresford. Estoy en la estación de Waterloo. He seguido hasta aquí a Whittington y otro hombre. No tengo tiempo para explicaciones. Whittington va a tomar el tren de las tres treinta para Bournemouth. ¿Puede llegar antes de esa hora?

La respuesta fue tranquilizadora.

—Desde luego. Me daré prisa.

Oyó cortar la comunicación y exhaló un suspiro de alivio. Julius conocía el valor de la velocidad y llegaría a tiempo.

Whittington y Boris seguían en el mismo lugar en que les dejara. Si Boris se quedaba hasta que su amigo tomara el tren, todo iría bien. Tommy registró su bolsillo, pensativo. A pesar de tener carta blanca en los gastos, aún no se había acostumbrado a llevar encima mucho dinero, y la adquisición del billete de primera clase para Bournemouth le había dejado sólo unos pocos chelines. Era de esperar que Julius llegara bien provisto.

Entretanto los minutos iban transcurriendo: las tres quince, las tres veinte, las tres veinticinco, las tres veintisiete. ¿Y si Julius no llegaba a tiempo? Las tres veintinueve… La puerta se abrió. Tommy sintió que le invadía el pesimismo. Luego una mano se posó en su hombro.

—Aquí estoy, muchacho. ¡El tránsito inglés está más allá de todo calificativo! Indíqueme en seguida a esos individuos.

—Ése es Whittington… allí, el que entra ahora vestido de oscuro. El otro que está hablando con él es un extranjero.

—A por ellos, ¿a cuál de los dos he de seguir?

Tommy había previsto esta pregunta.

—¿Lleva dinero encima?

Julius movió la cabeza y Tommy sintióse desfallecer.

—Me parece que no llevaré encima en estos momentos más que trescientos o cuatrocientos dólares —explicó el estadounidense.

Tommy respiró aliviado.

—¡Oh, cielos, estos millonarios! ¡No hablamos el mismo lenguaje! Suba al tren. Aquí está su billete, Whittington es su hombre.

—¡A por Whittington! —dijo Julius en tono sombrío. El tren comenzaba a ponerse en movimiento y subió de un salto—. Hasta la vista, Tommy. —El tren se alejó de la estación.

Tommy respiró profundamente. Boris venía por el arcén hacia dónde él estaba. Le dejó pasar y luego reemprendió la persecución.

Desde Waterloo, Boris tomó el metro hasta Piccadilly. Luego

fue andando por la avenida Shafterbury hasta penetrar en el laberinto de callejuelas del Soho. Tommy le siguió a una distancia prudencial.

Al fin llegaron a una plaza ruinosa. Las casas tenían un aire siniestro, debido al polvo y a la decadencia. Boris miró a su alrededor y Tommy se refugió en un portal. El lugar estaba casi desierto. Era un callejón sin salida, y por consiguiente no pasaba ningún vehículo. El modo en que el otro había mirado a su alrededor estimuló la imaginación de Tommy. Desde el abrigo de una portería observó cómo subía el tramo de escalones de una casa de pésimo aspecto y golpeaba la puerta con los nudillos produciendo un ritmo peculiar. Ésta se abrió en el acto, y tras decir una o dos palabras al guardián, penetró en el interior. La puerta volvió a cerrarse.

Fue en ese momento cuando Tommy perdió la cabeza. Lo que debiera haber hecho, lo que hubiera hecho cualquier hombre sensato, lo que por lo general era su principal característica, era permanecer pacientemente donde estaba y esperar a que volviera a salir su hombre. Algo había paralizado su cerebro, y, sin detenerse a reflexionar ni un momento, él también subió aquellos escalones y reprodujo con toda la exactitud que le fue posible la llamada tan peculiar.

La puerta se abrió con la misma prontitud de antes, y un hombre con rostro de villano y de cabellos espesos se interpuso en la entrada.

—¿Qué desea? —gruñó.

En aquel momento empezó a darse cuenta de su gran tontería, pero no se atrevió a vacilar y pronunció las primeras palabras que se le ocurrieron.

—¿Míster Brown?

Ante su sorpresa el hombre se hizo a un lado.

—Arriba —dijo, señalando por encima del hombro con el pulgar—. La segunda puerta a la izquierda.

Tommy subió.

Capítulo VIII

LAS AVENTURAS DE TOMMY

A pesar de la sorpresa que le causaron las palabras de aquel hombre, Tommy no vaciló. Si la audacia le había llevado hasta allí, era de esperar que le llevara aún más adelante. Con toda tranquilidad penetró en la casa y dirigióse a la desvencijada escalera. Todo lo de aquella casa estaba más sucio de lo que puede expresarse con palabras. El papel de las paredes, cuyo dibujo ya no se distinguía a causa de la mugre, colgaba por todas partes hecho tiras. En cada rincón había una masa gris de telarañas.

Tommy fue subiendo lentamente, y cuando llegó al rellano oyó que el hombre de abajo desaparecía en el cuarto posterior. Era evidente que aún no había despertado sospechas. Al parecer el preguntar por míster Brown era lo corriente y natural.

Una vez arriba, Tommy meditó cuál debía ser su actuación inmediata. Ante él se extendía un estrecho pasillo con puertas a ambos lados. De la que estaba más próxima a él por el lado izquierdo salía un murmullo de voces. Era allí donde le indicaron que entrase. Pero lo que fascinaba su mirada era un rincón que había a la derecha, semioculto por una raída cortina de terciopelo. Estaba precisamente enfrente de la puerta de la izquierda, y debido a su situación singular, también gozaba de la vista de la parte superior de la escalera. Como escondite para un hombre, o todo lo más para dos, era ideal, ya que tendría unos sesenta centímetros de fondo por noventa de ancho, y le atraía irremisiblemente. Al pensar de nuevo las cosas despacio, como era su costumbre, decidió que la mención de «míster Brown» no era cosa de un individuo, sino probablemente la contraseña utilizada por la banda. Su afortunado empleo le había permitido entrar sin despertar sospechas, mas ahora debía decidir rápidamente cuál sería su actuación inmediata.

Supongamos que entrase con osadía en la habitación de la izquierda del pasillo. ¿Sería suficiente garantía el haber sido admitido en la casa? Quizá se precisara otra contraseña o por lo menos alguna prueba de identidad. Sin duda el portero no conocería a todos los miembros de la banda, pero arriba tal vez fuese distinto. En conjunto, la suerte le había ayudado mucho hasta el presente, pero era arriesgado confiar en ella demasiado. El entrar en la habitación suponía un riesgo colosal. No iba a esperar el poder representar la farsa indefinidamente; más pronto o más tarde habría de delatarse, lo cual significaba haber desperdiciado una ocasión única.

Oyó la repetición de la llamada-contraseña en la puerta de abajo, y tomando una determinación, deslizose rápidamente tras la cortina que cubría el rincón y que le escondía por completo, y a través de cuyos rotos y desgarrones podía ver perfectamente. Aguardaría allí nuevos acontecimientos, y cuando le conviniera podría tomar parte en la reunión, imitando el comportamiento del recién llegado.

El hombre que subió la escalera con paso furtivo le era desconocido. Sin duda alguna, pertenecía a la escoria de la sociedad. Sus cejas espesas y juntas, su mandíbula criminal y la bestialidad que respiraba toda su persona eran nuevas para Tommy, aunque era un tipo que Scotland Yard hubiera reconocido con sólo una ojeada.

El hombre pasó ante el escondrijo de Tommy respirando trabajosamente, se detuvo ante la puerta de enfrente y repitió la llamada convenida, una voz gritó algo desde dentro y el hombre abrió la puerta, permitiendo a Tommy contemplar un instante su interior. Le pareció que debía haber unas cuatro o cinco personas sentadas alrededor de una mesa larga que ocupaba casi todo el espacio, pero su atención la acaparó un hombre alto de cabellos cortos y espesos y barba puntiaguda que se hallaba en la cabecera de la mesa con un montón de papeles ante él. Cuando entró el recién llegado alzó los ojos, y con una pronunciación correcta, pero muy curiosa que chocó a Tommy, le preguntó:

—¿Tu número, camarada?

—El catorce, jefe —replicó el otro con voz ronca.

—Correcto.

La puerta volvió a cerrarse.

«¡Si esto no es una reunión clandestina, yo soy alemán! —dijo Tommy para sus adentros—. Y lo hacen todo sistemáticamente… como se hace siempre. Por suerte no he entrado. Les hubiera dado mal el número y habría tenido que pagar las consecuencias. No, éste es el mejor sitio para mí. Hola, llaman otra vez.»

El visitante resultó ser un tipo completamente distinto del anterior. Tommy reconoció en él a un irlandés autonomista. Desde luego, la organización de míster Brown era de amplio alcance. El criminal vulgar, el caballero irlandés, el ruso pálido y el eficiente maestro de ceremonias alemán. ¡Qué reunión más extraña y siniestra! ¿Quién era aquel hombre que tenía en sus manos aquella curiosa diversidad de eslabones de una cadena desconocida?

El procedimiento fue exactamente igual en todos los casos. La llamada peculiar, la pregunta del número y la respuesta: «Correcto».

Dos nuevos miembros llegaron sucesivamente. El primero le era completamente desconocido y le clasificó como un empleado de la ciudad. Era un hombre de aspecto tranquilo e inteligente que iba vestido con bastante desaliño. El segundo pertenecía a la clase obrera, y su rostro le fue algo familiar.

Tres minutos más tarde llegó otro; un hombre de aspecto imponente, muy bien vestido, y de buena cuna. Su rostro tampoco le era del todo desconocido, aunque de momento no supo identificarlo.

Después de su llegada hubo una larga pausa. Tommy sacó la conclusión de que la reunión estaba ya completa, y ya iba a salir de su escondite cuando otra llamada le hizo volver a refugiarse a toda prisa.

El último en llegar subió la escalera tan silenciosamente que llegó ante Tommy antes de que el joven se percatara de su presencia.

Era de corta estatura, muy pálido y con un aire dócil, casi femenino. El ángulo de sus pómulos denotaba su ascendencia eslava, pero aparte de esto nada hacía adivinar su nacionalidad. Al pasar ante la cortina volvió lentamente la cabeza. La extraña luz de sus ojos parecía atravesar las cosas, y Tommy apenas pudo creer que ignorara su presencia y a pesar suyo se estremeció. No era más imaginativo que cualquier otro joven inglés, pero no le fue posible librarse de la impresión de que una fuerza potente y desacostumbrada emanaba de aquel hombre, que le recordó una serpiente venenosa.

Un instante después vio que su impresión había sido acertada. El recién llegado llamó a la puerta como todos, pero el recibimiento que le dispensaron fue muy distinto. El hombre de la barba se puso en pie, y los demás le imitaron. El alemán se adelantó para estrecharle la mano dando un fuerte taconazo.

—Nos sentimos muy honrados —le dijo—. Honradísimos. Temía que fuera imposible.

El otro respondió en voz baja y un tanto sibilante:

—Hubo dificultades. Me temo que no será posible otra vez. Pero es esencial una reunión... para explicar mi política. No podría hacer nada sin... míster Brown. ¿Está aquí?

—Hemos recibido un mensaje. Le es imposible venir personalmente. —Se detuvo dando la impresión de haber dejado la frase sin terminar.

Con una sonrisa el otro contempló los rostros inquietos.

—¡Ah! Comprendo. He leído cuáles son sus métodos. Trabaja en la sombra y no confía en nadie. Pero de todas formas, es posible que ahora se halle entre nosotros... —volvió a mirar a su alrededor y de nuevo el grupo reflejó una expresión temerosa. Cada uno de ellos parecía contemplar a su vecino con recelo.

El ruso se rascó la mejilla.

—Tal vez. Abramos la reunión.

El alemán pareció recobrarse y le indicó el lugar que ocupara hasta entonces a la cabecera de la mesa. El ruso quiso negarse, pero el otro insistió.

—Es el único lugar posible —le dijo— para el Número Uno. ¿El número catorce querrá cerrar la puerta?

Al instante siguiente Tommy volvió a contemplar la puerta de madera, y las voces procedentes del interior se convirtieron en un murmullo imperceptible. Tommy comenzó a impacientarse. La conversación oída había despertado su curiosidad y de un modo u otro tenía que seguir escuchando.

Abajo no se oía ruido alguno y no le pareció probable que subiera el encargado de abrir la puerta. Después de escuchar con suma atención durante un par de minutos, asomó la cabeza por la cortina. El pasillo estaba desierto. Tommy se quitó los zapatos y dejándolos detrás de la cortina anduvo de puntillas hasta la puerta cerrada, ante la que se arrodilló para aplicar el oído a la cerradura. Comprobó que no conseguía oír gran cosa: sólo una palabra suelta de vez en cuando, si alguien alzaba la voz, lo cual sirvió únicamente para aumentar su curiosidad.

Contempló el pomo de la puerta. ¿Sería posible hacerlo girar gradualmente, y sin que los de dentro lo notaran? Tal vez, con sumo cuidado... Muy despacio, milímetro a milímetro, lo fue haciendo girar conteniendo el aliento. Un poco más... un poquitín más... ¿Es que no iba a terminar nunca? ¡Ah! Al fin no pudo hacerlo girar más.

Esperó un par de minutos para tomar aliento y empujó la puerta ligeramente hacia delante, pero ésta no se movió. Tommy estaba impaciente. Si tenía que emplear mucha fuerza, era casi seguro que crujiría. Esperó a que las voces se alzaran algo más, y volvió a intentarlo aumentando la presión. ¿Es que se habría encallado la muy condenada? Al final, desesperado, empujó con todas sus fuerzas. Mas la puerta permaneció firme, haciéndole comprender la verdad. Estaba cerrada con llave, o habrían echado el pestillo por dentro.

Por un momento se dejó llevar por su indignación.

«Bien —pensó—. ¡Qué mala jugada!»

Una vez se hubo apaciguado, se dispuso a hacer frente a la situación. Evidentemente, lo primero que debía hacer era volver el pomo a su posición inicial. Si lo soltaba de golpe, los de dentro habrían de notarlo, y por ello, con infinitas precauciones, realizó de nuevo el trabajo, aunque esta vez a la inversa. Todo fue bien, y con un suspiro de alivio se puso en pie. Su tenacidad, propia de un bulldog, le hacía resistirse a admitir la derrota. Aunque chasqueado de momento, estaba lejos de sentirse dispuesto a abandonar la lucha. Continuaba deseando oír lo que se decía en la habitación, y puesto que su plan había fracasado buscaría otro.

Miró a su alrededor. Un poco más abajo, a la izquierda del pasillo, había otra puerta, y a ella se dirigió sin hacer ruido. Estuvo escuchando un momento y luego tanteó el pomo. Éste cedió, permitiéndole deslizarse en su interior.

La habitación, que estaba desocupada, había sido amueblada como dormitorio, y como todo lo de aquella casa, el mobiliario se caía a pedazos y el polvo abundaba en todas partes.

Pero lo que interesó a Tommy fue lo que había esperado encontrar: una puerta de comunicación entre las dos habitaciones. Cerrando cuidadosamente la puerta del pasillo se acercó a examinar la otra. Tenía corrido el pestillo, que era evidente no había sido utilizado en muchos años. Tirando con prudencia, al fin consiguió descorrerlo sin producir demasiado ruido. Luego repitió las maniobras. La puerta se abrió… un milímetro… pero lo bastante para que Tommy oyera lo que hablaban. Del otro lado de la puerta había un cortinón de terciopelo, que impedía la visión, pero fue capaz de reconocer las voces con bastante exactitud.

El irlandés, con su rico acento inconfundible, era el que hablaba.

—Todo eso está muy bien, pero es esencial tener más dinero. ¡Sin dinero… no hay resultados!

—¿Garantizas que habrá resultados?

Otra voz, que Tommy adjudicó a Boris, explicó:

—Dentro de un mes… a partir de ahora… o más pronto o más

tarde, como queráis… os garantizo un reinado de terror en Irlanda capaz de sacudir el Imperio Británico hasta sus cimientos.

Hubo una pausa y luego se oyó la voz suave y sibilante del Número Uno.

—¡Bien! Tendrás el dinero, Boris; tú cuidarás de ello.

—¿Por medio de los irlandeses estadounidenses y de míster Potter, como de costumbre?

—¡Creo que será lo mejor! —dijo una voz nueva con acento de ultramar—. Aunque quiero señalar que las cosas se están poniendo algo difíciles. Ya no hay la simpatía de antes, y sí una disposición creciente a dejar que los irlandeses solucionen sus asuntos sin la intervención de Estados Unidos.

Tommy comprendió que Boris se habría encogido de hombros al responder:

—¿Y eso qué importa, cuando el dinero sólo viene de los Estados Unidos nominalmente?

—La dificultad principal es el desembarco de las municiones —dijo el irlandés—. El dinero se traslada fácilmente… gracias a nuestro colega aquí presente.

Otra voz, que Tommy imaginó sería la del hombre alto de aspecto imponente, cuyo rostro le había sido familiar, dijo:

—¡Piensa en los sentimientos de Belfast, si pudieran oírte!

—Entonces queda acordado —dijo la voz sibilante—. Ahora, del asunto del préstamo a un periódico inglés, ¿has arreglado satisfactoriamente los detalles, Boris?

—Creo que sí.

—Bien. Se hará un desmentido oficial desde Moscú de ser necesario.

Hubo una pausa y después la voz del alemán rompió el silencio.

—Tengo instrucciones de… míster Brown, para presentarles los resúmenes de los informes de las distintas uniones. La de mineros es muy satisfactoria. Tenemos que controlar a los ferroviarios. Puede que nos den trabajo otras asociaciones.

Durante un largo intervalo reinó el silencio, roto únicamente por el crujido de los papeles y alguna palabra ocasional y explicatoria del alemán. Luego Tommy oyó el ligero tamborileo de unos dedos sobre la mesa.

—¿Y… la fecha, amigo mío? —dijo el Número Uno.

—El veintinueve.

El ruso pareció reflexionar.

—Es bastante pronto.

—Lo sé. Pero ha sido acordada por los principales dirigentes laboristas y no podemos contrariarles demasiado. Deben pensar que es cosa enteramente suya.

El ruso pareció reflexionar.

—Sí, sí. Es cierto —contestó—. No deben tener la menor sospecha de que les utilizamos para nuestros propios fines. Son hombres honrados... y ése es el valor que tienen para nosotros. Es curioso... pero no es posible provocar una revolución sin hombres honrados. El instinto del populacho es infalible —hizo una pausa y luego repitió, como si la frase le hubiera gustado—: Toda revolución ha tenido sus hombres honrados. Luego se quitan de en medio con facilidad.

Había una nota siniestra en su voz.

El alemán resumió:

—Clymes debe desaparecer. Está muy visto. El Número Catorce cuidará de ello.

Hubo un murmullo ronco.

—De acuerdo, jefe. —Y agregó al cabo de unos instantes—: Supongamos que entonces me pescan.

—Tendrás el mejor abogado defensor —replicó el alemán sin alterarse—. Pero de todas formas llevarás unos guantes con las huellas dactilares de un conocido delincuente. No tienes gran cosa que temer.

—¡Oh!, no tengo miedo, jefe. Todo sea por el bien de la causa. Dicen que por las calles van a correr ríos de sangre. —Habló con cierto anhelo—. Algunas veces sueño con ello. Y con diamantes y perlas rodando por el arroyo a la disposición de quien quiera apoderarse de ellos.

Tommy oyó correr una silla y el Número Uno dijo:

—Entonces todo arreglado. ¿Se nos asegura el éxito?

—Creo... que sí. —Pero el alemán habló con menos convicción que de costumbre.

La voz del Número Uno denotó recelo.

—¿Es que ha ido algo mal?

—Nada, pero...

—Pero ¿qué?

—Los dirigentes laboristas. Sin ellos, como dices, no podemos hacer nada. Si no declaran la huelga general el veintinueve...

—¿Y por qué no iban a hacerlo?

—Como bien has dicho, son honrados. Y a pesar de todo lo que hemos hecho para desacreditar al gobierno ante sus ojos, no estoy seguro de que no tengan una fe ciega en él.

—Pero...

—Lo sé. Lo atacan sin cesar. Pero en conjunto, la opinión pública se pone del lado del gobierno.

De nuevo los dedos del ruso tamborilearon sobre la mesa.

—Al grano, amigo mío. Me han dado a entender que existe cierto documento secreto que nos asegurará el éxito.

—Es cierto. Si ese documento fuese presentado ante los dirigentes, el resultado sería inmediato. Lo publicarían por toda Inglaterra y estallaría la revolución sin un momento de duda. El gobierno caería de un modo absoluto.

—¿Entonces, que más quieres?

—El documento —dijo el alemán con rudeza.

—¡Ah! ¿No lo tienes? Pero, ¿sabes dónde está?

—Hay una persona que... tal vez lo sepa. Y ni siquiera de eso estamos seguros.

—¿Quién es esa persona?

—Una chica.

Tommy contuvo el aliento.

—¿Una chica? —La voz del ruso se alzó considerablemente—. ¿Y no la has hecho hablar? En Rusia tenemos medios para hacer hablar a una chica.

—Este caso es distinto —dijo el alemán con pesar.

—¿Cómo... distinto? —Hizo una pausa y continuó—: ¿Dónde está ahora esa muchacha?

—¿La chica?

—Sí.

—Está...

Pero Tommy ya no oyó nada más. Recibió un fuerte golpe en la cabeza y todo quedó en la oscuridad.

Capítulo IX

TUPPENCE SE DEDICA AL SERVICIO DOMÉSTICO

Cuando Tommy emprendió la persecución de los dos hombres, Tuppence necesitó hacer uso de todo su dominio para no acompañarle. No obstante, se contuvo lo mejor que pudo, y consolose pensando que sus razonamientos habían quedado justificados por los acontecimientos. Indudablemente los dos hombres bajaban del segundo piso, y la ligera pista de un solo nombre, Rita, había puesto una vez más a los Jóvenes Aventureros sobre el rastro de los raptores de Jane Finn.

El caso era, ¿qué hacer ahora? A Tuppence no le gustaba dejar crecer la hierba bajo sus pies. Tommy ya tenía trabajo y, no pudiendo unirse a él, sentíase como un cabo suelto. Volvió sobre sus pasos hasta la entrada del edificio. En el portal encontró ahora al chico del ascensor que estaba limpiando los metales y silbando la última cancioncilla de moda con gran vigor y bastante entonación.

Al ver entrar a Tuppence volvió la cabeza. Había un algo en la muchacha que, generalmente, hacía que se llevara bien con los chiquillos. En seguida se establecía entre ellos un lazo de simpatía, y consideró conveniente y nada despreciable tener un aliado en el campo enemigo.

—Vaya, William —observó alegremente, con su tono más aprobador y amable—, ¡si los dejas brillantes como el sol!

El chico sonrió agradecido.

—Me llamo Albert, señorita —le corrigió.

—Albert, eso es —dijo Tuppence, y acto seguido dirigió una misteriosa mirada a su alrededor para impresionar al muchacho. Luego se inclinó hacia él y bajando la voz agregó—: Quiero hablar contigo, Albert.

Albert dejó de lustrar y abrió la boca ligeramente.

—¡Mira! ¿Sabes lo que es esto? —Y con gesto dramático volvió la solapa de su abrigo para mostrarle una insignia esmaltada. Era muy poco probable que Albert la conociera... cosa que hubiera sido fatal para los planes de Tuppence puesto que la insignia en cuestión era el distintivo de un cuerpo de instructores fundado por el arcediano en los primeros días de la guerra. El que la joven la llevara en el abrigo era debido a que algunos días antes la había utilizado para prenderse unas flores. Mas Tuppence tenía buena vista y había observado el extremo de una novela policíaca que asomaba por el bolsillo de Albert, y por el modo de abrir los ojos ante su táctica comprendió que el pez estaba a punto de picar.

—¡Del Cuerpo Americano de Detectives! —le susurró.

Albert cayó en la trampa.

—¡Dios mío! —murmuró extasiado.

Tuppence meneó la cabeza con el aire de quien ha establecido una corriente de comprensión.

—¿Sabes a quién busco? —le preguntó.

Albert, todavía con los ojos muy abiertos, inquirió conteniendo la respiración.

—¿A alguno de los pisos?

Tuppence asintió señalando al mismo tiempo la escalera con el pulgar.

—La del número veinte. Se hace llamar Vandemeyer. ¡Vandemeyer! ¡Ja! ¡Ja!

Albert se metió la mano en el bolsillo.

—¿Una ladrona? —preguntó con avidez.

—¡Ladrona! Eso diría yo. En los Estados Unidos la llamaban «Rita la Rápida».

—«Rita la Rápida» —repitió Albert con fruición—. ¡Oh, igual que en las películas!

Y así era en realidad. Tuppence iba al cine con mucha frecuencia.

—Annie siempre dijo que era un mal bicho —continuó el chico.

—¿Quién es Annie? —preguntó Tuppence.

—Su doncella. Se marcha hoy. Muchas veces me ha dicho: «Fíjate en lo que te digo, no me extrañaría que la policía viniera a por ella cualquier día». Eso me dijo. Pero es estupenda, ¿no le parece?

—Tiene cierto encanto —concedió Tuppence—. Y apuesto a que lo utiliza para sus planes. A propósito, ¿has visto si llevaba las esmeraldas?

—¿Esmeraldas? Son unas piedras verdes, ¿verdad?

Tuppence asintió.

—Por eso la buscamos. ¿Conoces al viejo Rysdale?

Albert negó con la cabeza.

—Peter B. Rysdale, el rey del aceite.

—Me resulta familiar.

—Los pedruscos eran suyos. La mejor colección de esmeraldas del mundo. ¡Valoradas en un millón de dólares!

—¡Cáscaras! —exclamó Albert—. Cada vez se parece más a una película.

Tuppence sonrió satisfecha del éxito de sus esfuerzos.

—Todavía no hemos podido probarlo. Pero vamos tras ella, y... —le guiñó un ojo—. Me figuro que esta vez no podrá escaparse con el botín.

Albert lanzó otra exclamación para demostrar su contento.

—Ni una palabra de esto —le dijo la joven de pronto—. No debiera habértelo dicho, pero en los Estados Unidos conocemos a un chico listo en cuanto lo vemos.

—No diré nada —protestó Albert con calor—. ¿Hay algo que yo pueda hacer? Alguna vigilancia, tal vez, ¿o algo por el estilo?

Tuppence simuló reflexionar y luego meneó la cabeza.

—De momento, no; pero te tendré en cuenta. ¿Por qué se marcha esa chica?

—¿Annie? Es lo que hacen todas, por lo general. Como dice Annie, hoy en día una doncella es alguien y debe ser tratada con consideración y que cuando ella haga correr la voz no conseguirá encontrar otra con facilidad...

—¿No? —dijo Tuppence pensativa—. Me pregunto...

Una idea iba tomando forma en su mente. Pensó unos instantes y luego dio una palmada en el hombro del muchacho.

—Escucha, mi cerebro ha trabajado muy de prisa. ¿Qué te parece si le dijeras que tienes una prima o una amiga que podía entrar ahora a su servicio? ¿Me comprendes?

—Ya lo creo —replicó Albert al instante—. Déjemelo a mí, señorita, y yo le arreglaré todo en un instante.

—¡Chico listo! —comentó Tuppence en tono aprobador—. Puedes decir que esa joven podría presentarse en seguida. Tú me lo dices y, si todo va bien, yo estaré aquí mañana por la mañana a eso de las once.

—¿Adónde he de avisarle?

—Al Ritz —replicó Tuppence, lacónica—. Pregunta por miss Cowley.

Albert la contempló con envidia.

—Debe ser un buen negocio eso de hacer de detective.

—Vaya si lo es, especialmente cuando el viejo Rysdale es

quien paga la cuenta. Pero no te apures, hijo, que si todo sale bien, entrarás por la puerta grande.

Y con esta promesa se despidió de su nuevo aliado, y alejóse rápidamente de las Mansiones South Audley orgullosa de su trabajo matinal.

Pero no había tiempo que perder. Fue directamente al Ritz y escribió una nota para míster Carter; una vez hecho esto, y como su compañero Tommy aún no había regresado... cosa que no le sorprendió... salió a realizar unas compras, que aparte del rato que empleó en tomar un buen té con gran variedad de pastelillos, la ocuparon hasta bastante después de las seis, hora en que regresó al hotel, jadeando pero satisfecha de sus adquisiciones. Luego de empezar por unos almacenes de ropas económicas y recorrer otros dos de artículos de segunda mano concluyó el día en una peluquería de gran renombre. Ahora, en el retiro de su dormitorio, desenvolvió su última compra. Cinco minutos después sonreía a su imagen reflejada en el espejo. Con un lápiz a propósito para ello, había alterado la línea de sus cejas y esto, unido a la nueva tonalidad de sus cabellos, ahora de un rubio deslumbrante, cambiaba de tal modo su aspecto que confiaba en que, aunque tropezara con Whittington frente a frente, no podría reconocerla. Usaría zapatos de tacón muy alto, y la cofia y el delantal serían un disfraz muy valioso. Por la experiencia de sus años de hospital, sabía muy bien que, por lo general, una enfermera que no vista de uniforme no suele ser reconocida por sus pacientes.

—Sí —dijo Tuppence en voz alta dirigiéndose al espejo—, lo conseguirás. —Luego apresurose a volver a adquirir su aspecto normal.

Cenó sola. Le extrañaba que Tommy no hubiera regresado aún. Julius tampoco se encontraba en el hotel... pero eso se lo explicaba mejor. Sus atropelladas actividades no se limitaban a la ciudad de Londres, y sus repentinas apariciones y desapariciones eran aceptadas por los Jóvenes Aventureros como parte de su trabajo cotidiano. Era evidente que Julius P. Hersheimmer habría partido hacia Constantinopla, en un momento dado, si le pasó por la imaginación que allí iba a encontrar alguna pista de su prima desaparecida. El dinámico joven había conseguido hacer la vida insoportable a varios miembros de Scotland Yard, y las telefonistas del Almirantazgo ya habían aprendido a conocer y temer el familiar «¡Hola!». Había pasado tres horas en París para meter prisa a la Prefectura, de donde regresó con la idea, posiblemente inspirada por un oficial francés ya cansado, que la verdadera clave del misterio debía encontrarse en Irlanda.

«A lo mejor se ha ido ahora allí —pensó Tuppence—. ¡Ah!, bueno, pero esto me resulta muy aburrido. ¡Aquí estoy rabiando por contar las novedades... y no tengo quien me escuche! Tommy podría haber telegrafiado, o algo. Quisiera saber dónde está. De todas formas no puede haber "perdido el rastro", como dicen. Esto me recuerda...» —y miss Cowley interrumpió sus meditaciones para llamar a un botones.

Diez minutos después se encontraba cómodamente acostada en su cama, fumando un cigarrillo y examinando la novela *Garnaby Williams, el niño detective,* que junto con otras muestras de literatura barata había adquirido por medio del botones. Le parecía que debía documentarse antes de volver a ponerse en contacto con Albert.

A la mañana siguiente recibió una nota de míster Carter:

Querida miss Tuppence.

Ha empezado usted espléndidamente y la felicito, aunque considero mi deber hacerle ver una vez más los peligros que corre, sobre todo si sigue el curso que indica. Esas personas están desesperadas y son incapaces de sentir clemencia ni piedad. Sé que usted desprecia el peligro y por lo tanto debo advertirle otra vez que no puedo asegurarle protección. Nos ha proporcionado informaciones muy valiosas, y si ahora prefiere retirarse nadie podrá reprochárselo. De todas formas, piénselo bien antes de decidirse.

Si, a pesar de mis advertencias, toma la resolución de seguir adelante, lo encontrará todo arreglado. Puede asegurar que ha vivido dos años con miss Duferin, de Llanelly, y mistress Vandemeyer puede dirigirse a ella para pedir informes de usted.

¿Me permite un par de consejos? Siempre que le sea posible no se aparte de la verdad... eso disminuye el peligro de posibles «patinazos». Le sugiero que se presente como lo que es, un ex miembro del Departamento de Ayuda Voluntaria, que ha escogido el servicio doméstico como profesión. Esto explica cualquier incongruencia en la voz, o los ademanes, que de otro modo pudieran suscitar sospechas.

Decida lo que decida, le deseo mucha suerte.

Su afectísimo amigo,

A. Carter

Tuppence sintió levantar su ánimo y los consejos de míster Carter pasaron inadvertidos. Tenía demasiada confianza en sí misma para prestarle atención.

De mala gana rechazó el interesante papel que se había propuesto representar. Aunque no tenía la menor duda de su capacidad para mantenerlo indefinidamente, poseía demasiado sentido común para no verse obligada a reconocer la fuerza de los argumentos de míster Carter.

Seguía sin noticias de Tommy, mas el correo de la mañana le trajo una postal bastante sucia con las palabras: «Todo va bien».

A las diez y media, Tuppence revisó con orgullo un baúl bastante desvencijado que contenía sus nuevas posesiones. Iba artísticamente atado con una cuerda, y no pudo evitar el sonrojarse al llamar para que se lo bajaran, para colocarlo en un taxi que la llevó hasta la estación de Paddington, donde dejó el baúl en la consigna. Luego entró en el tocador de señoras con un maletín. Diez minutos más tarde una Tuppence completamente transformada salía de la estación para tomar un autobús.

Pocos minutos después de las once entraba nuevamente en las Mansiones South Audley. Albert estaba atento, mientras realizaba sus tareas con descuido. De momento no supo reconocer a Tuppence, y cuando lo hizo su admiración fue evidente.

—¡Que me maten si la hubiera reconocido! ¡Está estupenda!

—Celebro que te agrade, Albert —replicó Tuppence con modestia—. A propósito, ¿soy o no tu prima?

—Y la voz también —exclamó el muchacho, encantado—. ¡Qué acento más inglés! No, dije que un amigo mío conocía a una chica. A Annie no le hizo gracia. Se ha quedado hasta hoy… por cumplir, según dice, pero la verdad es que quiere prevenirle en su contra.

—Buena chica —dijo Tuppence.

Albert no supo captar su ironía.

—Tiene personalidad y limpia la plata muy bien, pero palabra que no tiene temperamento. ¿Va a subir ahora, señorita? Entre en el ascensor. ¿Dijo usted departamento número veinte? —Y guiñó un ojo.

Tuppence le dirigió una mirada severa y penetró en el ascensor.

Mientras ella llamaba al timbre, Albert hizo descender el ascensor.

Una joven le abrió la puerta.

—Vengo por el puesto de doncella —dijo Tuppence.

—Es muy mala casa —replicó la joven sin vacilar—. Esa vieja... siempre se mete en lo que no le importa. Me acusa de abrirle las cartas. ¡A mí! De todas formas, el sobre estaba medio despegado. Nunca tira nada al cesto de los papeles, todo lo quema. Lleva buenos trajes, pero no es elegante. La cocinera sabe algo de ella... pero no lo dirá... porque le teme. ¡Y es más recelosa! Aparece al momento si una habla más de un minuto con cualquiera.

Pero Annie no pudo continuar, porque en aquel momento una voz clara, con ligero matiz metálico, gritó:

—¡Annie!

La joven pegó un respingo como si le hubiera alcanzado un balazo.

—Sí, señora.

—¿Con quién estás hablando?

—Es una chica que pretende entrar a su servicio, señora.

—Hazla pasar en seguida.

—Sí, señora.

Tuppence fue introducida en una habitación situada a la derecha de un largo pasillo donde había una mujer de pie junto a la chimenea. Había dejado atrás la primera juventud, pero su belleza, que indudablemente poseía, era dura y ordinaria. De joven debió ser deslumbradora. Sus cabellos color oro pálido, debido a un sabio arreglo, los llevaba recogidos sobre la nuca, y sus ojos, de un azul eléctrico, parecían poseer la facultad de llegar hasta lo más recóndito del alma de la persona que estaban mirando. Su figura exquisita era realzada por un maravilloso traje de color azul. Y no obstante, a pesar de su gracia y de la belleza casi etérea de su rostro, su presencia hacía sentir instintivamente cierta amenaza... una especie de fuerza metálica que encontraba expresión en el tono de su voz y en el brillo de sus ojos.

Por primera vez, Tuppence sintió miedo. No había temido a Whittington, pero aquella mujer era distinta. Como fascinada, observó la línea roja y cruel de sus labios, y de nuevo se sintió presa de pánico. Su habitual seguridad la abandonaba y comprendió vagamente que engañar a aquella mujer era muy distinto que engañar a Whittington. Le vino a la memoria la advertencia de míster Carter. Allí, desde luego, no podía esperar clemencia.

Luchando contra su instinto, que la impulsaba a dar media vuelta y echar a correr sin perder un momento, Tuppence devolvió la mirada a aquella mujer con firmeza y respeto.

Puesto que la primera impresión había sido satisfactoria, mistress Vandemeyer le señaló una silla.

—Puede sentarse. ¿Cómo se enteró de que necesitaba doncella?

—Por un amigo que conoce al botones del ascensor. Creyó que el puesto podía interesarme.

De nuevo se sintió atravesada por aquella mirada de basilisco.

—Habla usted como una joven bien educada.

Bastante temblorosa, Tuppence le contó su carrera imaginaria, siguiendo la pauta indicada por míster Carter. Le pareció que mistress Vandemeyer se tranquilizaba.

—Bien —dijo al fin—. ¿Hay alguien a quien pueda escribir pidiendo informes?

—Últimamente estuve en casa de miss Duferin, de Llanelly. Estuve dos años con ella.

—Y luego pensó que ganaría más dinero viniendo a Londres, supongo. Bueno, eso no es cosa mía. Yo le pagaré cincuenta o sesenta libras… lo que quiera. ¿Puede venir en seguida?

—Sí, señorita. Hoy mismo, si usted quiere. Mi baúl está en la estación de Paddington.

—Entonces vaya a buscarlo en un taxi. No tendrá mucho trabajo, yo salgo mucho. A propósito, ¿cómo se llama?

—Prudence Cooper, para servirla.

—Muy bien, Prudence. Vaya a buscar su equipaje. Yo no como hoy en casa. La cocinera le enseñará dónde está todo.

—Gracias, señora.

Tuppence se retiró. La elegante Annie no estaba a la vista. En la portería un magnífico portero había relegado a Albert a segundo término. Tuppence ni siquiera le miró al salir a la calle.

La aventura había comenzado, pero sentíase menos animada que a primera hora de la mañana. Cruzó por su mente la idea de que si la desconocida Jane Finn había caído en manos de mistress Vandemeyer, lo más probable era que lo hubiese pasado muy mal.

Capítulo X

Tuppence no demostró la menor torpeza en sus nuevas tareas. Las hijas de los arcedianos están bien adiestradas en las labores de casa. También son unos expertos en educar a una «chica torpe», aunque el resultado infalible es que la «chica torpe», una vez educada, se marche a otra parte donde sus conocimientos recién adquiridos le proporcionen una remuneración más sólida que la que puede ofrecer la menguada bolsa del arcediano.

Por consiguiente, Tuppence no temía resultar inepta. La cocinera de mistress Vandemeyer la intrigaba. Era evidente que su señora la tenía atemorizada. La joven pensó que tal vez tuviera alguna influencia sobre ella. Por lo demás, cocinaba como un chef, como tuvo oportunidad de comprobar aquella noche. Mistress Vandemeyer esperaba un invitado, y Tuppence preparó la mesa para dos. Estuvo pensando quién sería su visitante. Era muy posible que fuese Whittington. A pesar de estar segura de que no habría de reconocerla, hubiera preferido que el invitado resultase un completo desconocido. De todas formas, no le quedaba más remedio que esperar el desarrollo de los acontecimientos.

Pocos minutos después de las ocho sonó el timbre de la puerta y Tuppence fue a abrirla con cierta inquietud interior. Respiró aliviada al ver que el recién llegado era el hombre que acompañaba a Whittington cuando ella dijo a Tommy que les siguiera, un par de días atrás.

Dijo llamarse Stepanov. Tuppence le anunció, y mistress Vandemeyer se levantó de un diván bajo con un murmullo de satisfacción.

—Cuánto me alegra verle, Boris Ivanovitch —le dijo.

—¡Lo mismo digo! —se inclinó para besarle la mano.

Tuppence regresó a la cocina.

—Conde Stepanov o algo así—observó, agregando con franca y abierta curiosidad—: ¿Quién es?

—Creo que un caballero ruso.

—¿Viene muy a menudo?

—De vez en cuando. ¿Para qué quieres saberlo?

—Me preguntaba si podía convenirle a la señora, eso es todo —explicó la joven, agregando con aire ofendido—: ¡Qué pronto te molestas!

—Es que estoy de mal humor... no sé si el souflé habrá salido bien.

«Tú sabes algo», pensó Tuppence, y en voz alta dijo:

—¿He de servirlo ahora?

Mientras servía la mesa, Tuppence escuchó atentamente todo lo que se hablaba. Recordaba que aquél era uno de los hombres que Tommy se dispuso a seguir cuando lo vio por última vez. Aunque no quería reconocerlo, ya iba estando intranquila por su compañero. ¿Dónde estaba? ¿Por qué no había sabido nada de él? Había dejado dispuesto antes de salir del Ritz que todas las cartas o recados le fueran enviados en seguida por un mensajero especial a una librería cercana a donde Albert tenía que acudir con frecuencia. Cierto que se había separado del muchacho el día anterior por la mañana, y era absurdo preocuparse por él. No obstante, era extraño que no hubiera dicho nada todavía.

Mas, por mucho que escuchara, la conversación no iba a darle ninguna pista. Boris y mistress Vandemeyer hablaban de temas indiferentes: comedias que habían visto, nuevos bailes y los últimos chismes sociales. Después de la cena se trasladaron al saloncito donde mistress Vandemeyer, reclinada en el diván, estaba más diabólicamente bonita que nunca. Tuppence les llevó el café y los licores, y tuvo que retirarse de mala gana. Al hacerlo oyó que Boris decía:

—Es nueva, ¿verdad?

—Ha entrado hoy. La otra era una arpía. Ésta me parece muy buena chica. Sirve bien.

Tuppence se entretuvo un poco más junto a la puerta, que se cuidó de no cerrar, y le oyó decir como intrigado:

—¿Será segura, supongo?

—La verdad, Boris, eso es ser absurdamente receloso. Creo que es la prima del botones o algo por el estilo. Y nadie sueña siquiera que yo tenga alguna relación con nuestro... común amigo, míster Brown.

—Por amor de Dios, Rita, ten cuidado. Esa puerta no está cerrada.

—Bueno, pues ciérrala —rió ella.

Tuppence apresuróse a poner los pies en polvorosa.

No se atrevía a faltar por más tiempo en las dependencias

posteriores, pero se alejó de allí a una velocidad increíble adquirida en el hospital, para deslizarse silenciosamente ante la puerta del saloncito. La cocinera estaba todavía trajinando en la cocina, y si la echaba de menos supondría que habría ido a preparar la ropa de dormir de su ama.

¡Cielos! Hablaban en voz tan baja que no conseguía oír nada y no se atrevió a volver a abrir la puerta. Mistress Vandemeyer estaba sentada casi frente a ella, y Tuppence respetaba la vista de lince y las dotes de observación de su ama.

Sin embargo, sentía la imperiosa necesidad de oír lo que estaban diciendo. Posiblemente, si es que había ocurrido algo imprevisto, podría obtener noticias de Tommy. Durante algunos minutos estuvo reflexionando intensamente, y al fin su rostro se iluminó. A toda prisa se dirigió por el pasillo al dormitorio de mistress Vandemeyer, cuyos balcones daban a una terracita que rodeaba todo el piso. Deslizándose sin hacer ruido, llegó hasta la ventana del salón. Como había supuesto, estaba entreabierta y las voces llegaron hasta ella con toda claridad.

Tuppence escuchó con toda atención, pero no mencionaron nada que pudiera relacionarse con Tommy. Mistress Vandemeyer y Boris parecían haber variado de tema, y al fin este último exclamó con gran amargura:

—¡Con tus imprudencias terminarás por arruinarnos!

—¡Bah! —rió ella—. La publicidad apropiada es el mejor medio de alejar las sospechas. Ya lo comprenderás uno de estos días… quizás antes de lo que crees.

—Entretanto, te exhibes por todas partes con Peel Edgerton. No sólo es el consejero real más celebrado de Inglaterra, sino que su afición predilecta es la criminología. ¡Es una locura!

—Sé que su elocuencia ha salvado a incontables hombres de la horca —replicó mistress Vandemeyer sin alterarse—. ¿Y qué? Es posible que precise ayuda en ese sentido cualquier día. De ser así, qué suerte tener un amigo como él en el jurado… o tal vez sería mejor decir contra el jurado.

Boris se puso en pie y comenzó a pasear de un lado a otro, muy excitado.

—Eres una mujer inteligente, Rita; pero también tonta. Déjate guiar por mí y deshazte de Peel Edgerton.

Mistress Vandemeyer meneó la cabeza.

—Creo que no lo haré.

—¿Te niegas? —La voz del ruso tenía un tono desagradable.

—Sí.

—Entonces, veremos... —gruñó el ruso.

Pero mistress Vandemeyer se había puesto también en pie con los ojos llameantes.

—Boris, olvidas que yo no tengo que dar cuentas a nadie. Yo sólo recibo órdenes de... míster Brown.

Boris dejó caer los brazos con desmayo.

—Eres imposible —musitó—. ¡Imposible! Puede que ya sea demasiado tarde. ¡Dicen que Peel Edgerton huele a los criminales! ¿Qué sabemos lo que habrá en el fondo de su repentino interés por ti? Quizá sospeche ya. Él adivina...

Mistress Vandemeyer le miraba con enojo.

—Tranquilízate, mi querido Boris. No sospecha nada. Con menos caballerosidad que otras veces pareces olvidar que me considera una mujer hermosa, y te aseguro que esto es lo único que le interesa a Peel Edgerton.

Boris meneó la cabeza sin gran convencimiento.

—Ha estudiado el crimen como ningún hombre en todo el reino. ¿Te imaginas que podrás engañarle?

Mistress Vandemeyer entornó los ojos.

—¡Si él es todo lo que dices... sería divertido intentarlo!...

—Por Dios, Rita...

—Además —agregó la aludida—, es inmensamente rico, y yo no soy de las que desprecian el dinero, que es el «carburante de la guerra», ya sabes, Boris.

—¡Dinero, dinero! Pero es lo peor de ti, Rita. Creo que venderías tu alma por dinero. Creo... —Hizo una pausa y luego agregó en tono bajo y siniestro—: Algunas veces creo que nos venderías a... nosotros.

Mistress Vandemeyer se encogió de hombros, sonriente.

—De todas maneras, el precio tendría que ser enorme —dijo en tono ligero—. No podría pagarlo más que un millonario.

—¡Ah! —exclamó en voz alta el ruso—. ¿Ves como tengo razón?

—Mi querido Boris, ¿es que no sabes apreciar una broma?

—Pero, ¿lo era?

—Pues claro.

—Entonces lo que yo puedo decir es que tu sentido del humor es muy particular, mi querida Rita.

—No nos peleemos, Boris —sonrió—. Toca el timbre para que nos traigan algo de beber.

Tuppence emprendió una rápida retirada. Se detuvo un momento para contemplarse en el espejo de la habitación de mistress Vandemeyer para asegurarse de que su aspecto era impecable. Luego apresurose a atender la llamada.

La conversación que había escuchado, aunque interesante, ya que probaba la complicidad de Rita y Boris, arrojó muy poca luz sobre sus preocupaciones presentes. Ni siquiera se había mencionado el nombre de Jane Finn.

A la mañana siguiente Albert le informó de que en la librería no había ningún recado para ella. Le parecía increíble que Tommy, si es que todo iba bien, no le hubiera enviado unas letras. Una mano fría pareció aprisionar su corazón... Suponiendo... Luchó con energía para no dejarse dominar por sus temores... De nada serviría el preocuparse, mas aprovechó la oportunidad que le ofreció mistress Vandemeyer.

—¿Qué día suele salir, Prudence?

—El viernes, señora.

Mistress Vandemeyer enarcó las cejas.

—¡Y hoy es viernes! Pero supongo que no querrá salir hoy, cuando entró a trabajar ayer.

—Pensaba pedirle si me permitiría hacerlo, señora.

La Vandemeyer la miró fijamente y al cabo sonrió.

—Ojalá pudiera oírla el conde Stepanov. Ayer noche hizo un comentario acerca de usted. —Sonrió como un gato—. Su petición es muy... típica. Estoy satisfecha. Usted no comprenderá lo que le estoy diciendo..., pero puede salir hoy. A mí me da lo mismo, puesto que no comeré en casa.

—Gracias, señora.

Tuppence sintió una sensación de alivio al dejar su compañía, y una vez más tuvo que admitir que tenía miedo... un miedo terrible a aquella hermosa mujer de ojos crueles.

Cuando se hallaba entregada a la faena de limpiar la plata, Tuppence tuvo que interrumpirla porque llamaban a la puerta. Esta vez el visitante no era Whittington ni Boris, sino un hombre de inmejorable apariencia.

Era un poco más alto de lo corriente, y no obstante daba la impresión de ser altísimo. Su rostro, perfectamente rasurado y muy expresivo, parecía tener un poder y una fuerza extraordinarios, y toda su persona parecía irradiar magnetismo.

Tuppence, de momento, no supo si clasificarlo como actor o abogado, pero sus dudas se desvanecieron tan pronto como le dijo su nombre: sir James Peel Edgerton.

Le miró con renovado interés. Entonces aquél era el famoso consejero del reino cuyo nombre era familiar en toda Inglaterra.

Había oído decir que cualquier día sería primer ministro. Era sabido que había renunciado en interés de su profesión, prefiriendo seguir como simple miembro de un distrito electoral escocés.

Tuppence regresó a la cocina pensativa. Aquel gran hombre la había impresionado. Comprendía la agitación de Boris. Peel Edgerton no era un hombre fácil de engañar.

Al cabo de un cuarto de hora volvió a sonar el timbre y Tuppence acudió al recibidor para despedirle. Antes le había dirigido una mirada penetrante y ahora, al entregarle el sombrero y el bastón volvió a observarlo. Cuando le abrió la puerta y se hizo a un lado para dejarle paso, él se detuvo en el umbral.

—No hace mucho que sirve aquí, ¿verdad?

Tuppence alzó los ojos hasta él, asombrada. En su mirada se leía amabilidad y algo mucho más difícil de descifrar.

Él asintió como si ella hubiera respondido.

—Sirvió en el Ejército y luego se vio apurada, ¿verdad?

—¿Se lo ha dicho mistress Vandemeyer? —preguntó Tuppence, recelosa.

—No, niña. Lo adiviné por su aspecto. ¿Es buena casa?

—Muy buena, gracias, señor.

—¡Ah!, pero hoy en día hay muchísimas casas buenas. Y un cambio no hace daño algunas veces.

—¿Quiere usted decir...? —comenzó Tuppence.

Pero sir James estaba ya casi en la escalera, aunque se volvió para dirigirle una mirada astuta y amable.

—Es sólo una sugerencia —le dijo—. Sólo eso.

Tuppence regresó a la cocina más preocupada que nunca.

Capítulo XI

JULIUS CUENTA UNA HISTORIA

Vestida convenientemente, Tuppence salió a disfrutar de su «tarde libre». Albert estaba a la expectativa, pero la joven fue a la librería para asegurarse de que no había ningún recado. Una vez satisfecha, se encaminó al Ritz. Le dijeron que Tommy aún no había regresado. Era la respuesta que esperaba, pero fue otro clavo en el ataúd de sus esperanzas. Decidió acudir a míster Carter para decirle dónde y cuándo empezó Tommy sus pesquisas y pedirle que hiciera algo para dar con su paradero. La perspectiva de conseguir su ayuda animó a la joven, que acto seguido preguntó por Julius Hersheimmer. Le dijeron que, en efecto, había regresado haría cosa de una hora, pero que volvió a marcharse inmediatamente.

Tuppence revivió otro poquitín. Era algo poder ver a Julius. Quizás él diera con algún plan para averiguar lo que había sido de Tommy. Escribió una nota para míster Carter en la salita de Julius y, cuando estaba cerrando el sobre, se abrió la puerta.

—¿Qué diablos...? —empezó a decir Julius, pero se detuvo bruscamente—. Le ruego me perdone, miss Tuppence. Esos tontos de la oficina de recepción dicen que Beresford ya no está aquí, que no ha vuelto desde el miércoles. ¿Es cierto eso?

Tuppence asintió.

—¿No sabe dónde está? —preguntó con desmayo.

—¿Yo? ¿Cómo iba a saberlo? No he sabido ni una palabra de él aunque le telegrafié ayer por la mañana.

—Supongo que su telegrama estará aún sin abrir.

—Pero, ¿dónde está Tommy?

—No lo sé. Yo esperaba que usted lo supiera.

—Ya le digo que no he sabido nada de él desde que nos separamos en la estación el miércoles.

—¿Qué estación?

—La de Waterloo.

—¿Waterloo? —Tuppence frunció el ceño.

—Pues, sí. ¿No se lo dijo?

—Yo tampoco le he visto —replicó la joven con impaciencia—. Siga con lo de Waterloo. ¿Qué hacían ustedes allí?

—Me llamó por teléfono y me dijo que fuera corriendo, pues estaba siguiendo a dos individuos.

—¡Oh! —dijo Tuppence abriendo mucho los ojos—. Ya comprendo, continúe.

—Fui lo más aprisa que pude. Beresford estaba allí y me indicó los dos tipos. Al más grueso, que era el que usted engañó, iba a seguirle yo. Tommy me puso un billete en la mano y me dijo que subiera al tren. El tenía que seguir al otro. —Julius hizo una pausa—. Yo daba por seguro que usted ya lo sabría.

—Julius —dijo Tuppence con firmeza—, deje de pasear de un lado a otro. Me pone nerviosa. Siéntese en esa butaca y cuénteme toda la historia.

Míster Hersheimmer obedeció.

—De acuerdo —le dijo—. ¿Por dónde empiezo?

—Por el punto de partida. La estación de Waterloo.

—Bien —comenzó Julius—. Penetré en uno de sus queridos y anticuados compartimientos británicos de primera clase. El tren acababa de arrancar. La primera cosa que recuerdo es que un revisor vino a informarme muy amablemente de que no me encontraba en un compartimiento de fumadores. Le alargué medio dólar y todo quedó arreglado. Inspeccioné por el pasillo hasta el coche siguiente. Whittington estaba allí. Cuando vi aquel rostro fláccido y carnoso, y pensé que la pobre Jane estaba en sus garras, me puse fuera de mí por no llevar encima un revólver. Tendré que arreglarlo para conseguir uno.

»Llegamos a Bournemouth sin novedad… Whittington detuvo un taxi al que dio el nombre de un hotel. Yo hice lo mismo y llegamos con tres minutos de diferencia. Alquiló una habitación, y yo otra. Hasta allí todo fue muy sencillo. No tenía la más remota sospecha de que le siguiera nadie. Pues bien, estuvo sentado en el vestíbulo del hotel, leyendo los periódicos hasta que fue la hora de cenar. Tampoco habló con nadie.

»Empecé a pensar que no habría nada que hacer, que habría ido allí en viaje de reposo, pero me fijé que no se había cambiado para cenar, a pesar de ser un hotel bastante elegante, de modo que pensé que tal vez se ocupara de sus asuntos después de la cena.

»Y eso hizo alrededor de las nueve. Tomó un coche y recorrió la ciudad… a propósito, es un sitio muy bonito, y creo que llevaré a Jane a pasar unos días cuando la encuentre… y luego lo despidió y anduvo hasta esos bosques de pinos que hay en la cima del acantilado. Por supuesto, yo también estaba allí. Caminamos durante una media hora. Hay muchas villas que poco a poco se van espaciando y al fin llegamos a una que parecía ser la última de la serie. Era una casa muy grande rodeada de muchos pinos.

»La noche era oscura. Podía oírle andar delante de mí, aunque no verle. Hube de ir con cuidado para que no sospechara que le seguían. Al dar la vuelta a un recodo llegué a tiempo de verle tocar el timbre y entrar en la casa. Me detuve donde estaba. Empezaba a llover y no tardé en quedar calado hasta los huesos. Además, hacía frío.

»Whittington no salía y poco a poco me cansé de estarme quieto y comencé a husmear a mi alrededor. Todas las ventanas de la planta baja estaban cerradas, pero arriba, en el primer piso, era una casa de dos pisos, vi una ventana que tenía la luz encendida y las cortinas descorridas.

»Ahora bien, precisamente enfrente de esta ventana había un árbol. Estaba situado a unos diez metros de distancia de la casa, y se me metió en la cabeza que si me subía a aquel árbol conseguiría ver lo que estaba ocurriendo en aquella habitación. Claro que no había razón para suponer que Whittington estuviera precisamente allí… ya que lo más probable era que se encontrase en una de las salas de recepción del piso bajo. Pero me estaba quedando tieso de estar tanto tiempo parado bajo la lluvia, y cualquier cosa me parecía mejor que no hacer nada. De modo que trepé hasta la copa.

»No fue cosa fácil, ¡ni mucho menos! La lluvia hacía las ramas sumamente resbaladizas. Hice cuanto pude por encontrar donde apoyar el pie y poco a poco me las arreglé para alcanzar el nivel de la ventana.

»Y entonces tuve una desilusión. Estaba demasiado a la izquierda y sólo podía ver una parte de la habitación. Un pedazo de cortina y un metro de pared. Bueno, no me había servido de nada, pero, cuando ya iba a darme por vencido y me disponía a bajar, alguien se movió en el interior proyectando su sombra en el reducido espacio de pared… y… ¡era Whittington!

»Después de esto, sentí que me ardía la sangre. Tenía que ver lo que estaba ocurriendo en aquella habitación, pero ¿cómo? Observé una rama larga que seguía la dirección conveniente. Si conseguía arrastrarme hasta allí quedaría solucionado, pero era poco seguro que aguantara mi peso. Decidí arriesgarme, y con grandes precauciones, centímetro a centímetro, me fui situando. La rama crujía y oscilaba de un modo alarmante, y no quise pensar en el golpe que iba a darme en caso de caer. Mas al fin conseguí llegar a salvo a donde deseaba.

»La habitación era de tamaño regular y estaba amueblada al estilo higiénico de las clínicas. En el centro había una mesa con una lámpara y sentado ante ella, de cara a mí estaba Whittington hablando con una mujer vestida de enfermera, que daba la espalda y no pude verle la cara. Aunque las persianas estaban levantadas la ventana estaba cerrada y no podía oír ni una palabra de lo que hablaban. Al parecer, Whittington llevaba la voz cantante, la enfermera limitábase a escuchar. De vez en cuando asentía, y otras negaba con la cabeza como si estuviera respondiendo preguntas. Él parecía muy categórico… y una o dos veces descargó el puño sobre la mesa. La lluvia había cesado y el cielo se iba aclarando con la rapidez acostumbrada.

»Al fin pareció llegar al término de lo que estaba diciendo, y se puso en pie. Ella hizo lo propio. Whittington preguntó algo mirando hacia la ventana. Me imagino que si llovía aún. De todas formas ella se acercó a mirar al exterior. En aquel preciso momento la luna salió detrás de unas nubes y tuve miedo de que me viera, porque me daba de lleno. Traté de echarme atrás, y por lo visto mi movimiento fue demasiado brusco para la rama, que se vino abajo con fuerte estrépito, y con ella Julius P. Hersheimmer.

—¡Oh, Julius! —exclamó Tuppence—. ¡Qué emocionante! Continúe.

—Pues, afortunadamente para mí caí sobre un espacio de tierra blanda…, pero de todas formas quedé sin sentido durante un rato. Cuando recobré el conocimiento me encontraba en una cama ante la que había una enfermera, que no era la que viera con Whittington, y un hombrecillo de barba oscura y lentes de oro con todo el aspecto de un médico, que se frotó las manos y alzó las cejas cuando yo le miré. "¡Ah!", dijo. "De modo que nuestro amigo vuelve en sí. ¡Magnífico, magnífico!"

»Yo pregunté lo que se acostumbra: "¿Qué ha ocurrido?", y "¿Dónde estoy?", aunque sabía perfectamente la respuesta. "Creo que esto es todo de momento", dijo el hombrecillo a la enfermera, aunque vi que me miraba con profunda curiosidad.

»Su mirada me dio una idea. "Ahora, dígame, doctor", dije tratando de sentarme en la cama, pero mi pie derecho me dio un pinchazo tremendo al hacerlo. "Es una ligera torcedura", explicó el médico. "Nada de cuidado. Se pondrá bien en un par de días".

—Ya me he fijado que anda usted cojo —intervino Tuppence. Julius asintió antes de continuar.

—"¿Cómo ha sido?", volví a preguntar, y él me respondió en tono seco: "Se cayó usted con una porción considerable de uno de mis árboles sobre uno de los parterres recién plantados".

»Me agradó aquel hombre. Parecía tener el sentido del humor, y tuve la seguridad de que él, por lo menos, era honrado. "Vaya, doctor, lamento lo del árbol, y los bulbos que plante de nuevo corren de mi cuenta", le dije. "Pero tal vez le agradaría saber lo que estaba haciendo en su jardín". "Creo que los hechos requieren una explicación", respondió él. "Bien, para empezar le diré que no vine a llevarme las cucharillas."

»Sonrió. "Ésa fue mi primera teoría, pero pronto cambié de opinión. A propósito, es usted estadounidense, ¿verdad?" Le dije mi nombre. "¿Y usted?" "Soy el doctor Hall, y está como sin duda ya sabe, en mi clínica particular."

»Yo no lo sabía, pero no iba a decírselo. Le estaba agradecido por la información. Me agradaba aquel hombre y le creía honrado, pero no por ello iba a contarle toda la historia, porque probablemente tampoco la hubiera creído.

»En un instante tomé una determinación. "Vaya, doctor", le dije. "Me figuro que voy a parecer muy tonto, pero no vine a hacer el personaje de Bill Sikes, ese ladrón de novela." Entonces balbuceé algo acerca de una chica. Saqué a relucir la severidad de los guardianes, un desequilibrio nervioso, y al fin le dije que había creído reconocerla entre las pacientes de su clínica, y he ahí mis aventuras nocturnas.

»Me figuro que era la clase de historia que esperaba. "Es casi una novela", dijo divertido cuando hube terminado. "Ahora, doctor", continué, "sea franco conmigo. ¿Tiene aquí ahora, o ha tenido alguna vez, a una joven llamada Jane Finn?" Repitió el nombre pensativo "¿Jane Finn?", dijo. "No."

»Estaba disgustado y me figuro que lo demostré. "¿Está seguro?" "¿Completamente seguro, míster Hersheimmer. Es un nombre poco corriente y no lo hubiera olvidado."

»Bien. Era una respuesta categórica, y yo quedaba igual que antes. Yo deseaba que mi búsqueda llegara a su fin. "Eso es todo", le dije: "Ahora hay otra cosa. Cuando estaba subido a esa maldita rama creí reconocer a un viejo amigo mío hablando con una de las enfermeras". No mencioné ningún otro nombre por temor a que Whittington se hiciera llamar de otra manera, mas el médico respondió en seguida: "¿Míster Whittington, tal vez?" "El mismo", repliqué. "¿Qué estaba haciendo aquí? ¿No irá a decirme que sus nervios están alterados?"

»El doctor Hall se echó a reír. "No, ha venido a ver a una de mis enfermeras, la enfermera Edith, que es sobrina suya." "¡Vaya, quién lo iba a pensar!", exclamé. "¿Está aún aquí?" "No, se marchó casi inmediatamente." "¡Qué lástima!", dije yo. "Pero tal vez podría hablar con su sobrina... la enfermera Edith, dijo usted que se llamaba, ¿verdad?"

»Mas el médico meneó la cabeza. "Me temo que eso tampoco será posible. La enfermera Edith se ha marchado también esta noche con una paciente." "Sí que tengo mala suerte", observé. "¿Tiene usted la dirección de míster Whittington en la ciudad? Me gustaría telefonearle cuando llegue." "No conozco su dirección, pero puede escribir a la enfermera Edith si usted quiere." Le di las gracias. "No le diga quién se la pide, quisiera darle una sorpresa."

»Eso fue todo lo que pude hacer de momento. Claro que si la chica era en realidad sobrina de Whittington sería demasiado lista para caer en la trampa, pero valía la pena probarlo. A continuación puse un telegrama a Beresford diciéndole dónde estaba, que tenía que permanecer echado por mi tobillo, y que viniera si no estaba demasiado ocupado. No obstante, nada supe de él y mi pie no tardó en restablecerse. Sólo era una ligera torcedura, de modo que hoy me despedí del doctor, pidiéndole que me avisara si sabía algo de la enfermera Edith, y me vine en seguida a la ciudad. ¿Qué le ocurre, miss Tuppence? Se ha puesto muy pálida.

—Es Tommy —dijo la joven—. ¿Qué puede haberle ocurrido?

—Anímese, no le habrá pasado nada. ¿Por qué habría de ocurrirle algo? Mire, se fue detrás de un sujeto de aspecto extranjero. Tal vez se haya ido a... Polonia, o algún sitio parecido...

Tuppence meneó la cabeza.

—No podía hacerlo sin pasaporte. Además, después he visto a ese hombre Boris No-sé-qué. Ayer noche cenó con mistress Vandemeyer.

—¿Mistress qué?

—Me olvidaba. Claro, usted no sabe nada de todo esto.

—Soy todo oídos —dijo Julius, añadiendo a continuación su frase favorita—: Póngame al corriente.

Tuppence, por lo tanto, le relató los acontecimientos de los dos últimos días. La admiración y asombro de Julius fueron inmensos.

—¡Bravo! Usted haciendo de doncella. ¡Es para morirse de risa! —Y agregó en tono más serio—: ¡Pero ahora escúcheme bien, miss Tuppence: esto no me gusta nada, se lo aseguro. Usted es tan valiente como la que más, pero preferiría que se apartara de todo esto. Esta gente a la que perseguimos lo mismo mata a una joven que a un hombre en cualquier momento.

—¿Cree que tengo miedo? —dijo Tuppence indignada y evitando pensar en los ojos llameantes de mistress Vandemeyer.

—Ya le dije antes que es muy valiente, pero eso no altera los hechos.

—¡Oh, no hablemos de mí! —dijo Tuppence impaciente—. ¡Pensemos lo que puede haberle ocurrido a Tommy! He escrito a míster Carter —agregó, contándole lo que decía en la nota.

Julius asintió.

—Me figuro que de momento era lo mejor, pero a nosotros nos toca movernos y hacer algo.

—¿Y qué podemos hacer? —preguntó Tuppence sintiendo renacer su esperanza.

—Me figuro que lo mejor será seguir el rastro de Boris. Dice usted que ha ido a esa casa. ¿Es probable que vuelva?

—Es posible, aunque en realidad no lo sé.

—Ya. Bien, creo que lo mejor es comprar un automóvil deslumbrante, yo me visto de chofer y me sitúo ante la casa. Cuando Boris salga usted me hace una señal y yo le sigo. ¿Qué tal?

—Espléndido, pero es posible que tarde semanas en aparecer.

—Tendremos que correr ese riesgo. Celebro que le agrade mi plan. —Se puso en pie.

—¿Adónde va?

—A comprar el coche, desde luego —replicó Julius sorprendido—. ¿Qué marca le gusta más? Me figuro que podrá pasear en él alguna vez antes de que concluya todo esto.

—¡Oh! —dijo Tuppence con desmayo—. Me gustan los Rolls-Royce pero...

—De acuerdo —se avino Julius—. Será como usted dice. Le traeré un Rolls.

—Pero no va a conseguirlo —exclamó Tuppence—. A veces hay que esperar mucho.

—Para el pequeño Julius no —afirmó míster Hersheimmer—. No se preocupe por eso. Estaré aquí con el coche dentro de media hora.

Tuppence se puso en pie.

—Es usted tan bueno, pero no puedo dejar de pensar que es una empresa bastante desesperada, y sólo confío en míster Carter.

—Entonces yo no lo haré.

—¿Por qué?

—Es sólo una idea mía.

—¡Oh, pero él tiene que hacer algo! No hay nadie más. A propósito, me olvidé contarle una cosa muy curiosa que ocurrió esta mañana.

Y le refirió su encuentro con sir James Peel Edgerton. Julius se interesó.

—¿Qué cree usted que quiso decir? —le preguntó.

—Pues no lo sé —dijo Tuppence pensativa—. Pero yo creo que quiso prevenirme.

—Pero, ¿por qué?

—No sé —dijo Tuppence—. Mas parecía amable y muy inteligente. No me importaría nada ir a verle y contárselo todo.

Ante su sorpresa, Julius rechazó la idea rotundamente.

—Escuche —le dijo—. No quiero ver a ningún abogado metido en esto. Ese individuo no podría ayudarnos en nada.

—Bien, pues yo creo que sí —insistió Tuppence.

—No lo crea. Hasta luego. Volveré dentro de media hora.

Habían transcurrido treinta y cinco minutos cuando Julius regresó, y tomando a Tuppence del brazo la hizo asomarse a la ventana.

—Ahí está.

—¡Oh! —exclamó Tuppence con admiración al contemplar el enorme automóvil marca Rolls-Royce.

—Y puedo asegurarle que corre —dijo Julius satisfecho.

—¿Cómo lo consiguió? —quiso saber la joven.

—Iban a enviárselo a un pez gordo.

—¿Y bien?

—Fui hasta su casa —explicó Julius—. Dije que reconocía que un coche como éste valía veinte mil dólares, y agregué que para mí valdría cincuenta mil si me lo entregaba en el acto.

—¿Y bien? —repitió Tuppence extasiada.

—Pues me lo entregó.

Capítulo XII

UN AMIGO EN APUROS

El viernes y el sábado transcurrieron sin más novedades. Tuppence había recibido una breve respuesta de míster Carter a su requerimiento, en la que apuntaba que los Jóvenes Aventureros habían emprendido la búsqueda bajo su responsabilidad, y habían sido advertidos de los peligros a que iban a exponerse. Si a Tommy le había ocurrido algo, lo lamentaba muchísimo, pero nada podía hacer.

Sin Tommy todo el sabor de la aventura desaparecía, y por primera vez dudó del éxito de su empresa. Mientras estuvieron juntos no vaciló ni un instante. A pesar de que estaba acostumbrada a llevar la iniciativa y se enorgullecía de ser la más rápida, la verdad es que había confiado en Tommy más de lo que entonces se diera cuenta. Era tan sobrio y de una mentalidad tan despejada, y su sentido común y sana visión de las cosas tan firmes, que sin él se sentía como un barco sin timón. Era curioso que Julius, siendo más listo que Tommy, no le diera aquella sensación de apoyo. Estaba acostumbrada al pesimismo de Tommy y a la seguridad de que siempre veía las desventajas y dificultades que ella hubiera pasado por alto con su optimismo, pero en realidad siempre había confiado plenamente en su buen juicio. Podía ser lento, pero era seguro.

Por primera vez se daba cuenta del carácter siniestro de la misión que emprendieron tan a la ligera y que comenzó como una página de novela. Ahora, despojada de su encanto, vio la triste realidad. Tommy… era lo único que importaba y muchas veces durante aquel día hubo de secarse las lágrimas con energía. «Tonta», se reprendía, «no lloriquees. Claro que le aprecias. Le conoces de toda la vida, pero no hay necesidad de ponerse sentimental.»

Entretanto, no volvieron a ver a Boris. No fue por el piso, y Julius y el coche esperaron en vano. Tuppence se entregó a nuevas meditaciones. Aunque admitía las objeciones de Julius, no había renunciado por completo a la idea de acudir a sir James Peel Edgerton. Incluso había llegado a mirar su dirección en la guía telefónica. ¿Quiso advertirla aquel día? Y de ser así, ¿por qué? Sin duda tenía por lo menos derecho a pedirle una explicación. La había mirado con tanta amabilidad... Quizá pudiera decirle algo relativo a mistress Vandemeyer que le diera una pista del paradero de Tommy.

De todas formas, Tuppence decidió, con su movimiento de hombros peculiar, que valía la pena intentarlo. El domingo tenía la tarde libre, convencería a Julius y luego irían a ver al león en su guarida.

Cuando llegó el día Julius necesitó tiempo para dejarse convencer, mas Tuppence se mantuvo firme.

—No puede perjudicarnos —decía siempre que trataba de hacerla desistir.

Al fin Julius cedió y se dirigieron en su automóvil a Carlton House Terrace.

Les abrió la puerta un mayordomo impecable. Tuppence estaba algo nerviosa. Al fin y al cabo, tal vez fuera un atrevimiento colosal. Había decidido no preguntar si sir James estaba «en casa», sino adoptar una actitud más personal.

—¿Quiere preguntar a sir James si puede concederme unos minutos? Tengo un mensaje muy importante para él.

El mayordomo se retiró para regresar a los pocos momentos.

—Sir James la recibirá. ¿Quieren tener la bondad de seguirme?

Fueron introducidos en una habitación del fondo de la casa, amueblada como biblioteca. La colección de libros era magnífica, y Tuppence observó que toda una parte estaba dedicada a obras sobre crímenes y criminología. Había varios butacones de cuero y una chimenea anticuada. Bajo la ventana un escritorio sembrado de papeles ante el que se encontraba sentado el dueño de la casa.

Al verles entrar se puso en pie.

—¿Tiene usted un mensaje para mí? Ah —al reconocer a Tuppence le dirigió una sonrisa—, ¿es verdad? Supongo que vendrá a traerme un recado de mistress Vandemeyer.

—Exactamente no —replicó Tuppence—. La verdad es que sólo lo he dicho para que me recibiera. Oh, a propósito, le presento a míster Hersheimmer, sir Peel Edgerton.

—Encantado de conocerle —dijo el estadounidense.

—¿No quieren sentarse? —preguntó sir James adelantando dos sillas.

—Sir James —dijo Tuppence con osadía—, creo que usted pensará que es un atrevimiento por mi parte venir a verle de este modo. Porque desde luego, se trata de algo que nada tiene que ver con ustedes y por ser usted una persona importante, y Tommy y yo dos seres insignificantes. —Se detuvo para tomar aliento.

—¿Tommy? —inquirió sir James mirando al estadounidense.

—No, éste es Julius —explicó Tuppence—. Estoy bastante nerviosa y por eso no sé explicarme bien. Pero me gustaría saber qué es lo que quiso usted decirme exactamente el otro día. Quiso prevenirme contra mistress Vandemeyer, ¿no es cierto?

—Mi querida jovencita, que yo recuerde sólo dije que había otras muchas colocaciones igualmente buenas.

—Sí, lo sé. Pero fue una advertencia, ¿verdad?

—Bueno, tal vez lo fuera —admitió sir James con gravedad.

—Pues bien, quiero saber aún más. Deseo saber el porqué de esa advertencia.

—Supongamos que esa señora me denuncia por difamación... —dijo sonriendo sir James.

—Por supuesto —dijo Tuppence—. Ya sé que los abogados son siempre muy cuidadosos. Pero ¿no se dice primero «sin perjudicar a nadie», y luego ya puede decirse lo que uno quiere?

—Bueno —replicó sir James sin dejar de sonreír—, entonces «sin perjudicar a nadie» le diré que si una hermana mía tuviera que ganarse la vida, no me gustaría verla al servicio de mistress Vandemeyer. Y creí conveniente advertirla. No es un lugar adecuado para una joven sin experiencia. Es todo cuanto puedo decir.

—Ya —dijo Tuppence pensativa—. Muchísimas gracias. Pero yo no soy una «joven sin experiencia», ¿sabe usted?, cuando fui allí sabía perfectamente que era una mala persona... y a decir verdad por eso fui... —Se interrumpió al ver cierto asombro reflejado en el rostro del abogado, y continuó—: Creo que tal vez será mejor contarle toda la historia, sir James. Tengo la impresión de que si no le dijera la verdad, lo sabría en el acto, de modo que es preferible contárselo todo desde el principio. ¿Qué le parece, Julius?

—Puesto que está decidida, adelante —replicó el estadounidense que hasta aquel momento no había pronunciado palabra.

—Sí, cuéntemelo todo —dijo sir James—. Quiero saber quién es ese Tommy.

Esto animó a Tuppence a comenzar su relato, que el abogado escuchó con gran atención.

—Muy interesante —dijo cuando hubo concluido—. Gran parte de lo que acababa de decirme lo sabía ya, pequeña. Yo tengo algunas teorías personales acerca de Jane Finn. Se ha portado magníficamente bien hasta ahora, pero me parece muy mal por parte de... ¿qué nombre le dan ustedes...?, de míster Carter que haya metido en este asunto a dos jóvenes como ustedes. A propósito. ¿En qué momento interviene míster Hersheimmer? No ha dejado este punto muy claro.

Julius se lo explicó.

—Soy primo de Jane —dijo sosteniendo la mirada del abogado.

—¡Ah!

—¡Oh, sir James! —intervino Tuppence—; ¿qué cree usted que habrá sido de Tommy?

—¡Hum! —El abogado se puso en pie y comenzó a pasear de un lado a otro—. Cuando llegaron ustedes, señorita, estaba haciendo mi equipaje. Me iba a Escocia en el tren de la noche a pasar unos días pescando. Pero hay muchas maneras de pescar. Voy a quedarme y veré si puedo dar con el rastro de ese joven.

—¡Oh! —Tuppence juntó las manos extasiada.

—De todas formas, como ya dije antes, Carter hizo muy mal en dejar intervenir a un par de críos en un asunto como éste. No se ofenda, miss...

—Cowley. Prudence Cowley. Pero todos mis amigos me llaman Tuppence.

—Bien, Tuppence, puesto que voy a ser su amigo. No se ofenda porque la considere demasiado joven. La juventud es un defecto sólo para los que han envejecido demasiado aprisa. Ahora, en cuanto a ese Tommy amigo suyo...

—Sí —Tuppence juntó las manos.

—Con franqueza, las cosas se presentan mal para él. Se habrá metido en algún sitio donde no le llamaban. No cabe la menor duda. Pero no pierda la esperanza, ya saldrá de apuros.

—¿Y nos ayudará usted, verdad? ¡Julius! Y usted no quería venir —agregó en tono de reproche.

—¡Hum! —masculló el abogado dedicando a Julius otra de sus miradas penetrantes—. ¿Y eso por qué?

—Creí que no valdría la pena molestarle por un asunto sin importancia como éste.

—Ya comprendo —hizo una pausa breve—. Este asunto sin importancia, como usted dice, guarda relación directa con uno muy importante... mucho más de lo que usted o miss Tuppence pudieran suponer. Si ese muchacho vive podrá darnos una información muy valiosa. Por lo tanto debo encontrarle.

—Sí, pero ¿cómo? —exclamó Tuppence—. Ya he pensado en todo.

Sir James sonrió.

—Y no obstante hay una persona muy a mano que con toda probabilidad sabe dónde está, o por lo menos dónde es probable que se encuentre.

—¿Y quién es esa persona? —preguntó Tuppence extrañada.

—Mistress Vandemeyer.

—Sí, pero no nos lo dirá nunca.

—Ah, ahí es donde yo intervengo. Creo bastante posible hacer que mistress Vandemeyer me diga lo que deseo saber.

—¿Cómo? —Tuppence abrió mucho los ojos.

—Oh, pues preguntándoselo —replicó sir James—. Ya sabe, así es como lo hacemos.

Tamborileó con sus dedos sobre la mesa, y Tuppence volvió a sentir el inmenso magnetismo qué irradiaba aquel hombre.

—¿Y si no se lo dice? —preguntó Julius de pronto.

—Creo que me lo dirá. Tengo un par de palancas poderosas. No obstante, si fracasara siempre nos queda la posibilidad del soborno.

—Claro. ¡Y ahí es donde intervengo yo! —exclamó Julius dejando caer su puño sobre la mesa—. Puede usted contar conmigo de ser necesario hasta un millón de dólares. ¡Sí, señor, un millón de dólares!

—Míster Hersheimmer —dijo al fin—, ésa es una suma muy elevada.

—Es lo único que imagino que tendrá que ser. A esa clase de gente no se le puede ofrecer unos peniques.

—Según el cambio actual representan doscientas cincuenta mil libras.

—Eso es. Tal vez cree usted·que hablo de boquilla, pero puedo entregarle esa cantidad en seguida, y algo más por sus honorarios.

Sir James enrojeció ligeramente.

—No es mi intención cobrarle, míster Hersheimmer. No soy un detective particular.

—Lo siento. Creo que me he precipitado, pero tengo una extraña sensación acerca de la cuestión del dinero. Días pasados quise ofrecer una gran recompensa para obtener noticias de Jane, pero su institución de Scotland Yard me hizo desistir. Dijeron que no era aconsejable.

—Y probablemente tenían razón —replicó sir James.

—Pero lo que dice Julius es verdad —intervino Tuppence—. No le toma el pelo. Tiene montones de dinero.

—Mi padre los fue amontonando —explicó Julius—. Ahora, pasemos a la cuestión. ¿Cuál es su idea?

Sir James estuvo reflexionando durante unos cuantos minutos.

—No hay tiempo que perder. Cuanto antes empecemos mejor. —Se volvió a Tuppence—. ¿Sabe si mistress Vandemeyer cenará fuera esta noche?

—Sí, creo que sí, pero no regresará tarde, porque no se ha llevado la llave.

—Bien. Entonces yo iré a verla a eso de las diez. ¿A qué hora tiene que volver usted?

—A las nueve y media o las diez, aunque también podría regresar antes.

—No debe hacerlo bajo ningún concepto. Si no llega a la hora acostumbrada podría despertar sospechas. Vuelva a las nueve y media. Yo iré a las diez. Míster Hersheimmer podría esperar abajo en un taxi.

—Tiene un Rolls-Royce nuevo —dijo Tuppence con orgullo.

—Tanto mejor si tengo la suerte de conseguir que me dé la dirección, podremos ir en seguida, llevando con nosotros a mistress Vandemeyer, de ser necesario. ¿Comprendido?

—Sí —Tuppence se puso en pie—. ¡Oh, me siento mucho mejor!

—No se haga demasiadas ilusiones, miss Tuppence, pero vaya tranquila.

Julius se volvió hacia el abogado.

—Entonces le vendré a buscar en el coche a eso de las nueve y media. ¿Le parece bien?

—Tal vez el mejor plan. ¿Para qué vamos a tener dos coches esperando? Ahora, miss Tuppence, mi consejo es que cene bien a gusto, quiero decir, que tome una buena cena, y no piense más en lo que pueda suceder.

Les estrechó la mano a los dos y momentos después estaban en la calle.

—¿No es un encanto? —dijo Tuppence extasiada mientras bajaban la escalera—. ¡Oh, Julius! ¿No es un encanto?

—Pues admito que es muy agradable, que estaba equivocado al no venir a verle. Oiga, ¿regresamos directamente al Ritz?

—Creo que preferiría andar un poco. Me siento muy excitada. Déjeme en el parque, ¿quiere? A menos que quiera acompañarme.

Julius movió la cabeza.

—Tengo que ir a poner gasolina —explicó—. Y enviar un par de cables.

—Muy bien. Me reuniré con usted en el Ritz a las siete. Tendremos que cenar arriba. No puedo exhibirme por aquí con estas ropas.

—Claro. Diré a Felix que me ayude a escoger el menú. Es una especie de jefe de camareros. Hasta luego.

Tuppence echó a andar rápidamente, después de mirar su reloj. Eran cerca de las seis. Recordó que no había merendado, pero sentíase demasiado excitada para pensar en comer. Anduvo hasta los jardines Kensington donde aminoró el paso sintiéndose mejor gracias al fresco y al ejercicio. No era sencillo seguir el consejo de sir James y no pensar en los posibles acontecimientos de aquella noche. A medida que se iba aproximando a Hyde Park la tentación de regresar a las Mansiones South Audley se le fue haciendo irresistible.

De todas formas, decidió que no había ningún daño en ir a mirar el edificio. Quizá de este modo se resignara a esperar pacientemente hasta las diez.

Las Mansiones South Audley tenían el mismo aspecto de siempre. Tuppence apenas sabía precisar lo que había esperado, pero la vista de sus rojos ladrillos apaciguó un tanto su creciente e inexplicable inquietud. Iba ya a marcharse cuando oyó un silbido, y el fiel Albert salió corriendo de la casa para reunirse con ella.

Tuppence frunció el ceño. No entraba en su programa llamar la atención hacia su persona en aquel vecindario, mas Albert estaba rojo de excitación.

—Oiga, señorita, se marcha.

—¿Quién se marcha? —preguntó Tuppence, irritada.

—Esa individua, «Rita la Rápida». Mistress Vandemeyer. Está haciendo el equipaje, y acaba de enviarme a buscar un taxi.

—¿Qué? —Tuppence le asió del brazo.

—Es la verdad, señorita. Pensé que usted tal vez no lo sabría.

—Albert—exclamó Tuppence—, eres magnífico. A no ser por ti la hubiéramos perdido.

Albert enrojeció de satisfacción al oír aquel elogio.

—No hay tiempo que perder —dijo Tuppence cruzando la calle—. Tengo que detenerla. A toda costa tiene que quedarse hasta que… —se interrumpió—. Albert, ¿hay teléfono en la portería?

El muchacho negó con la cabeza.

—No. Casi todos los pisos tienen el suyo, señorita. Pero hay una cabina al volver la esquina.

—Ve allí entonces y telefonea al hotel Ritz. Pregunta por míster Hersheimmer y le dices que venga en seguida con míster James, pues Vandemeyer intenta escaparse. Si no le encuentras llamas a sir James Peel Edgerton, encontrarás su número en la guía, y le dices lo que ocurre. No te olvidarás de los nombres, ¿verdad?

94

Albert los repitió varias veces.

—Confíe en mí, señorita. Todo irá bien. Pero, ¿y usted? ¿No tiene miedo de quedarse con ella?

—No, no te preocupes. Pero ve a telefonear. Deprisa.

Aspirando el aire con fuerza, Tuppence penetró en el edificio y llamó al timbre de la puerta número veinte. ¿Cómo iba a entretener a mistress Vandemeyer hasta que llegaran los dos hombres? Lo ignoraba, pero era preciso hacerlo como fuese, y realizar la tarea sola. ¿Cuál sería la causa de aquella marcha repentina? ¿Es que mistress Vandemeyer sospechaba de ella?

Era inútil hacer cábalas. Tuppence presionó el timbre con energía. Tal vez la cocinera pudiera decirle algo.

No ocurrió nada y, tras esperar unos minutos, Tuppence volvió a llamar, manteniendo el dedo sobre el timbre algún tiempo. Al fin oyó pasos y un momento después la propia mistress Vandemeyer le abrió la puerta, enarcando las cejas al verla.

—¿Usted?

—Tengo dolor de muelas, señora —dijo Tuppence con voz feble—. De modo que pensé que lo mejor era volver a casa a pasar la tarde tranquila.

Mistress Vandemeyer nada dijo, pero se echó hacia atrás para dejarla entrar.

—Qué mala suerte —dijo con voz fría—. Será mejor que se acueste.

—Oh, estaré bien en la cocina, señora. La cocinera…

—La cocinera no está —dijo mistress Vandemeyer con extraña entonación—. La he despedido. De modo que será mejor que se acueste.

Tuppence sintió miedo de repente. Había un timbre en la voz de mistress Vandemeyer que no le gustaba nada, y además la iba empujando hacia el pasillo. Tuppence se volvió.

—No quiero…

Entonces sintió el frío contacto de un cañón de acero en la sien y la voz de mistress Vandemeyer se elevó fría y amenazadora:

—¡Maldita chiquilla! ¿Crees que no lo sé? No, no contestes. Si te resistes o gritas, te mataré como a un perro.

El cañón de acero se incrustó con más fuerza en su sien.

—Ahora, en marcha —continuó mistress Vandemeyer—. Por aquí… iremos a mi habitación. Dentro de un momento, cuando haya terminado contigo, te acostarás como te he dicho. Y dormirás… ¡oh, sí, vaya si dormirás!

Había cierta amenaza en las palabras de mistress Vandemeyer que no le gustó lo más mínimo. Por el momento no podía hacer nada y caminó obedientemente hasta el dormitorio de aquella mujer. La pistola no se apartó de su frente. La habitación estaba en completo desorden, había trajes por todas partes y una maleta y una sombrerera a medio llenar en el suelo.

Tuppence se rehízo con un esfuerzo y aunque su voz tembló un tanto dijo con valentía:

—Vamos, esto es una tontería. Usted no puede matarme. Todo el mundo oiría la detonación.

—Correré el riesgo —dijo mistress Vandemeyer en tono festivo—. Pero mientras no grites pidiendo ayuda… no te ocurrirá nada… y no creo que lo hagas. Eres una chica inteligente. Me engañaste muy bien. ¡No había sospechado de ti! Por lo tanto, no dudo que comprenderás perfectamente que ahora estoy yo encima y tú debajo… Siéntate en la cama. Pon las manos encima de la cabeza, y si en algo aprecias tu vida, no las muevas.

Tuppence obedeció. Su buen sentido le aconsejaba aceptar la situación. Si gritaba pidiendo socorro había muy pocas probabilidades de que la oyera nadie, mientras que lo más seguro era que mistress Vandemeyer disparase. Entretanto, cada minuto que transcurriera sería valioso.

Mistress Vandemeyer dejó el revólver sobre el tocador, al alcance de su mano, y sin apartar la vista de Tuppence, por temor a que se moviera, tomó una botellita que estaba sobre el mármol y vació parte de su contenido en un vaso que acabó de llenar de agua.

—¿Qué es eso? —preguntó Tuppence.

—Algo que te hará dormir profundamente.

Tuppence palideció un tanto.

—¿Es que va a envenenarme? —preguntó en un susurro.

—Tal vez —dijo mistress Vandemeyer sonriendo.

—Entonces no lo beberé —dijo la muchacha con firmeza—. Prefiero morir de un balazo. Al fin y al cabo así haría ruido y tal vez lo oyera alguien. Pero no voy a dejarme matar como un cordero.

Mistress Vandemeyer golpeó el suelo con el pie.

—¡No seas tonta! ¿De verdad crees que quiero dejar la alarma de un crimen tras de mí? Si tuvieras un poco de sentido común comprenderías que no entra en mis planes el envenenarte. Es una droga para hacerte dormir, nada más. Te despertarás mañana por la mañana a más tardar. Sencillamente quiero ahorrarme la molestia de atarte y amordazarte. Te ofrezco otra alternativa... y no te gusta. Pero te aseguro que puedo ser muy dura si me lo propongo. De modo que bébetelo como una buena chica y no te pasará nada.

En el fondo de su corazón, Tuppence le creía. Sus argumentos eran bastante verosímiles. Era el medio más sencillo de quitarla de en medio durante algún tiempo. Sin embargo, no se avenía a la idea de dejarse dormir mansamente sin luchar por su libertad. Comprendía que una vez se marchara mistress Vandemeyer con ella desaparecería la última esperanza de encontrar a Tommy.

Tuppence poseía una mentalidad muy rápida, y todas estas ideas pasaron por su cerebro como un relámpago. Viendo una posibilidad, aunque muy problemática, determinó arriesgarlo todo en un esfuerzo supremo.

Según ello, se arrojó a los pies de mistress Vandemeyer asiéndose frenéticamente a sus faldas.

—No le creo —gimió—. Es veneno... sé que es veneno. Oh, no me obligue a beberlo... —su voz adquirió un tono histérico—. ¡No me obligue a beberlo!

Mistress Vandemeyer, con el vaso en la mano, al ver su reacción la miró torciendo el gesto.

—¡Levántate, estúpida! No te quedes ahí haciendo la tonta. No comprendo cómo has tenido temple para representar tu papel —golpeó el suelo con el pie—. ¡Te digo que te levantes!

Mas Tuppence continuó asiéndola y sollozando, al tiempo que intercalaba frases incoherentes pidiendo clemencia. El caso era ganar tiempo. Además, de este modo se iba aproximando decidida e imperceptiblemente a su objetivo.

Mistress Vandemeyer lanzó una exclamación de impaciencia y la hizo incorporarse.

—¡Bébetelo en seguida! —Y con ademán imperioso acercó el vaso a los labios de Tuppence.

Ésta lanzó el último gemido desesperado.

—¿Me jura que no me hará daño? —preguntó.

—Pues claro que no. No seas tonta.

—¿Lo jura?

—Sí, sí —dijo la otra con impaciencia—. Te lo juro.

Tuppence tomó el vaso con la mano temblorosa.

—Muy bien. —Abrió la boca lentamente.

Mistress Vandemeyer exhaló un suspiro de alivio y por un momento quedó desprevenida. Entonces, Tuppence, rápida como una exhalación, le arrojó el contenido del vaso a la cara con toda la fuerza que pudo, aprovechando el asombro momentáneo para apoderarse del revólver que estaba sobre el tocador, un instante después apuntaba con él al corazón de mistress Vandemeyer sin que le temblara la mano lo más mínimo.

En aquel momento victorioso, Tuppence alardeó de su triunfo de un modo algo antideportivo.

—¿Y ahora quién está arriba y quién abajo? —exclamó.

Aquella mujer tenía el rostro descompuesto por la ira, y por un momento pensó que iba a saltar sobre ella, lo cual hubiera colocado a Tuppence en un dilema desagradable, puesto que significaría tener que disparar el revólver. Sin embargo, mistress Vandemeyer logró dominarse y al fin una sonrisa diabólica se extendió por su rostro.

—¡No eres tan tonta, después de todo! Lo hiciste muy bien, pequeña, pero me lo pagarás... ¡Oh, sí, lo pagarás! ¡Tengo muy buena memoria!

—Me sorprende que se deje engañar tan fácilmente —dijo Tuppence con enojo—. ¿Es que pensó que era de esa clase de chicas capaz de arrojarse al suelo pidiendo clemencia?

—¡Ya lo harás... algún día! —dijo la otra con tono significativo.

La fría malignidad de su porte hizo que un estremecimiento recorriera la espina dorsal de Tuppence, que no estaba dispuesta a demostrarlo.

—¿Qué le parece si nos sentáramos? —dijo complacida—. Nuestra actitud actual es un tanto melodramática. No... en la cama no. Acerque esa silla a la mesa; así está bien. Yo me sentaré al otro lado con el revólver ante mí... por si acaso. Espléndido. Ahora hablemos.

—¿De qué? —preguntó mistress Vandemeyer en tono sombrío.

Tuppence la contempló pensativa unos instantes. Recordaba varias cosas. Las palabras de Boris: «Creo que sería capaz de... vendernos...», y su respuesta: «El precio tendría que ser enorme», hecha en tono ligero, pero, ¿no habría en el fondo algo de verdad? ¿Acaso Whittington no le había preguntado: «¿Quién ha estado hablando, Rita?» ¿Sería Rita Vandemeyer el punto débil de la armadura de míster Brown?

Con los ojos muy fijos en el rostro de Rita, Tuppence respondió sin alterarse:

—De dinero...

La Vandemeyer pegó un respingo. Era evidente que no esperaba aquella contestación.

—¿Qué quieres decir?

—Se lo diré. Acaba usted de decir que tiene buena memoria. ¡Pues la buena memoria no es tan útil como una buena bolsa! Me atrevo a decir que le alivia planear toda clase de cosas terribles para vengarse de mí, pero ¿es práctico? La venganza no satisface. Todo el mundo lo dice. En cambio el dinero... —Tuppence expuso su tema preferido—. Bueno... el dinero sí que llena, ¿no es cierto?

—¿Crees que soy de esas mujeres que venden a sus amigos? —dijo mistress Vandemeyer con rencor.

—Sí —replicó Tuppence en el acto—, si el precio es lo bastante elevado.

—¡Por unos cientos de libras!

—No —dijo Tuppence—. ¡Yo ofrezco... cien mil!

Su espíritu ahorrativo le impidió mencionar el millón de dólares ofrecido por Julius.

El rostro de mistress Vandemeyer se cubrió de rubor.

—¿Qué has dicho? —preguntó jugueteando nerviosamente con el broche que llevaba prendido en el pecho.

Tuppence comprendió en seguida que había mordido el anzuelo y por primera vez sintió aversión de su amor al dinero que le daba cierto parecido con la mujer que tenía frente a ella.

—Cien mil libras —repitió Tuppence.

El brillo desapareció de los ojos de Rita que se reclinó en su silla.

—¡Bah! —dijo—. No las tienes.

—No —admitió Tuppence—. No las tengo... pero sé quién las tiene.

—¿Quién?

—Un amigo mío.

—Debe ser millonario —observó Rita sin gran convencimiento.

—Pues a decir verdad lo es. Es estadounidense y las pagará sin chistar. Puede considerarlo como una proposición seria.

Mistress Vandemeyer volvió a erguirse.

—Me siento inclinada a creerte —dijo despacio.

Se hizo un silencio y al cabo Rita alzó los ojos.

—¿Y qué es lo que desea saber... ese amigo tuyo?

Tuppence vaciló un momento, pero el dinero era de Julius y sus intereses eran lo primero.

—Desea saber dónde está Jane Finn —dijo osadamente.

Mistress Vandemeyer no demostró sorpresa.

—No estoy muy segura de dónde se encuentra en estos momentos —replicó.

—Pero ¿podría averiguarlo?

—¡Oh, sí! —repuso Rita con descuido—. No existe la menor dificultad.

—Luego... —la voz de Tuppence tembló— hay un muchacho... un amigo mío. Temo que le haya ocurrido algo a través de su camarada Boris.

—¿Cómo se llama?

—Tommy Beresford.

—Nunca le oí nombrar, pero le preguntaré a Boris. Él me dirá todo lo que sepa.

—Gracias —Tuppence sintió levantar su ánimo y eso le impulsó a mostrarse más audaz—. Hay otra cosa más.

—¿Qué es?

—¿Quién es míster Brown?

Sus ojos advirtieron la repentina palidez de aquel hermoso rostro. Con un esfuerzo, Rita procuró adoptar su actitud anterior, pero su intento resultó una parodia. No era muy buena actriz.

Se encogió de hombros.

—No puedes saber gran cosa de nosotros si ignoras que nadie sabe quién es míster Brown...

—Usted lo sabe —replicó Tuppence sin alterarse.

—¿Por qué lo crees así?

—No lo sé —dijo la muchacha pensativa—. Pero estoy segura.

Mistress Vandemeyer estuvo mirando al vacío durante largo rato.

—Sí —dijo al fin con voz ronca—. Lo sé. Yo era hermosa, ¿comprendes...?, muy hermosa...

—Lo es todavía —dijo Tuppence con admiración.

Rita movió la cabeza con un brillo extraño en sus ojos azul eléctrico.

—Pero no lo bastante —dijo en voz baja y peligrosa—. ¡No lo bastante! Y últimamente, algunas veces he tenido miedo... ¡es peligroso saber demasiado! —se inclinó sobre la mesa—. Júrame que mi nombre no aparecerá en todo esto... que nadie lo sabrá.

—Lo juro. Y, una vez le atrapen, ya no tendrá usted que temer.

Una mirada aterrorizada apareció en el rostro de la Vandemeyer.

—¿Es que podré librarme alguna vez? —Asió a Tuppence del brazo—. ¿Me aseguras que tendré el dinero?

—Puede tener la plena seguridad de que lo recibirá a su tiempo.

—¿Cuándo me lo darán? No hay tiempo que perder.

—Este amigo mío no tardará en venir. Tal vez tenga que pedirlo por cable, o algo por el estilo. Pero no habrá retraso… es un hombre muy activo.

El rostro de Rita denotó resolución.

—Lo haré. Es una gran suma de dinero, y además… —sonrió de un modo extraño—, ¡no es inteligente dar de lado a una mujer como yo!

Durante unos instantes continuó sonriendo y tamborileó con los dedos sobre la mesa. De pronto se sobresaltó.

—¿Qué ha sido eso?

—No he oído nada.

Mistress Vandemeyer miró temerosa a su alrededor.

—Si hubiera alguien escuchando…

—Tonterías. ¿Quién podría ser?

—Incluso las paredes tienen oídos —susurró Rita—. Te digo que estoy asustada. ¡Tú no le conoces!

—Piense en las cien mil libras —dijo Tuppence para tranquilizarla.

Mistress Vandemeyer se pasó la lengua por sus labios resecos.

—Tú no le conoces —repitió con voz ronca—. ¡Es… ah!

Con un grito de terror se puso en pie, señalando con el brazo extendido por encima del hombro de Tuppence. Luego cayó al suelo desmayada.

Tuppence se volvió a ver lo que la había sobresaltado.

En el umbral de la puerta estaban sir James Peel Edgerton y Julius Hersheimmer.

Capítulo XIII

NOCHE EN VELA

Sir Julius corrió a socorrer a Rita.

—Es el corazón —dijo—. Debe haberse asustado al vernos aparecer tan de repente. Traigan coñac... de prisa o se nos quedará en las manos.

Julius se aproximó al tocador.

—Ahí no —le indicó Tuppence por encima de su hombro—, en el aparador del comedor. Es la segunda puerta del pasillo.

Tuppence y sir James levantaron a mistress Vandemeyer y la llevaron a la cama. Le estuvieron pasando agua por la cara, pero sin resultado. El abogado le tomó el pulso.

—Apenas le late —musitó—. Ojalá ese joven llegue pronto con el coñac.

En aquel momento Julius entraba en la habitación llevando en la mano un vaso a medio llenar, que entregó a sir James. Mientras Tuppence le sostenía la cabeza, el abogado intentó introducir el líquido entre sus labios cerrados. Al fin la mujer abrió los ojos, y Tuppence le acercó el vaso a los labios.

—Bébase esto.

Mistress Vandemeyer obedeció. El coñac volvió el color a sus pálidas mejillas, haciéndola revivir como por arte de magia. Trató de incorporarse... mas volvió a desplomarse sobre la cama con un gemido de dolor, mientras se llevaba la mano a su costado.

—Es el corazón —susurró—. No debo hablar.

Cerró los ojos.

Sir James volvió a asir su muñeca una vez más, que luego dejó con gesto de aprobación.

—Ahora está mejor.

Los tres se apartaron de la cama hablando en voz baja. De momento era imposible interrogarla, y por lo tanto estaban cruzados de brazos, sin poder hacer nada.

Tuppence les contó que se había mostrado dispuesta a descubrirles la identidad de míster Brown, así como a averiguar y revelarles el secreto de Jane Finn. Julius la felicitó.

—¡Estupendo, miss Tuppence! Me figuro que las cien mil libras le parecerán tan bien por la mañana como le parecieron esta noche. No tenemos por qué preocuparnos. ¡De todas formas apuesto a que no habla sin el dinero!

Desde luego, sus palabras rebosaban sentido común y Tuppence sintiose algo más animada.

—Lo que usted dice es cierto —dijo sir James pensativo—. No obstante debo confesar que desearía no haberlas interrumpido. Mas ahora no tiene remedio y sólo nos queda aguardar a mañana.

Contempló la figura inerte sobre la cama. Mistress Vandemeyer permanecía inmóvil con los ojos cerrados. Movió la cabeza con pesar.

—Bien —dijo Tuppence intentando animarle—, hay que esperar a mañana, eso es todo. Pero no creo que debamos abandonar ahora el piso.

—¿Y si dejamos de guardia a ese joven botones amigo suyo?

—¿Albert? Supongamos que intenta marcharse de nuevo... Albert no podrá detenerla.

—Supongo que no querrá alejarse mucho de los dólares.

—Es posible, pero parecía muy asustada de «míster Brown».

—¿Qué? ¿De verdad estaba asustada?

—Sí. Miraba a todas partes y dijo que incluso las paredes oyen.

—Tal vez se refiera a un micrófono —dijo Julius interesado.

—Miss Tuppence tiene razón —replicó sir James a toda prisa—. No debemos dejar el piso... aunque sólo sea para proteger a mistress Vandemeyer.

Julius le miró de hito en hito.

—¿Cree usted que vendrán tras ella... esta noche? ¿Cómo puede saberlo él?

—Olvida su propia insinuación de que puede haber un micrófono —repuso sir James con sequedad—. Tenemos un adversario formidable, y creo que si andamos con cuidado existen muchas probabilidades de que caiga en nuestras manos. Toda precaución es poca. Tenemos un testigo importante, pero debemos protegerlo. Sugiero que miss Tuppence vaya a acostarse, y usted y yo, míster Hersheimmer, nos repartiremos la vigilancia.

Tuppence se disponía a protestar, pero se le ocurrió mirar hacia la cama y vio a mistress Vandemeyer con los ojos entreabiertos y una expresión mezcla de miedo y maldad en su rostro que se le helaron las palabras en los labios.

Por un momento se preguntó si el ataque al corazón habría

sido una comedia, pero al recordar su palidez mortal, apenas podía dar crédito a su suposición. Mientras la miraba aquella expresión desapareció como por arte de magia, y Rita volvió a quedar inmóvil como antes. Por un momento creyó haberlo soñado, pero no obstante resolvió estar alerta.

—Bien —dijo Julius—. Supongo que de todas formas lo mejor será salir de esta habitación.

Los otros estuvieron de acuerdo, y sir James volvió a tomar el pulso a mistress Vandemeyer.

—Perfectamente normal —dijo a Tuppence en voz baja—. Estará completamente bien después de una noche de descanso.

La muchacha vaciló un momento junto a la cama. La intensidad de la expresión que sorprendiera en aquel rostro la había impresionado en gran manera. Rita alzó los párpados; al parecer luchaba por hablar y la joven se inclinó sobre ella.

—No me dejen... —pareció susurrar, e incapaz de continuar musitó algo que sonó como... «dormir». Luego volvió a intentarlo.

Tuppence se acercó más aún. Su voz era apenas un susurro.

—Míster... Brown...—Se detuvo.

Mas los ojos semicerrados parecían seguir enviando un mensaje agonizante.

Movida por un impulso repentino la joven dijo a toda prisa.

—No saldré del piso y estaré despierta toda la noche.

Con inmenso alivio los párpados volvieron a descender sobre los ojos. Al parecer mistress Vandemeyer dormía, pero sus palabras habían despertado una nueva inquietud en Tuppence. ¿Qué quiso significar con las palabras «Míster Brown»? La muchacha se sorprendió mirando recelosa por encima de su hombro. El enorme armario era suficiente para esconder a un hombre... Avergonzada, Tuppence lo abrió para inspeccionar su interior. ¡Nadie... por supuesto! Se agachó para mirar debajo de la cama. No había otro lugar donde esconderse.

Tuppence se encogió de hombros con un gesto peculiar. ¡Era absurdo, se estaba dejando llevar por sus nervios! Lentamente salió de la habitación. Julius y sir James hablaban en voz baja. Sir James se volvió hacia ella.

—Cierre la puerta con llave, miss Tuppence, y guárdela. Hay que evitar a todo trance que nadie entre en esa habitación.

Su seriedad les impresionó, y Tuppence sintiose menos avergonzada de su ataque de «nervios».

—Oiga —observó Julius de pronto—, ¿y el botones amigo de

Tuppence? Creo que será mejor bajar a tranquilizarle. Es un buen muchacho, Tuppence.

—A propósito, ¿cómo entraron ustedes? —preguntó Tuppence de pronto—. Me olvidé de preguntárselo.

—Pues, Albert me llamó por teléfono. Corrí a buscar a sir James y vinimos en seguida. Ese muchacho nos estaba esperando, y temía que hubiera podido ocurrirle algo. Había estado escuchando detrás de la puerta, pero no pudo oír nada. Nos sugirió que subiéramos en el montacargas en vez de llamar a la puerta. Entramos por la cocina y vinimos directamente a buscarla. Albert sigue abajo, y ya debe estar loco de impaciencia. —Y con estas palabras se marchó bruscamente.

—Miss Tuppence —dijo sir James—, usted conoce este piso mejor que yo. ¿Dónde sugiere que nos instalemos?

Tuppence meditó unos instantes.

—Creo que lo más cómodo será el saloncito de mistress Vandemeyer —dijo al fin acompañándole hasta la pieza citada.

Sir James miró a su alrededor.

—Aquí estaremos muy bien, y ahora, mi querida jovencita, vaya a acostarse y duerma un poco.

Tuppence movió la cabeza decidida.

—No podría, gracias, sir James. ¡Soñaría toda la noche con míster Brown!

—Pero estará muy cansada, pequeña.

—No, prefiero quedarme levantada… de verdad.

El abogado se dio por vencido.

Julius apareció pocos minutos más tarde, después de haber tranquilizado a Albert y recompensado sus servicios, y habiendo fracasado también al tratar de persuadir a Tuppence para que se acostase unas pocas horas, dijo con decisión:

—Por lo menos tiene que comer algo en seguida. ¿Dónde está la despensa?

Tuppence le acompañó y a los pocos minutos regresaban con un pastel frío y tres platos.

Después de haber comido, Tuppence se sintió inclinada a desdeñar sus imaginaciones de una hora atrás. El poder del dinero no podía fallar.

—Y ahora, miss Tuppence —dijo sir James—, nos gustaría escuchar sus aventuras.

—Eso es —convino Julius.

La joven relató lo sucedido con cierta complacencia. De vez en cuando Julius intercalaba un «bravo». Sir James no dijo nada hasta que hubo terminado, y entonces su «bien hecho, miss Tuppence», la hizo enrojecer de satisfacción.

—Hay una cosa que no veo clara —dijo Hersheimmer—. ¿Qué le impulsó a marcharse?

—No lo sé —confesó Tuppence.

Sir James se frotó la barbilla pensativo.

—La habitación estaba con gran desorden como si su marcha hubiera sido impremeditada... como si le hubieran avisado de pronto.

—Supongo que míster Brown —dijo Julius.

El abogado le miró fijamente durante un buen rato.

—¿Por qué no? —dijo—. Recuerde que usted mismo fue vencido por él en una ocasión.

Julius enrojeció.

—Me pongo fuera de mí cada vez que recuerdo cómo le entregué la fotografía de Jane. ¡Si vuelvo a tenerle en mis manos... me pegaré a él como una lapa!

—Es una contingencia muy remota —dijo el otro con sequedad.

—Me figuro que tiene razón —dijo Hersheimmer con franqueza—. Y de todas formas, lo que busco es el original. ¿Dónde cree usted que puede estar, sir James?

El abogado movió la cabeza.

—Es imposible de decir. Pero tengo una ligera idea de dónde ha estado.

—¿Sí? ¿Dónde?

Sir James sonrió.

—En el escenario de sus aventuras nocturnas, la clínica de Bournemouth.

—¿Allí? Imposible. Ya pregunté.

—No, querido amigo, usted preguntó si había estado allí alguien que se llamaba Jane Finn. Ahora bien, si la muchacha estuvo allí es casi seguro que lo hacía bajo un nombre supuesto.

—Bien por usted —exclamó Julius—. ¡No se me había ocurrido pensarlo!

—Pues es bastante lógico —replicó el otro.

—Quizás el médico esté mezclado también en esto —sugirió Tuppence.

—No lo creo. En seguida me fue simpático. No, estoy casi seguro de que el doctor Hall no tiene nada que ver en todo eso.

—¿Hall ha dicho usted? —preguntó sir James—. Es curioso... muy curioso.

—¿Por qué? —quiso saber la joven.

—Porque da la casualidad de que le he visto esta mañana. Le conozco superficialmente desde hace algunos años, y esta mañana me he tropezado con él en la calle. Me dijo que estaba en el Metropole. —Se volvió a Julius—. ¿No le dijo que iba a venir a la ciudad?

Julius movió la cabeza.

—Es curioso —musitó sir James—. Esa tarde usted no mencionó su nombre o de otro modo yo le hubiera enviado a verle con mi tarjeta para obtener más información.

—Soy un estúpido —exclamó el joven con inusitada humildad—. Debí haber pensado en lo del nombre falso.

—¿Cómo podía pensar en nada después de caerse del árbol? —exclamó Tuppence—. Estoy segura de que cualquier otro se hubiera matado.

—Bueno, imagino que ahora da lo mismo —dijo Hersheimmer—. Tenemos a mistress Vandemeyer bien segura y es todo lo que necesitamos.

—Sí—repuso Tuppence, sin gran convencimiento.

Se hizo un silencio. Poco a poco la magia de la noche comenzó a hacer mella en sus ánimos. Se oían crujir los muebles, y ligeros rumores tras las cortinas. De pronto Tuppence se puso en pie con un grito.

—No puedo evitarlo. ¡Sé que míster Brown está en el piso! Puedo sentirlo.

Miró suplicante a sir James, que replicó gravemente:

—Con la debida deferencia a sus sentimientos, miss Tuppence, y a los míos, no veo que sea humanamente posible que nadie haya entrado en el piso sin que nosotros lo hayamos notado.

La joven quedó algo más consolada con sus palabras.

—El pasar una noche en vela siempre le pone a una nerviosa —confesó.

—Sí —dijo sir James—. Estamos en las mismas condiciones que los que celebran reuniones espiritistas. Quizá si tuviéramos una médium podríamos obtener maravillosos resultados.

—¿Cree usted en el espiritismo? —preguntó Tuppence con los ojos muy abiertos.

—¿Cómo voy a creer en esas cosas? —exclamó el abogado alzando los hombros.

Las horas fueron transcurriendo. Con los primeros resplandores de la aurora, sir James descorrió las cortinas y contemplaron lo que muy pocos londinenses... el lento ascender del sol y la ciudad dormida. Con la llegada de la luz, los temores e imaginaciones de la noche pasada parecían absurdos; Tuppence volvió a su normal estado de ánimo.

—¡Hurra! —exclamó—. Va a hacer un día espléndido y encontraremos a Tommy y a Jane Finn. Y todo saldrá a pedir de boca.

A las siete Tuppence fue a preparar un poco de té, y volvió con una bandeja en la que había una tetera y cuatro tazas.

—¿Para quién es la cuarta? —quiso saber Julius.

—Para la prisionera, por supuesto. ¿Supongo que debo llamarla así?

—El llevarle el té parece un desagravio de lo de ayer noche —dijo Hersheimmer pensativo.

—Sí, lo es —admitió Tuppence—. Aquí se lo llevo. Quizá sea mejor que vengan los dos, por si se echara sobre mí o algo así. No sabemos de qué humor se despertará.

Sir James y Julius la acompañaron hasta la puerta.

—¿Dónde está la llave? Oh, claro, si la tengo yo.

La introdujo en la cerradura, y antes de abrir la puerta se detuvo.

—Supongamos que se hubiera escapado… —murmuró en un susurro.

—Es imposible —replicó Julius para tranquilizarla.

Mas sir James nada dijo.

Tuppence aspiró aire profundamente y entró exhalando un suspiro de alivio al ver a mistress Vandemeyer en la cama.

—Buenos días —le dijo en tono alegre—. Le traigo un poco de té.

Rita no respondió. Tuppence dejó la taza sobre la mesita de noche y fue a descorrer las cortinas. Cuando se volvió mistress Vandemeyer aún no había hecho movimiento alguno. Con un reprimido temor, Tuppence se aproximó a la cama y la mano que levantó estaba fría como el hielo… Ahora mistress Vandemeyer ya no hablaría…

Su grito atrajo a los otros. Pocos minutos después no cabía la menor duda. Mistress Vandemeyer estaba muerta… debía estarlo desde hacía varias horas. Sin duda falleció en pleno sueño.

—¿No es tener mala suerte? —exclamó Julius desesperado.

El abogado estaba tranquilo y sus ojos tenían un brillo peculiar.

—Sí que es suerte… —replicó.

—¿Usted cree…? Pero si es imposible que haya entrado nadie.

—Sí —admitió el abogado—. No veo cómo han podido entrar. Y no obstante… cuando está a punto de traicionar a míster Brown muere. ¿Es sólo una coincidencia?

—Pero ¿cómo?

—Sí, ¿cómo? Eso es lo que debemos averiguar. —Permaneció unos instantes rascándose la barbilla—. Tenemos que averiguarlo —dijo sin alterarse, y Tuppence sintió que de ser ella míster Brown no le hubiera agradado el tono de aquellas sencillas palabras.

Julius miró a la ventana.

—La ventana está abierta —observó—. ¿Usted cree...?

Tuppence movió la cabeza.

—La terraza sólo llega hasta el saloncito, y nosotros estábamos allí.

—Pudo haberse deslizado... —insinuó Julius, siendo interrumpido por sir James.

—Los métodos de míster Brown no son tan rudos. Entretanto debemos llamar a un médico, pero antes de hacerlo, ¿hay algo en esta habitación que pueda resultarnos de valor?

Los tres se apresuraron a registrarla. Las cenizas de la chimenea indicaban que mistress Vandemeyer había estado quemando papeles antes de emprender el vuelo. No encontraron nada de importancia, aunque miraron también en las otras habitaciones.

—Miren —dijo Tuppence de pronto señalando una pequeña y anticuada caja fuerte que había en la pared—. Creo que debe ser para guardar joyas, pero pudiera haber también algo más.

La llave estaba en la cerradura y Julius la abrió para mirar su interior, cosa en la que empleó algún tiempo.

—Bueno... —dijo Tuppence impaciente.

Hubo una pausa antes de que Julius respondiera y luego retirando la cabeza volvió a cerrarla.

—Nada —dijo al fin.

A los cinco minutos llegó un joven médico que estuvo muy deferente con sir James, a quien conocía.

—Colapso, o posiblemente una dosis excesiva de alguna droga para dormir. —Aspiró—. Se huele bastante a cloral.

Tuppence recordó el vaso que ella tirara, y se acercó al tocador. Allí encontró la botellita de la que mistress Vandemeyer vertiera unas gotas.

Antes estaba llena hasta más de la mitad. Ahora... *estaba vacía*.

Capítulo XIV

UNA CONSULTA

Tuppence quedó sorprendida y estupefacta al ver con qué sencillez y facilidad se arregló todo gracias a los hábiles manejos de sir James. El doctor aceptó en seguida la teoría de que mistress Vandemeyer había muerto por tomar accidentalmente una dosis excesiva de cloral. Incluso dudaba de que fuese necesario abrir una investigación, y dijo que de ser así, se lo comunicaría a sir James, y también que tenía entendido que mistress Vandemeyer estaba a punto de partir para el extranjero y que sus sirvientes ya se habían marchado. Sir James y sus jóvenes amigos habían ido a verla cuando se sintió repentinamente mal, y como no quisieron dejarla sola, pasaron toda la noche en el piso. ¿Conocían a alguno de sus parientes? Ellos no, pero sir James sugirió que acudiera al abogado de mistress Vandemeyer.

Poco después llegó una enfermera para hacerse cargo de todo, y los otros abandonaron el edificio de la difunta.

—¿Y ahora qué? —preguntó Julius con un ademán de desaliento—. Me parece que hemos perdido la pista para siempre.

Sir James se rascaba la barbilla pensativo.

—No —dijo tranquilo—. Aún nos queda la oportunidad de que el doctor Hall pueda decirnos algo.

—¡Es verdad! Lo había olvidado.

—Es una probabilidad muy remota, pero no hay que desaprovecharla. Creo haberles dicho ya que se hospeda en el Metropole. Les ruego que vayamos a verle cuanto antes. ¿Les parece bien después de un buen baño y un buen desayuno?

Quedaron de acuerdo en que Tuppence y Julius regresarían al Ritz e irían a recoger a sir James más tarde en el coche. Este plan se llevó a cabo fielmente, y poco después de las once se detenían ante el Metropole. Preguntaron por el doctor Hall, y un botones fue a buscarle. Pocos minutos después se aproximaba a ellos.

—¿Puede dedicarnos unos minutos, doctor Hall? —le dijo sir James en tono amable—. Permítame presentarle a miss Cowley, y a míster Hersheimmer, al que según creo ya conoce.

—¡Ah, sí, mi querido amigo, del episodio del árbol! ¿Qué tal el tobillo, bien?

—Creo que ya está curado gracias a su tratamiento.

—¿Y el corazón? ¡Ja! ¡Ja!

—Aún sigo buscando —replicó Julius con prontitud.

—Para ir derechos al asunto, ¿podríamos hablar con usted en privado? —le preguntó sir James.

—Desde luego. Creo que aquí hay una habitación en la que no nos molestará nadie.

Abrió la marcha y los demás le siguieron. Una vez se hubieron sentado, el doctor miró interrogativamente a sir James.

—Doctor Hall, tengo verdadero interés en encontrar a cierta joven con objeto de obtener su declaración, y también tengo motivos para creer que ha estado en su clínica de Bournemouth. Espero no transgredir su ética profesional al interrogarle sobre este punto.

—Supongo que se trata de alguien que debe hacer de testigo.

Sir James vaciló un momento, pero al fin replicó:

—Sí.

—Celebraré darle toda la información que me sea posible. ¿Cuál es el nombre de esa joven? Recuerdo que míster Hersheimmer me preguntó… —volvióse a Julius.

—El nombre importa poco en realidad —dijo sir James—. Seguramente se la enviaron a usted con un nombre falso. Pero me gustaría saber si conoce a una tal mistress Vandemeyer.

—¿Mistress Vandemeyer del número veinte de las Mansiones South Audley? La conozco, aunque superficialmente.

—¿No sabe lo ocurrido?

—¿A qué se refiere?

—¿No sabe que mistress Vandemeyer ha muerto?

—¡Dios mío! ¡No tenía la menor idea…! ¿Cuándo ha sido?

—Ayer noche tomó una dosis excesiva de cloral.

—¿A propósito?

—Se cree que por accidente. Yo no sabría decirle. El caso es que esta mañana fue encontrada muerta.

—¡Qué lástima! Era una mujer muy hermosa. Supongo que debía ser amiga suya, puesto que conoce tan bien los detalles.

—Conozco los detalles porque… bueno, fui yo quien encontró el cadáver.

—¿De veras? —dijo el doctor sobresaltado.

—Sí —replicó sir James rascándose la barbilla pensativo.

—Es una noticia triste, pero ustedes me perdonarán si les digo que no veo qué relación puede tener con el motivo de su visita.

—Pues existe y es éste: ¿no es cierto que esa mistress Vandemeyer dejó a su cuidado a una joven parienta suya?

Julius se inclinó hacia delante con ansiedad.

—Sí, es cierto —replicó el doctor sin alterarse.

—¿Con el nombre de…?

—Jane Vandemeyer. Me dijeron que era una sobrina de mistress Vandemeyer.

—¿Y cuándo se la envió?

—Creo que en junio o en julio de mil novecientos quince.

—¿Era un caso mental?

—Está perfectamente cuerda, si es eso lo que quiere decir. Supe que miss Vandemeyer iba en el *Lusitania* cuando fue hundido, y que a consecuencia de ello había sufrido un shock.

—Creo que estamos sobre la pista —dijo sir James, mirando a sus acompañantes.

—¡Como ya dije antes, soy un estúpido! —replicó Julius.

El doctor les miró a todos con curiosidad.

—Usted dijo que deseaba su declaración —dijo—. Supongamos que no sea capaz de dársela.

—¿Qué? Acaba usted de decir que está perfectamente bien.

—Y lo está. Sin embargo, si desea que declare acerca de algún acontecimiento ocurrido antes del siete de mayo de mil novecientos quince, no podrá hacerlo.

Le miraron estupefactos, y él asintió.

—Es una lástima —dijo—. Una gran lástima, puesto que me figuro que se trata de un asunto de importancia, sir James. Pero el caso es que no puede decir nada.

—Pero ¿por qué? Dígalo ya, ¿por qué?

El hombrecillo posó su mirada benévola sobre el joven estadounidense.

—Porque Jane Vandemeyer ha perdido por completo la memoria.

—¿Qué?

—Es cierto. Es un caso interesante, muy interesante. Y no tan raro como ustedes creen. Ha habido otros muchos parecidos. Es el primero que tengo en observación y debo confesar que lo he encontrado interesantísimo. —En sus palabras había cierta satisfacción morbosa.

—Y no recuerda nada —dijo sir James, despacio.

—Nada con anterioridad al siete de mayo de mil novecientos quince. Después de esa fecha su memoria es tan buena como la suya o la mía.

112

—¿Y qué es lo primero que recuerda?

—El desembarco con los supervivientes. Todo lo anterior está en blanco. No recuerda su propio nombre, de dónde venía ni dónde estaba. Ni siquiera sabe hablar su propio idioma.

—Pero sin duda es muy poco corriente —intervino Julius.

—No, amigo mío. Es muy normal dadas las circunstancias. Después del tremendo shock que sufrió su sistema nervioso. La pérdida de memoria siempre sigue esa pauta. Desde luego, yo les indiqué que fueran a un especialista. Hay uno muy bueno en París... que estudia estos casos... pero mistress Vandemeyer se opuso pensando que eso podría traer consigo mucha publicidad.

—Me lo imagino —replicó sir James.

—Yo comprendí su punto de vista, y la muchacha es muy joven... diecinueve años. Daba lástima que se hablara de ella... perjudicando su porvenir. Además, no existe tratamiento especial para estos casos. Sólo hay que esperar.

—Sí, más pronto o más tarde, la memoria vuelve... tan repentinamente como se fue. Pero lo probable es que la muchacha olvide por completo el período intermedio, y vuelva a recordar a partir del momento en que la perdió... al hundirse el *Lusitania*.

—¿Y cuándo espera usted que ocurra?

—Ah, esto no puede decirse. —El doctor se encogió de hombros—. Algunas veces es cuestión de meses, otras incluso se ha tardado veinte años. A veces otro shock realiza el milagro, y restituye lo que el otro quitó.

—Otro shock, ¿verdad? —dijo Hersheimmer pensativo.

—Exacto. Hubo un caso en Colorado...

Julius no parecía escucharle. Había fruncido el ceño absorto en sus propios pensamientos. De pronto salió de su abstracción y pegó un golpe tremendo sobre la mesa sobresaltándoles a todos, y sobre todo al doctor.

—¡Ya lo tengo! Creo que necesitaré su opinión médica acerca del plan que voy a exponerles. Pongamos que Jane se vuelve a encontrar en la misma situación... que ocurre lo mismo. El submarino, el barco que se hunde, todo el mundo a los botes... etcétera. ¿No recobraría la memoria? ¿No sería una fuerte impresión para su subconsciente, o como le llamen, capaz de ponerlo de nuevo en funcionamiento?

—Es una sugerencia muy inteligente, míster Hersheimmer, y en mi opinión tendría éxito. Es una lástima que no haya posibilidad de llevarlo a la práctica.

—En realidad, tal vez no, doctor. Pero yo le estoy hablando de simularlo.

—¿Simularlo?

—Pues sí, ¿por qué no? Se alquila un transatlántico...

—¡Un transatlántico! —murmuró el doctor Hall asombrado.

—Se alquilan pasajeros, un submarino... me parece que ésta será la única dificultad. Los gobiernos se resisten a exhibir sus máquinas de guerra, y no las venden al primero que se presenta. No obstante, creo que podría arreglarlo. ¿Ha oído hablar alguna vez de «soborno»? Pues bien, con ello se llega a todas partes. Reconozco que no tendremos que disparar un torpedo de verdad. Si todo el mundo chilla a su alrededor que el barco se hunde, creo que será suficiente para una joven tan ingenua como Jane. Cuando le hayan puesto el chaleco salvavidas y la introduzcan en un bote, rodeada de artistas que lleven a cabo escenas de histerismo... pues tendrá que encontrarse como estaba antes del mes de mayo de mil novecientos quince. ¿Qué les parece mi plan?

El doctor Hall miró a Julius, y todo lo que fue capaz de decir lo puso de relieve en aquella mirada.

—No —dijo Julius, comprendiéndole—. No estoy loco. Lo que acabo de decirle es perfectamente posible. En los Estados Unidos se hace a diario para filmar películas. ¿No ha visto usted choques de trenes en la pantalla? ¿Qué diferencia existe entre comprar un tren o comprar un transatlántico? ¡En cuanto tengamos lo necesario lo pondremos en práctica!

El doctor Hall consiguió encontrar su voz.

—Pero, ¿y el gasto, mi querido amigo? —su voz se elevó—. ¡El gasto que eso representa! ¡Sería colosal!

—El dinero no me preocupa en absoluto —explicó Julius con sencillez.

El doctor Hall volvió su rostro hacia sir James, que le sonrió.

—Mister Hersheimmer está bien provisto... sí, muy bien provisto.

La mirada del médico volvió a posarse en Julius con una nueva expresión. Ya no era un joven excéntrico que tenía la costumbre de caerse de los árboles, y le miraba con la deferencia que merece un hombre verdaderamente rico.

—Es un plan muy interesante. Muy interesante —murmuró—. ¡Las películas... claro! Muy interesante. Me temo que nosotros estamos algo atrasados, igual que nuestros métodos. ¿Y de verdad tiene intención de llevar a efecto su plan?

—Puede apostar hasta su último dólar a que sí.

El médico le creyó... lo cual era un tributo a su nacionalidad. Si un inglés hubiera sugerido semejante cosa, habría dudado de que estuviese en su sano juicio.

—Desde luego —replicó Julius—. Usted nos trae a Jane y el resto, déjemelo a mí.

—¿Jane?

—Bueno, miss Jane Vandemeyer. ¿Podemos poner una conferencia a su clínica pidiendo que la envíen, o prefiere que vaya a recogerla en mi coche?

El doctor se extrañó.

—Le ruego me perdone, míster Hersheimmer. Creí que había comprendido.

—¿Comprendido, qué?

—Que la señorita ya no está bajo mi cuidado.

Capítulo XV

TUPPENCE RECIBE UNA PROPOSICIÓN

Julius pegó un respingo.

—¿Qué?

—Creí que ya lo sabía.

—¿Cuándo se marchó?

—Déjeme pensar. Hoy es lunes, ¿verdad? Debió de ser el miércoles pasado... pues sí, seguro... fue la misma tarde que usted... se cayó de mi árbol.

—¿Aquella tarde? ¿Antes o después?

—Déjeme recordar... oh, sí, después. Llegó un mensaje muy urgente de mistress Vandemeyer, y esa joven y la enfermera que estaba a su cuidado salieron en el tren de la noche.

Julius volvió a reclinarse en su butaca.

—La enfermera Edith... se marchó con una paciente... lo recuerdo —musitó—. ¡Cielos, haber estado tan cerca!

El doctor Hall pareció asombrado.

—No lo entiendo. ¿Es que la joven no está con su tía?

Tuppence movió la cabeza y estaba a punto de hablar cuando una mirada de sir James la hizo contenerse. El abogado se puso en pie.

—Le estoy muy agradecido, doctor Hall. Todos le agradecemos lo que nos ha dicho. Me temo que ahora tendremos que volver a buscar la pista de miss Vandemeyer. ¿Y la enfermera que la acompañó? Supongo que no sabrá usted dónde se encuentra.

—No hemos sabido nada más de ella. Tengo entendido que tenía que permanecer con miss Vandemeyer durante una temporada. Pero ¿qué puede haber ocurrido? ¿No habrán secuestrado a la muchacha?

—Eso está todavía por ver —dijo sir James en tono grave.

—¿No cree usted que debo avisar a la policía? —El médico vacilaba.

—No, no. Seguramente estará con otros parientes.

El doctor no quedó muy satisfecho, pero vio que sir James había resuelto no decir nada más, y que el intentar sacarle alguna información era perder el tiempo. Se despidieron de él y salieron del hotel. Pocos minutos después estaban hablando junto al automóvil.

—Es enloquecedor —exclamó Tuppence—. Pensar que Julius ha estado varias horas bajo el mismo techo que ella...

—Fui un estúpido —musitó el joven con pesar.

—Usted no podía saberlo —le consoló Tuppence.

—Yo le aconsejo que no se atormente —le dijo sir James amablemente—. Ya sabe que no hay que llorar por la leche derramada...

—Lo grave es..., ¿qué vamos a hacer ahora? —agregó Tuppence, siempre práctica.

Sir James se encogió de hombros.

—Puede poner un anuncio pidiendo noticias de la enfermera que acompañó a la joven. Es lo único que se me ocurre, y debo confesar que no espero grandes resultados. Pero no hay nada más que hacer.

—¿Nada? —Tuppence se desanimó—. ¿Y... Tommy?

—Esperemos que no le haya ocurrido nada —dijo sir James.

—Oh, sí, sólo nos resta seguir esperando.

Pero en medio de su desaliento sus ojos se encontraron con los de Julius, y casi sin darse cuenta él asintió con la cabeza. Julius comprendió que el abogado daba el caso por perdido, y su rostro se puso grave. Sir James estrechó la mano de Tuppence.

—Comuníquenme si averiguan algo más. Me remitirán las cartas que lleguen a mi nombre.

Tuppence le contempló con asombro.

—¿Se marcha?

—Ya se lo dije. ¿No lo recuerda? A Escocia.

—Sí, pero yo creí... —la muchacha vacilaba.

—Mi querida jovencita, yo no puedo hacer nada. Nuestras pistas se han desvanecido en el aire. Puedo asegurarle que no hay nada que hacer. Si surgiera algo nuevo, celebraría aconsejarles en todo lo que estuviese en mi mano.

Sus palabras la dejaron desolada.

—Supongo que tiene usted razón —le dijo—. De todas formas, muchísimas gracias por tratar de ayudarnos. Adiós.

Julius estaba inclinado sobre el automóvil, y los ojos de sir James reflejaron cierta compasión al ver el rostro desanimado de Tuppence.

—No desespere, miss Tuppence —le dijo en voz baja—. Recuerde que no siempre se divierte uno durante las vacaciones. A veces se trabaja un poco también.

Su tono de voz hizo que la joven alzara los ojos, y él hizo un gesto de asentimiento.

—No, no puedo decirle más. Es un gran error hablar demasiado. Recuérdelo. Nunca diga todo lo que sabe... ni siquiera a la persona que más conozca. ¿Comprende? Adiós.

Se alejó y Tuppence permaneció inmóvil mirándole. Iba empezando a comprender los métodos de sir James. Otra vez ya le habían lanzado una advertencia. ¿Era aquello un consejo? ¿Qué se escondía exactamente tras sus breves palabras? ¿Quiso decir que a pesar de todo no abandonaba el caso... que en secreto seguiría trabajando en él mientras...?

Sus meditaciones fueron interrumpidas por Julius, que le decía que «subiera al coche».

—Está muy pensativa —observó al ponerlo en marcha—. ¿Es que ha dicho algo más?

Tuppence abrió la boca impulsivamente, pero volvió a cerrarla. En sus oídos resonaron las palabras de sir James: «No diga nunca todo lo que sabe... ni siquiera a la persona a quien más conozca». Y como un relámpago acudió también a su mente el recuerdo de Julius ante la caja fuerte del piso, su pregunta y la pausa que hizo antes de responder: «Nada». ¿Es que no había nada realmente? ¿O acaso encontró algo, que quiso guardar sólo para sí? Si él podía ser reservado, ella también.

—Nada de particular —replicó.

Sintió que Julius le dirigía una mirada de soslayo.

—¿Quiere que demos un paseo por el parque?

—Como guste.

Durante un rato caminaron en silencio bajo los árboles. Era un día radiante. El aire fresco animó a Tuppence.

—Dígame, miss Tuppence, ¿cree usted que llegaré a encontrar a Jane?

Julius habló con desánimo. Aquello era tan raro en él que la joven le miró sorprendida.

—Sí, es cierto. Estoy desanimado. Ya ha visto, sir James no nos ha dado la menor esperanza. No me es simpático... no sé por qué, pero no nos llevamos bien... es muy inteligente y me figuro que no lo dejaría si existiera la menor posibilidad de éxito... dígame, ¿no es cierto? ¿No lo cree así?

Tuppence sintiose algo violenta, pero asiéndose a la creencia de que Julius también le había ocultado algo, se mantuvo firme.

—Sugirió que pusiéramos un anuncio pidiendo noticias de la enfermera —le recordó.

—Sí, ¡con un tono de «se perdió hasta la última esperanza»! No…, estoy harto. Estoy casi decidido a regresar a los Estados Unidos.

—¡Oh, no! —exclamó Tuppence—. Tenemos que encontrar a Tommy.

—Vaya, me había olvidado de Beresford —dijo el joven, contrito—. Es cierto. Tenemos que encontrarle. Pero después… bueno, he estado soñando despierto desde que empecé la búsqueda… y todos mis sueños se vienen abajo. Estoy harto de ellos. Oiga, miss Tuppence, hay algo que quisiera preguntarle.

—¿Sí?

—¿Qué hay entre usted y Beresford?

—No le comprendo —replicó Tuppence muy digna, agregando con bastante inconsecuencia—: ¡Y de todas formas, se equivoca!

—¿No están enamorados?

—Desde luego que no —dijo Tuppence con calor—. Tommy y yo somos amigos… pero nada más.

—Me imagino que todas las parejas de enamorados han dicho eso en alguna ocasión —observó Julius.

—¡Tonterías! ¿Tengo aspecto de ser de esas chicas que se enamoran de todos los hombres que conocen?

—No. ¡Su aspecto es más bien de esas chicas de las que todos se enamoran!

—¡Oh!—dijo Tuppence, tomada por sorpresa—. Supongo que eso es un cumplido.

—Por supuesto. Ahora pongamos en claro una cosa.

—¡Está bien… dígalo! Sé hacer frente a los hechos. Supongamos que… haya muerto. ¿Qué?

—Y que todo este asunto se venga abajo. ¿Qué piensa usted hacer?

—No lo sé —dijo Tuppence.

—Se encontrará muy sola…

—No se preocupe por mí —replicó Tuppence, que no resistía verse compadecida por nadie.

—¿Qué le parece el matrimonio? —le preguntó Julius—. ¿Tiene alguna opinión acerca de este asunto?

—Desde luego, mi intención es casarme —explicó la joven—. Es decir, si… —se detuvo con intención de volverse atrás, pero al fin expuso su credo con valentía—: Si encuentro a un hombre lo bastante rico. Esto es ser franca, ¿no le parece? Supongo que ahora me despreciará.

—Nunca he despreciado el instinto comercial —dijo Hersheimmer—. ¿A qué aspira usted?

—¿Se refiere si ha de ser alto o bajo? —Tuppence le miró extrañada.

—No. Me refiero a qué renta... qué fortuna.

—¡Oh! Todavía no lo he pensado.

—¿Qué le parezco yo?

—¿Usted?

—Sí, yo.

—¡Oh, no podría!

—¿Por qué no?

—Le digo que no podría.

—Y yo vuelvo a preguntarle por qué no.

—No me parecería leal.

—No veo la deslealtad. Yo la admiro inmensamente, miss Tuppence, mucho más que a ninguna otra de las jóvenes que he conocido. Es usted muy valiente. Me encantaría poder proporcionarle una existencia verdaderamente agradable. Diga una palabra, y nos iremos a la mejor joyería para dejar arreglado lo del anillo.

—No puedo.

—¿Por Beresford?

—¡No, no, no!

—Entonces, ¿por qué?

Tuppence limitose a menear la cabeza con energía.

—No puede esperar más dólares de los que yo tengo.

—¡Oh, no es eso! —exclamó Tuppence con una risa histérica—. Pero agradeciéndoselo mucho, y todo eso que se dice en estos casos, creo mejor decirle que no.

—Le ruego que lo piense hasta mañana.

—Es inútil.

—No obstante, prefiero que lo dejemos así hasta mañana.

Ninguno de los dos volvió a hablar hasta que llegaron al Ritz.

Tuppence subió a su habitación. Después de su conflicto, se sentía moralmente derrotada ante la vigorosa personalidad de Julius. Sentada ante el espejo estuvo contemplando su imagen durante algunos minutos.

—Tonta —murmuró al fin haciendo una mueca—. Más que tonta. Tienes todo lo que deseas, todo lo que has esperado, y vas y le sueltas un «no» como una estúpida. Es una oportunidad única. ¿Por qué no aprovechas? ¿Qué más puedes desear?

Y como si respondiera a su propia pregunta sus ojos se posaron en una pequeña fotografía de Tommy que estaba sobre el tocador. Por unos momentos quiso conservar el dominio de sí misma, pero al fin, abandonando todo disimulo, se la llevó a los labios estallando en sollozos.

—¡Oh, Tommy, Tommy! —exclamó—. Te quiero tanto... y no volveré a verte nunca...

Al cabo de cinco minutos, Tuppence se incorporó, se secó las lágrimas y peinó sus cabellos.

—Eso es —observó en tono firme—. Hay que hacer frente a los hechos. Al parecer me he enamorado... de un idiota a quien probablemente no le importo dos cominos. —Hizo una pausa—. De todas formas —resumió como discutiendo con un ser invisible—, no lo sé. Nunca se hubiera atrevido a decírmelo. Siempre me he burlado del sentimentalismo... y ahora resulta que soy más sentimental que nadie. ¡Qué tontas somos las mujeres! Siempre lo he pensado. Supongo que ahora dormiré con su retrato debajo de la almohada y soñaré toda la noche con él. Es terrible ver que una no es fiel a sus principios.

»Y no sé qué voy a decirle a Julius. ¡Oh, qué tonta me siento! Tendré que decirle... algo... es tan estadounidense y cabal que insistiría en que le dé la razón. Quisiera saber si encontró algo en la caja fuerte...

Sus reflexiones fueron tomando otros derroteros y recordó los acontecimientos de la noche anterior, y que parecían concordar con las enigmáticas palabras de sir James...

De pronto se sobresaltó... y el color huyó de su rostro. Y sus ojos se fijaron muy abiertos en los de su imagen reflejada en el espejo.

—¡Imposible! —murmuró—. ¡Imposible! Debo haberme vuelto loca para pensar siquiera una cosa así...

Era monstruoso... y no obstante lo explicaba todo...

Tras unos momentos de reflexión se sentó para escribir una nota pensando cada una de sus palabras. Al fin quedó satisfecha y la introdujo en un sobre que dirigió a Julius. Fue hasta su saloncito y llamó a la puerta. Como esperaba, la habitación estaba vacía y dejó la carta sobre la mesa para que fuese vista por Julius al regreso.

Un botones estaba aguardando ante su puerta cuando regresó a su habitación.

—Un telegrama para usted, señorita.

Tuppence lo recogió de la bandeja y lo abrió lanzando un grito. ¡El telegrama era de Tommy!

Capítulo XVI

MÁS AVENTURAS DE TOMMY

Después de permanecer en una oscuridad salpicada de chispitas de fuego, Tommy fue volviendo lentamente a la vida. Cuando al fin consiguió abrir los ojos, lo único de que tuvo conciencia fue de un dolor agudo en las sienes. Vislumbró apenas un ambiente desconocido. ¿Dónde estaba? ¿Qué había ocurrido? Parpadeó. Aquélla no era su habitación del Ritz. ¿Y qué diablos le pasaba a su cabeza?

—¡Maldita sea! —dijo Tommy intentando incorporarse al recordar. Se encontraba en aquella siniestra casa del Soho y con un gemido volvió a dejarse caer como estaba. A través de sus párpados semicerrados fue inspeccionándolo todo con suma atención.

—Ya vuelve en sí —dijo una voz cerca de su oído, y que reconoció en seguida como la del alemán de la barba. Procuró no moverse. Sería una pena despertar demasiado aprisa, y hasta que el dolor de su cabeza se amortiguara un poco, no era capaz de coordinar ideas. Penosamente trató de recordar lo ocurrido. Sin duda alguien debió haberse deslizado a sus espaldas para propinarle un golpe en la cabeza. Ahora sabían que era un espía y debían tenerle en capilla. Estaba perdido. Todos ignoraban su paradero y por lo tanto no cabía esperar ayuda exterior; sólo le restaba confiar en su propia inteligencia.

«Bueno, ahí va», murmuró para sus adentros, y repitió su exclamación anterior.

—¡Maldita sea! —Esta vez consiguió incorporarse.

Al minuto siguiente el alemán le acercaba un vaso a los labios diciéndole: «Beba». Tommy obedeció. El brebaje era tan fuerte que le hizo toser, pero aclaró su cerebro de un modo maravilloso.

Se encontraba tendido en un diván en la misma habitación en la que celebraron la conferencia. A un lado tenía al alemán, y al otro al portero de cara de villano que le había franqueado la entrada. Los otros hallábanse agrupados a cierta distancia. Mas Tommy echó de menos un rostro. El hombre conocido por el Número Uno ya no estaba entre ellos.

122

—¿Se encuentra mejor? —le preguntó el alemán al retirar el vaso.

—Sí, gracias —respondió Tommy Beresford en tono animoso.

—¡Ah!, mi joven amigo, ha sido una suerte que tuviera el cráneo tan duro. El buen Conrad le pegó fuerte —y con una inclinación de cabeza indicó al portero malcarado.

El hombre sonrió.

Tommy volvió la cabeza hacia un lado, con doloroso esfuerzo.

—¡Oh! —dijo—. De modo que usted es Conrad... A mí me parece que la dureza de mi cráneo ha sido una suerte también para usted. Al mirarle considero una lástima haberle permitido escapar del verdugo.

El aludido gruñó y el alemán de la barba dijo sin alterarse.

—No hubiera corrido ningún riesgo.

—Como guste —replicó Tommy—. Sé que está de moda desprestigiar a la policía. Yo tampoco creo gran cosa en ella.

Sus modales eran de lo más desenvueltos. Tommy Beresford era uno de esos jóvenes ingleses que no se distinguen por ninguna dote intelectual especial, pero que saben portarse de un modo inmejorable en un momento apurado, y su actuación les sentó como un guante. Tommy se daba perfecta cuenta de que la única oportunidad de escapar estaba en su ingenio, y tras sus maneras despreocupadas hacía trabajar a toda marcha su cerebro.

—¿Tiene usted algo que decir antes de morir por espía? —dijo el alemán reanudando la conversación.

—Montones de cosas —replicó Tommy con la misma naturalidad de antes.

—¿Niega haber escuchado detrás de esa puerta?

—No. Debo disculparme... pero su conversación era tan interesante que venció mis escrúpulos.

—¿Cómo entró aquí?

—El amigo Conrad me abrió la puerta —Tommy le sonrió—. No quisiera sugerirles que despidan a un criado fiel, pero la verdad es que debieran tener mejor vigilante.

Conrad gruñó y cuando el de la barba se volvió hacia él dijo:

—Me dio la contraseña. ¿Cómo iba a saberlo?

—Sí —intervino Tommy—. ¿Cómo iba a saberlo? No le echen la culpa al pobre. Su acción impremeditada me ha proporcionado el placer de verles cara a cara.

Sus palabras causaron cierta inquietud en el grupo, mas el alemán les tranquilizó con un ligero ademán de su mano.

—Los muertos no hablan —dijo en tono de sentencia.

—¡Ah! —exclamó Tommy—. ¡Pero yo aún no estoy muerto!

—Pero no tardará en estarlo —dijo el alemán, coreado por un murmullo de aprobación.

Tommy notó que el corazón le latía deprisa, pero su presencia de ánimo no le abandonó.

—Creo que no —dijo con firmeza—. Voy a ponerles grandes inconvenientes.

Comprendió que les había intrigado al ver el rostro del alemán.

—¿Puede darme una razón por la que no podamos matarle? —le preguntó.

—Varias —replicó Tommy—. Escuche, me ha estado haciendo una serie de preguntas. Ahora voy a hacerle una yo. ¿Por qué no me han matado antes de que recobrase el conocimiento?

El alemán vaciló y Beresford se aprovechó de aquella circunstancia.

—Porque ignoraban lo que yo sabía… y dónde había obtenido esos conocimientos. Y si me matan ahora… no lo sabrán jamás.

Pero al llegar a este punto, Boris se adelantó con las manos en alto.

—¡Condenado espía! —gritó—. Hay que quitarle de en medio en seguida. ¡Matadle! ¡Matadle!

Hubo un coro de aplausos.

—¿Ha oído? —dijo el alemán mirando a Tommy—. ¿Qué tiene que decir a esto?

—¿Decir? —Tommy se alzó de hombros—. Atajo de imbéciles. Deje que les haga unas cuantas preguntas. ¿Cómo entré en este lugar? Recuerda las palabras del amigo Conrad… con su propia contraseña, ¿no es cierto? ¿Cómo me enteré? No supondrán que vine al azar y dije la primera palabra que me vino a la cabeza.

Tommy quedó satisfecho por su discurso. Lo único que lamentaba era que Tuppence no estuviese allí para apreciarlo en todo su valor.

—Es cierto —dijo de pronto el obrero del grupo—. ¡Camaradas, hemos sido traicionados!

Se levantó un murmullo, y Tommy les sonrió envalentonado.

—Eso está mejor. ¿Cómo piensan triunfar en alguna empresa si no utilizan el cerebro?

—Usted va a decirnos quién nos ha traicionado —dijo el alemán—. Aunque eso no le salvará… ¡oh, no! Nos dirá todo lo que sepa. Boris sabe muchos medios de hacer hablar a la gente.

—¡Bah! —dijo Tommy, luchando con la sensación desagradable que sentía en la boca del estómago—. No van a torturarme, ni me matarán.

—¿Y por qué no? —preguntó Boris.

—Porque de este modo se quedaría sin la gallina de los huevos de oro —replicó Tommy sin inmutarse.

Hubo una pausa momentánea. Parecía como si la persistente seguridad del muchacho les hubiera conquistado al fin. Ya no estaban tan seguros de sí mismos. El hombre del traje raído le miró escrutadoramente.

—Se está burlando de ti, Boris —dijo con calma.

Tommy sintió que le odiaba. ¿Es que aquel hombre había conseguido ver a través de él?

El alemán se volvió a Tommy con un esfuerzo.

—¿Qué quiere decir?

—¿Qué cree que quiero decir?

De pronto Boris se adelantó para descargar un puñetazo en el rostro del muchacho.

—¡Habla, cerdo inglés... habla!

—No se excite tanto, querido amigo —dijo Tommy con calma—. Eso es lo malo de ustedes, los extranjeros. No saben conservar la calma. Ahora, dígame, ¿les doy la impresión de pensar que quepa la menor posibilidad de que puedan matarme?

Miró confiado a su alrededor, alegrándose de que no oyeran el fuerte latir de su corazón, que desmentiría sus palabras.

—No —admitió Boris al fin—. No da esa impresión.

«Gracias a Dios que no puede leer el pensamiento», díjose Tommy, y en voz alta agregó:

—¿Y por qué estoy tan confiado? Porque sé algo que me coloca en posición de proponerles un trato.

—¿Un trato? —El de la barba le miró extrañado.

—Sí... un trato. Mi vida y mi libertad a cambio de... —Hizo una pausa.

El grupo se adelantó y se hubiera podido oír el vuelo de una mosca.

Tommy habló despacio.

—Los papeles que Danvers trajo de Estados Unidos en el *Lusitania*.

El efecto que produjeron sus palabras fue semejante al de una descarga eléctrica. Todos se pusieron en pie, mas el alemán les contuvo con un gesto al tiempo que se inclinaba sobre Tommy con el rostro rojo de excitación.

—¡Entonces los tiene usted!

Con gesto de superioridad, Tommy meneó la cabeza.

—¿Sabe dónde están? —insistió el alemán.

Tommy volvió a negar con un ademán.

—No tengo la menor idea.

—Entonces... entonces... —Le fallaban las palabras.

Beresford miró a su alrededor, viendo el furor y el asombro reflejados en cada rostro, pero su calma y seguridad habían realizado su obra... y nadie dudaba de que algo se ocultaba tras sus palabras.

—No sé dónde están esos papeles..., pero creo que podré encontrarlos. Tengo una teoría...

—¡Bah!

Tommy alzó la mano para acallar las protestas.

—Yo le llamo teoría... pero estoy bastante seguro de los hechos... que no conoce nadie más que yo. Y de todas formas, ¿qué pueden perder? Si yo les traigo el documento... ustedes me dan a cambio mi vida y mi libertad. ¿Les parece bien?

—¿Y si nos negamos? —dijo el alemán.

Tommy se tendió en el diván.

—Para el día veintinueve faltan menos de quince días —dijo pensativo.

Por un momento el alemán vaciló y al cabo hizo un gesto a Conrad.

—Llévale a la otra habitación.

Durante cinco minutos, Tommy permaneció sentado sobre la cama de la habitación contigua. El corazón le latía con violencia. Lo había arriesgado todo a una jugada. ¿Qué decidirían? Y mientras esta pregunta martilleaba en su interior iba charlando despreocupadamente con su guardián, provocando sus manías homicidas.

Por fin se abrió la puerta y el alemán ordenó a Conrad que regresaran.

—Esperemos que el juez no se haya puesto el capuchón negro —observó Tommy en tono indiferente—. Está bien, Conrad, llévame adentro. Caballeros, el prisionero está en el banquillo.

El alemán había vuelto a sentarse detrás de la mesa e hizo que Tommy se colocara frente a él.

—Aceptamos sus condiciones —dijo—. Los papeles nos deben ser entregados antes de ponerle en libertad.

—¡No sea tonto! —dijo Tommy en tono amistoso—. ¿Cómo cree usted que voy a hacerme con ellos si me tiene aquí atado a la pata de la mesa?

—¿Qué espera entonces?

—Debo tener libertad para realizar el asunto a mi manera.

El alemán rió.

—¿Cree que somos niños chicos para dejarle marchar por una bonita historia de promesas?

—No —repuso Tommy, pensativo—. Aunque hubiera sido mucho más sencillo para mí, la verdad es que no creía que aceptaran este plan. Muy bien, haremos otro arreglo. ¿Qué les parece si me acompaña Conrad? Es fiel y muy rápido con sus puños.

—Preferimos que se quede aquí —dijo el alemán fríamente—. Uno de los nuestros llevará a cabo sus instrucciones. Si las operaciones son complicadas volverá a informarle y usted le aconsejará de nuevo.

—Me ata usted las manos —se quejó Tommy—. Es un asunto muy delicado y ese individuo puede cometer una torpeza. ¿Dónde estaré yo entonces? No creo que ninguno de ustedes tenga un ápice de tacto.

El alemán golpeó la mesa.

—Éstas son nuestras condiciones. ¡Si no, la muerte!

Tommy volvió a reclinarse.

—Me gusta su estilo. Breve, pero atractivo. Bien, sea. Pero hay una cosa esencial… tengo que ver a la muchacha.

—¿Qué muchacha?

—Jane Finn, por supuesto.

El otro le miró con curiosidad durante algún tiempo y, finalmente, como si escogiera las palabras con gran cuidado, dijo despacio:

—¿Sabe que no podrá decirle nada?

A Tommy el corazón le latió más deprisa. ¿Conseguiría ver cara a cara a la joven que buscaba?

—No voy a pedirle que me diga nada —dijo sin inmutarse—. Es decir, que me lo diga con palabras.

—¿Entonces para qué quiere verla?

—Para observar su rostro cuando le haga cierta pregunta.

De nuevo apareció una expresión en los ojos del alemán que Tommy no supo interpretar.

—No podrá responder a su pregunta.

—Eso no importa. Veré su rostro cuando se la haga.

—¿Y cree que eso va a decirle algo? —soltó una risa desagradable y Tommy sintió más que nunca que había algo que no comprendía. El alemán le miraba escrutadoramente—. Me pregunto si después de todo sabrá tanto como pensamos… —dijo en tono bajo.

El muchacho sintiose menos seguro que antes. ¿Qué habría dicho? Estaba intrigado y habló siguiendo el impulso del momento.

—Puede haber cosas que usted sepa y yo no. No pretendo conocer todos los detalles de su organización, pero yo a mi vez sé algo que usted ignora, y ésa es mi ventaja. Danvers era un individuo extremadamente inteligente... —Se interrumpió como si hubiera hablado de más.

Mas el rostro del alemán se iluminó un tanto.

—Danvers —musitó—. Ya comprendo... —Hizo una pausa y luego agregó dirigiéndose a Conrad—: Llévale arriba. Arriba... ya sabes.

—Espere un minuto —dijo Tommy—. ¿Qué hay de la chica?

—Que tal vez pueda arreglarse.

—Así tendrá que ser.

—Veremos. Sólo puede decirlo una persona.

—¿Quién? —preguntó el muchacho, aunque imaginaba la respuesta.

—Míster Brown...

—¿Le veré?

—Tal vez.

—Vamos —dijo Conrad con voz ronca.

Tommy se puso en pie obediente. Una vez en el piso superior, Conrad abrió la puerta y le hizo penetrar en una reducida habitación, después encendió una lámpara de gas y salió. Tommy oyó el ruido de la llave al girar en la cerradura.

Se dispuso a examinar su encierro. Era una habitación más pequeña que la de abajo, y su atmósfera un tanto peculiar. Entonces comprobó que no tenía ventanas. Las paredes estaban sucísimas, como todo lo demás, y de ellas colgaban cuatro grabados representando escenas de *Fausto*. Margarita con su joyero, la escena de la iglesia, Siebal y sus flores y Fausto y Mefistófeles. Este último le trajo de nuevo el recuerdo de míster Brown. En aquella estancia cerrada, con su puerta hermética y pesada, sentíase apartado del mundo y le parecía mucho más real el siniestro poder de aquel archicriminal. Allí encerrado nadie podría oírle. Aquel lugar era una tumba...

Con un esfuerzo se rehízo. Se sentó en la cama para entregarse a la reflexión. Le dolía mucho la cabeza, y además estaba hambriento. El silencio de aquel lugar era desesperante.

«De todas formas», se dijo Tommy, tratando de animarse, «veré al jefe... al misterioso míster Brown, y con un poco de suerte para poder continuar la farsa, incluso a Jane Finn también. Después...»

Después Tommy viose obligado a admitir que el porvenir se presentaba muy negro.

Capítulo XVII

ANNETTE

Sin embargo, las preocupaciones del futuro se desvanecieron pronto ante las presentes. Y la más imperiosa y acuciante era la del hambre. Tommy gozaba de un apetito espléndido y el bistec con patatas fritas que tomara al mediodía le parecía ahora cosa de otra década, y tuvo que reconocer con pesar que no iba a tener éxito si se proponía hacer huelga de hambre.

Anduvo de un lado a otro de su encierro. Una o dos veces dejó a un lado su dignidad y aporreó la puerta mas nadie acudió a sus llamadas.

—¡Al cuerno todo! —exclamó Tommy, indignado—. ¡No es posible que vayan a dejarme morir de hambre! —Un nuevo temor se apoderó de él al considerar que tal vez fuese uno de los «medios» de hacer hablar a un prisionero. Pero pensándolo mejor desechó aquella espantosa idea.

—Ese bruto de Conrad —decidió—. Disfrutaría dándole su merecido. Esto lo hace para demostrarme su rencor. Estoy seguro.

Posteriores meditaciones le llevaron a pensar que sería en extremo agradable tener algo con que golpear la cabeza en forma de huevo de Conrad. Tommy se acarició la suya, entregándose a los placeres de la imaginación. Al fin la luz de una idea iluminó su mente. ¿Por qué no convertirla en realidad? Conrad era sin duda alguna el inquilino de la casa. Los otros, con la posible excepción del barbudo alemán, la utilizaban meramente como lugar de reunión. Por lo tanto, ¿por qué no esperar a Conrad oculto detrás de la puerta y, cuando entrara, descargar sobre su cabeza una silla o cualquiera de las pinturas descoloridas? Claro que debía tener cuidado de no darle demasiado fuerte. Y luego sencillamente marcharse de allí. Y si encontraba a alguien antes de salir a la calle... bueno... Tommy se animó al imaginar un encuentro a puñetazo limpio, que siempre sería mejor que el encuentro verbal de aquella tarde. Entusiasmado con su plan, Tommy descolgó el cuadro del Diablo y Fausto, colocándose luego en la posición adecuada. Sentíase mucho más animado. Su plan le parecía sencillo, pero excelente.

El tiempo iba transcurriendo y Conrad no aparecía. La noche y el día eran la misma cosa en aquella habitación, pero el reloj de pulsera de Tommy, que era bastante exacto, marcaba las nueve de la noche. Pensó amargamente que si no le llevaban pronto la cena sería cuestión de empezar a esperar el desayuno. A las diez, perdida toda esperanza, se echó a la cama para dormir. A los cinco minutos había olvidado todas sus penas.

El ruido de la llave al girar en la cerradura le despertó de su letargo. No pertenecía al tipo de héroe que despierta con la plena posesión de sus facultades y por ello parpadeó mirando al techo y preguntándose dónde estaba. Cuando recordó lo ocurrido, echó un vistazo a su reloj. Eran las ocho.

—Es la hora del té o del desayuno —dedujo—. ¡Dios quiera que sea esto último!

Se abrió la puerta, y demasiado tarde recordó su plan de atacar a Conrad. Un momento más tarde se alegraba de haberlo olvidado, ya que no fue Conrad quien entró, sino una muchacha llevando una bandeja que dejó sobre la mesa.

A la escasa luz del mechero de gas, Tommy parpadeó extasiado, pues se trataba de una de las jóvenes más bonitas que viera en su vida. Sus cabellos eran de un castaño brillante, con algunos reflejos dorados, como si entre ellos llevara aprisionados rayos de sol.

Un pensamiento delirante cruzó la mente de Tommy Beresford.

—¿Es usted Jane Finn? —le preguntó conteniendo la respiración.

La muchacha meneó la cabeza extrañada.

—Mi nombre es Annette, monsieur —dijo en un inglés imperfecto.

—¡Oh! —exclamó bastante sorprendido—. ¿Es usted francesa?

—*Oui, monsieur. Monsieur parle français?*

—No —replicó Tommy—. ¿Qué es eso? ¿El desayuno?

La muchacha asintió, y Tommy, saltando de la cama, fue a examinar el contenido de la bandeja, que consistía en un pan, algo de margarina y un tazón de café.

—No se come igual que en el Ritz —observó con un suspiro—. Mas os doy las gracias, señor, por los alimentos que al fin voy a tomar. Amén.

Acercó una silla y la muchacha dirigióse a la puerta.

—Espere un momento —exclamó Tommy—. Hay muchísimas cosas que quisiera preguntarle, Annette. ¿Qué hace usted en esta casa? No me diga que es la sobrina o la hija de Conrad, porque no podré creerlo.

—Soy la doncella, monsieur. No soy pariente de nadie.

—Ya —dijo Tommy—. Ya sabe lo que acabo de preguntarle. ¿Ha oído alguna vez este nombre?

—Creo que he oído hablar alguna vez de Jane Finn.

—¿No sabe dónde está?

Annette meneó la cabeza.

—¿No está en esta casa, por ejemplo?

—¡Oh, no, monsieur! Ahora debo marcharme... me están esperando.

Salió a toda prisa, cerrando con llave.

—Me pregunto quiénes «le están esperando» —musitó el joven, devorando el pan—. Con un poquitín de suerte esa chica podría ayudarme a salir de aquí. No parece de la banda.

A la una, Annette reapareció con otra bandeja, pero esta vez acompañada de Conrad.

—Buenos días —dijo Tommy en tono amistoso—. Ya veo que no ha utilizado el jabón.

Conrad lanzó un gruñido amenazador.

—El mundo está mal repartido, ¿verdad, viejo? Vaya, vaya, no siempre puede uno ser inteligente y además ser bien parecido. ¿Qué tenemos para comer? ¿Estofado? ¿Cómo lo sé? Elemental, mi querido Watson... su aroma es inconfundible.

—Hable cuanto quiera —gruñó el hombre—. Es muy probable que le quede poco tiempo para hacerlo.

El comentario era desagradable por lo que daba a entender, mas Tommy lo ignoró y sentose a la mesa.

—Retírese, lacayo —dijo con un gesto—. Y no hable con sus superiores.

Aquella tarde, Tommy, sentado en la cama, meditó profundamente. ¿Volvería Conrad a acompañar a la muchacha? Y en caso contrario, ¿se arriesgaría a tratar de convertirla en su aliada? Decidió no dejar piedra por remover. Su situación era desesperada.

A las ocho, el sonido familiar de la llave al girar en la cerradura le hizo ponerse en pie de un salto. La muchacha entró sola...

—Cierre la puerta —le ordenó—. Quiero hablar con usted.

Ella obedeció.

—Escúcheme, Annette, quiero que me ayude a salir de aquí.

—¡Imposible! Hay tres hombres en el piso de abajo.

—¡Oh! —Tommy le agradeció secretamente la información—. Pero, ¿me ayudaría si pudiera?

—No, monsieur.

—¿Por qué no?

La muchacha vacilaba.

—Yo creo… que son los míos. Y usted les ha espiado. Hacen bien en tenerlo encerrado aquí.

—Son un atajo de malvados, Annette. Si me ayudara yo la libraría de ellos. Y probablemente ganaría un buen montón de dinero.

Mas la joven se limitó a menear la cabeza.

—No me atrevo, monsieur; les tengo miedo.

Se volvió para marcharse.

—¿No haría nada por ayudar a otra joven? —exclamó Beresford—. Tiene su misma edad. ¿No la salvaría de sus secuestradores?

—¿Se refiere a Jane Finn?

—Sí.

—¿Es a ella a quien vino a buscar?

—Sí.

La muchacha le miró y luego se pasó la mano por la frente.

—Jane Finn. Siempre oigo ese nombre y me resulta familiar.

Tommy se acercó a ella.

—Debe saber algo de ella.

Mas la muchacha se alejó bruscamente.

—No sé nada, sólo el nombre. —Fue hasta la puerta y de pronto lanzó un grito. Tommy se sobresaltó. Había visto el cuadro que él descolgara la noche anterior, y por un momento sus ojos le miraron aterrorizados. Luego, cuando hubo recobrado su expresión habitual se marchó sin que Tommy pudiera impedírselo. ¿Es que acaso imaginó que había intentado atacarla? No. Volvió a colgar el cuadro muy pensativo.

Transcurrieron tres días más en aquella terrible inactividad. Tommy sentía que aquella tensión iba haciendo mella en sus nervios. No veía más que a Conrad y Annette, pero la muchacha había enmudecido. Sólo le hablaba con monosílabos, y sus ojos le miraban con recelo. El muchacho se daba cuenta de que si continuaba mucho tiempo en aquel encierro terminaría por volverse loco. Supo por Conrad que esperaban órdenes de «míster Brown». Tommy pensó que tal vez estuviera en el extranjero o fuera de Londres y se vieran obligados a aguardar su regreso.

Mas la noche del tercer día tuvo un rudo despertar.

Eran apenas las siete cuando oyó ruido de pasos en el pasillo. Al minuto siguiente se abrió la puerta y entró Conrad acompañado del Número Catorce. A Tommy se le paró el corazón al verlos.

—Buenas noches —dijo aquel hombre—. ¿Trajo esas cuerdas, camarada?

El silencioso Conrad sacó una cuerda larga y muy delgada, y el Número Catorce fue atándole de pies y manos.

—¿Qué diablos...? —empezó a decir Tommy.

Mas la lenta y macabra sonrisa de Conrad le heló las palabras en los labios.

El Número Catorce concluyó su tarea y Tommy quedó hecho un paquete y sin poder moverse. Al fin, Conrad habló.

—Creíste habernos engañado, ¿verdad? Con lo que sabías y lo que no sabías. ¡Haciendo tratos! ¡Y todo eran baladronadas! Sabes menos que un gatito. Pero ahora te hemos descubierto... cerdo.

Tommy guardó silencio. ¿Qué podía decir? Había fracasado. De una manera u otra el omnipotente míster Brown había adivinado sus falsedades. De pronto tuvo una idea.

—Un bonito discurso, Conrad —dijo en tono de aprobación—. Pero ¿para qué tantos rodeos? ¿Por qué no deja que este caballero me corte el cuello sin más tardanza?

—Se lo diré —dijo el Número Catorce inopinadamente—. ¿Cree que somos tan estúpidos como para deshacernos de usted aquí y que la policía venga a meter las narices? Hemos ordenado el carruaje de Su Señoría para mañana por la mañana, pero entretanto no queremos correr riesgos, ¿comprende?

—Está clarísimo —repuso Tommy—, y tiene tan mal aspecto como su rostro.

—Estése quieto —repuso el Número Catorce.

—Con mucho gusto —repuso Tommy—. Está cometiendo un gran error... pero usted será quien perderá.

—No volverá a engañarnos —dijo el Número Catorce—. Habla como si todavía estuviera en el Ritz.

Tommy no contestó, preocupado en imaginar cómo había descubierto su identidad míster Brown. Al fin decidió que Tuppence, presa de ansiedad, había acudido a la policía haciendo pública su desaparición, y la banda había atado cabos en seguida.

Los dos hombres habían cerrado la puerta. Tommy quedó a solas con sus pensamientos, que no eran muy agradables. Sus miembros se iban entumeciendo y no veía la menor esperanza de parte alguna.

Había transcurrido casi una hora cuando oyó girar la llave lentamente y la puerta se abrió. Era Annette. A Tommy el corazón empezó a latirle más de prisa. Se había olvidado de la muchacha. ¿Era posible que acudiera en su ayuda?

De pronto se oyó la voz de Conrad.

—Sal de ahí, Annette. Hoy no quiere cenar.

—*Oui, oui, je sais bien*. Pero tengo que recoger la otra bandeja. Necesitamos los platos.

—Bien, date prisa —gruñó Conrad.

Sin mirar a Tommy, la muchacha se inclinó sobre la mesa para recoger la bandeja y luego apagó la luz.

—¡Maldita seas! —Conrad se llegó hasta la puerta—. ¿Por qué la apagas?

—Siempre la apago. Debiera habérmelo dicho. ¿Vuelvo a encenderla, monsieur Conrad?

—No, sal de ahí ya.

—*Le beau petit monsieur* —exclamó Annette deteniéndose junto a la cama en la oscuridad—. ¿Le han atado bien, *hein*? ¡Está como un pollo relleno! —El franco regocijo de su rostro sorprendió al muchacho, que en aquel preciso momento notó que su mano iba palpando su brazo hasta depositar un objeto pequeño y frío en la palma de su mano.

—Vamos, Annette.

—*Mais me voilà.*

Se cerró la puerta y Tommy oyó cómo Conrad decía:

—Cierra y dame a mí la llave.

Los pasos se fueron alejando. Tommy permaneció como petrificado por el asombro. El objeto que Annette deslizara en su mano era un pequeño cortaplumas con la hoja abierta. Por el modo de evitar el mirarle, el hecho de haber apagado la luz, llegó a la conclusión de que la habitación estaba vigilada. Debía haber alguna mirilla en las paredes. Al recordar su comportamiento, comprendió que probablemente estuvieron observándole todo el tiempo. ¿Habría dicho algo que le delatara? Reveló su deseo de escapar y de encontrar a Jane Finn, pero nada que les pudiera dar una pista sobre su identidad. Cierto que su pregunta a Annette probaba que desconocía personalmente a Jane Finn, pero él nunca pretendió lo contrario. Ahora la cuestión era, ¿sabría Annette más de lo que quiso confesar? ¿Acaso sus negativas fueron intencionadas para despistar a los que escuchaban? Al llegar a este punto no supo qué conclusión sacar.

Pero había una cuestión vital que borraba todas las demás. ¿Conseguiría, atado como estaba, cortar las ligaduras? Con sumas precauciones probó de frotar la hoja de la navajita contra la cuerda que rodeaba sus muñecas. Era bastante difícil y lanzó un ¡ay! de dolor cuando el cortaplumas cortó su carne. Mas, poco a poco, a costa de diversos cortes, consiguió segar la cuerda. Y una vez con las manos libres, el resto fue fácil, y cinco minutos más tarde se puso en pie con alguna dificultad debido al entumecimiento de sus miembros. Su primer cuidado fue vendar sus muñecas, y luego sentose en la cama para pensar. Conrad se había llevado la llave, de modo que no podía esperar más ayuda de Annette. La única salida de aquella habitación era la puerta; en consecuencia sólo le cabía esperar que los dos hombres volvieran a buscarle. Pero cuando lo hicieran... ¡Tommy sonrió! Moviéndose con infinitas precauciones en la oscuridad, encontró y descolgó el cuadro famoso. Sintió un inmenso placer de no haber desperdiciado el primer plan. No le quedaba más que esperar... y esperó.

La noche fue transcurriendo lentamente. Tommy vivió unas horas que le parecieron eternas, mas al fin oyó ruido de pasos. Alzó los brazos, contuvo el aliento y sujetó el cuadro con fuerza.

La puerta se abrió, dejando entrar una tenue claridad. Conrad fue directamente hacia la luz de gas para encenderla. Tommy lamentó que fuese él quien entrase primero. Hubiera sido un placer acabar con él. Le siguió el Número Catorce, y cuando pisó el interior de la habitación, Tommy dejó caer el cuadro sobre su cabeza con todas sus fuerzas. El Número Catorce se desplomó entre un estrépito de cristales rotos. Un segundo después Tommy había salido. La llave estaba en la cerradura y con ella aseguró la puerta cuando ya Conrad se abalanzaba sobre ella con una salva de maldiciones.

Tommy vaciló un instante. Alguien se movía abajo, y la voz del alemán llegó a sus oídos.

—*Gott im Himmel!* Conrad, ¿qué ha sido eso?

Tommy sintió que le tomaban de la mano. Annette estaba a su lado indicándole una escalerilla destartalada que al parecer llevaba a un desván.

—¡Subamos... deprisa! —Y le arrastró tras ella escaleras arriba. Momentos después se encontraban en un desván polvoriento y lleno de maderas. Tommy miró a su alrededor.

—Esto no nos servirá de nada. Es una trampa. No hay escape posible.

—¡Silencio! Espere. —La muchacha se llevó un dedo a los labios y, agachándose junto a la escalerilla, se puso a escuchar.

Los golpes que daban en la puerta eran terribles. El alemán y otro individuo trataban de echarla abajo. Annette le explicó en un susurro:

—Creerán que todavía está usted dentro. No pueden oír lo que les dice Conrad. La puerta es demasiado maciza.

—Yo creí que podían oír lo que ocurría en la habitación.

—Hay una mirilla en la habitación de al lado. Fue usted muy inteligente al suponerlo. Pero no se acordarán... ahora únicamente lo que pretenden es derribar la puerta y entrar.

—Sí... pero mire, aquí..

—Déjeme hacer a mí. —Se inclinó, y ante su asombro Tommy vio que estaba atando el extremo de un cordel largo al asa de un cántaro. Lo hizo con sumo cuidado y luego se volvió al muchacho.

—¿Tiene la llave de la puerta?

—Sí.

—Démela.

Se la entregó.

—Voy a bajar. ¿Cree que podrá deslizarse detrás de la escalera de modo que no le vean?

Tommy asintió.

—Hay un gran armario en la penumbra del descansillo. Escóndase detrás. Coja el extremo de este cordel y cuando yo haya sacado a los otros tire de él.

Antes de que tuviera tiempo de preguntarle nada más, se había deslizado por la escalerilla y se plantaba en medio del grupo con una gran exclamación.

—*Mon Dieu! Mon Dieu! Qu'est qu'il y a?*

El alemán se volvió a ella con una maldición.

Con sumo cuidado, Tommy se deslizó por detrás de la escalerilla. Mientras ellos no se volvieran todo iría bien. Se metió detrás del armario. Ellos estaban entre él y la escalera.

—¡Ah! —Annette simuló agacharse para recoger algo del suelo—. *Mon Dieu, voilà la clef!*

El alemán se la arrebató para abrir la puerta, y Conrad salió lanzando juramentos.

—¿Dónde está? ¿Le habéis atrapado?

—No hemos visto a nadie —dijo el alemán, palideciendo—. ¿A quién te refieres?

Conrad soltó otra maldición.

—Se ha escapado.

En aquel momento, con una sonrisa estática, Tommy tiró del cordel y en el desván se oyó un estrépito de cacharros rotos. En un periquete los tres hombres se abalanzaron por la escalera, desapareciendo en la oscuridad.

Rápido como el rayo, Tommy salió de su escondite y bajó la escalera a todo correr, arrastrando tras sí a la muchacha. En el recibidor no había nadie. Estuvo descorriendo cerrojos y cadenas hasta que la puerta se abrió al fin. Se volvió, pero Annette había desaparecido.

Tommy se quedó de una pieza. ¿Es que habría vuelto a subir?

¿Qué locura se había apoderado de ella? Ardía de impaciencia pero no dio un paso. No se iría sin ella.

Y de pronto oyó grandes gritos, una maldición del alemán y luego la voz clara de Annette exclamando:

—¡*Ma foi*, se ha escapado! ¡Y deprisa! ¿Quién lo hubiera pensado?

Tommy seguía pegado al suelo. ¿Era una orden para que se marchara? Así lo imaginó.

Y luego, con voz aún más alta, llegaron hasta él las palabras.

—Esta casa es horrible. Quiero volver con Marguerite. Con Marguerite. ¡Con Marguerite!

Tommy había vuelto junto al pie de la escalera. ¿Es que acaso deseaba que la dejase? Pero ¿por qué? A toda costa debía intentar llevársela de allí. En aquel momento se le paralizó el corazón. Conrad comenzaba a bajar la escalera y lanzó un grito terrible al verle. Tras él siguieron los otros.

Tommy detuvo la carrera de Conrad con un buen directo que le alcanzó en plena mandíbula y le hizo caer como un saco. El segundo hombre tropezó con él y cayó a su vez. Desde lo alto de la escalera partió un disparo y la bala rozó la oreja de Tommy, haciéndole comprender que si quería conservar la vida era conveniente salir de la casa lo más pronto posible. En cuanto a Annette nada podía hacer. Se había librado de Conrad, lo cual era una satisfacción... y el golpe fue muy bueno.

Corrió hacia la puerta, cerrándola tras sí de un portazo. La plaza estaba desierta y ante la casa había una camioneta de reparto. Sin duda pensaban haberle sacado de Londres en ella y de ese modo su cadáver hubiera aparecido a muchos kilómetros de la casa del Soho. El chofer saltó a la acera, tratando de cerrarle el paso, y de nuevo Tommy hizo uso de sus puños y el hombre se desplomó sobre el pavimento.

Tommy puso pies en polvorosa... aunque no demasiado pronto. La puerta de la casa acababa de abrirse y una rociada de balas le acompañó. Por suerte ninguna hizo blanco y pudo doblar la esquina de la plaza.

—No pueden seguir disparando —pensó Tommy—. Si lo hacen acudirá la policía. No comprendo cómo se han atrevido a salir a la calle.

Oía los pasos de sus perseguidores a sus espaldas y aumentó la velocidad. Una vez hubiera conseguido salir de aquellas callejuelas estaría a salvo. Tenía que haber un policía en alguna parte... no es que en realidad deseara su ayuda, de ser posible evitarlo... hubiera sido necesario darle explicaciones. Un segundo después tenía motivos para bendecir su suerte. Tropezó contra una figura acostada en el suelo, que lanzando un grito de alarma echó a correr calle abajo. Tommy se refugió en el quicio de una puerta y tuvo el placer de ver a sus perseguidores, uno de los cuales era el alemán, continuar corriendo tras el maleante.

Tommy sentose en el escalón para descansar y recobrar el aliento. Luego echó a andar tranquilamente en dirección contraria. Miró su reloj. Era un poco más de las cinco y media y estaba amaneciendo a toda prisa. Al llegar a la esquina pasó ante un policía que le miró receloso. Tommy sintiose ligeramente ofendido, y luego, pasándose la mano por la cara se echó a reír. ¡No se había lavado ni afeitado por espacio de tres días! ¡Qué aspecto debía de tener!

Sin más tardanza se dirigió a un establecimiento de baños turcos que permanecía abierto toda la noche, y al volver a salir a la calle sintióse el mismo de siempre; se dispuso a hacer proyectos.

Lo primero era comer, ya que no había probado bocado desde el día anterior. Entró en una taberna y pidió unos huevos con jamón y tomate. Mientras comía leyó el periódico de la mañana. De pronto contuvo la respiración. Había un artículo muy extenso sobre Kramenin, a quien describían como «el hombre que está detrás del bolchevismo» en Rusia, y que acababa de llegar a Londres... como enviado extraoficial, según se creía. Esbozaban ligeramente su carrera afirmando que él, y no los cabecillas nominales, había sido el autor de la Revolución Rusa.

En el centro de la página publicaban su retrato.

—De modo que éste es el Número Uno —dijo Tommy con la boca llena—. No cabe la menor duda, debo darme prisa.

Pagó el desayuno para dirigirse a las oficinas del gobierno. Dijo su nombre y que traía un mensaje urgente. Pocos minutos después se hallaba en presencia del hombre que aquí llamamos «míster Carter» y que tenía el ceño fruncido.

—Escuche, no tiene derecho a venir aquí a verme como lo ha hecho. Creí que lo había dejado bien sentado.

—Y así fue, señor. Pero me pareció que era importante no perder ni un minuto.

Y tan brevemente como le fue posible le relató las experiencias vividas en los últimos días.

Cuando estaba en la mitad, míster Carter le interrumpió para dar unas órdenes secretas por teléfono. De su rostro había desaparecido toda muestra de disgusto, y asintió aprobadoramente cuando Tommy hubo terminado.

—Muy bien. Tenía usted razón. Cada minuto es precioso. De todos modos temo que lleguemos demasiado tarde. Ellos no aguardarán y levantarán el vuelo en seguida. No obstante, es posible que dejen algún rastro que pueda servirnos de pista. ¿Dice usted que ha reconocido al Número Uno y que es Kramenin? Eso es importante. Necesitamos alguna prueba contra él para evitar que el gabinete caiga limpiamente en sus redes. ¿Y qué me dice de los otros? ¿Dice que dos de ellos le eran familiares? ¿Cree que uno es laborista? Mire estas fotografías y vea si puede identificarle.

Un minuto más tarde Tommy levantaba una fotografía y Carter demostró cierta sorpresa.

—¡Ay, Westway! Debería haber sospechado. Y en cuanto al otro individuo, creo que sé quién es. —Y le tendió una fotografía que al verla le hizo lanzar una exclamación—. Entonces tenía razón. ¿Quién es? Irlandés. Un prominente miembro del Parlamento. Claro que sólo eran suposiciones. Lo sospechábamos... pero no lográbamos conseguir pruebas. Sí, se ha portado usted muy bien, jovencito. Usted dice que el veintinueve es la fecha señalada. Eso nos deja muy poco tiempo... poquísimo.

—Pero... —Tommy vacilaba.

Míster Carter adivinó sus pensamientos.

—Podemos enfrentar la amenaza de huelga general. Nos dará mucho trabajo... pero es nuestra oportunidad. Si ese convenio aparece... estamos perdidos. Inglaterra se precipitará en la anarquía. Ah, ¿qué hay? ¿El coche? Vamos, Beresford, iremos a echar un vistazo a esa casa.

Dos agentes estaban en guardia ante la casa del Soho, y un inspector fue a informar a míster Carter en voz baja. Este último se volvió a Tommy.

—Los pájaros han volado..., como pensábamos. Será mejor que entremos.

Al recorrer la casa desierta, Tommy creyó estar viviendo un sueño. Todo estaba igual que antes. Su encierro con las pinturas descoloridas, el cántaro roto en el ático, y la sala de reuniones con su larga mesa. Mas ahora no se veía ni rastro de papeles. Todos habían sido destruidos o se los llevaron al abandonar la casa. Y tampoco pudieron encontrar a Annette.

—Lo que me ha dicho de esa muchacha me ha intrigado —dijo míster Carter—. ¿Usted cree que quiso volver con ellos deliberadamente?

—Eso me pareció, señor. Echó a correr escaleras arriba mientras yo abría la puerta.

—¡Hum! Entonces debe pertenecer a la banda, pero siendo una mujer, no debió agradarle ver morir a un hombre tan joven. Mas sin duda era de la banda o de otro modo no hubiera vuelto con ellos.

—Me cuesta creer que esté a su lado, señor. Parecía... tan distinta.

—¿Atractiva, supongo? —dijo Carter con una sonrisa que hizo que Tommy enrojeciera hasta la raíz de sus cabellos.

Admitió bastante avergonzado que Annette era muy bonita.

—A propósito —dijo míster Carter—. ¿Ha visto ya a miss Tuppence? No ha cesado de enviarme cartas hablándome de usted.

—¿Tuppence? Temía que se hubiera asustado. ¿Avisó a la policía?

Míster Carter negó con la cabeza.

—Entonces no comprendo cómo me descubrieron.

Como míster Carter le miraba extrañado, Tommy se lo explicó.

—Cierto, es bastante curioso. A menos que mencionara el Ritz, casualmente.

—Es posible, señor. Pero de todas formas debieron averiguar algo acerca de mí.

—Bueno —dijo Carter mirando a su alrededor—, aquí ya no podemos hacer nada. ¿Qué le parece si comiéramos juntos?

—Muchísimas gracias, señor. Pero creo que será mejor que vaya a ver a Tuppence.

—Por supuesto. Dele recuerdos de mi parte, y dígale que la próxima vez no crea que puedan matarle tan fácilmente.

Tommy sonrió.

—Escapé por los pelos, señor.

—Ya me doy cuenta —replicó Carter en tono seco—. Bien, adiós. Recuerde que ahora es un hombre marcado y debe andar con precaución.

—Gracias, señor.

Detuvo un taxi, que le llevó al Ritz, gozando de antemano por la sorpresa que daría a Tuppence.

«Qué habrá estado haciendo? Vigilando a "Rita" seguramente. A propósito, supongo que a ella debió referirse Annette al nombrar a Marguerite. Entonces no lo comprendí.» Y aquel pensamiento le entristeció un tanto, ya que parecía probar que mistress Vandemeyer y la joven estaban en términos amistosos.

El taxi se detuvo ante el Ritz. Tommy penetró en el sagrado vestíbulo. Mas su entusiasmo sufrió un rudo golpe. Le comunicaron que miss Cowley había salido un cuarto de hora antes.

Capítulo XVIII

UN TELEGRAMA

Contrariado, Tommy fue hasta el restaurante y ordenó que le sirvieran una comida excelente. Sus cuatro días de encierro le habían enseñado a apreciar el valor de los buenos alimentos.

Estaba a punto de introducir en su boca un exquisito bocado de *sole à la Jeannette* cuando vio entrar a Hersheimmer. Tommy le hizo señales con el menú y consiguió atraer su atención. Al ver al muchacho, Julius abrió tanto los ojos que parecían a punto de querer salírsele de las órbitas, y dirigiéndose hacia él le estrechó la mano con innecesario vigor.

—¡Por todos los diablos! —exclamó—. ¿Es usted de verdad?

—Pues claro. ¿Por qué no había de serlo?

—¿Que por qué no? Oiga, ¿es que no sabe que le hemos dado por muerto? Creo que dentro de pocos días le hubiésemos rezado un solemne responso.

—¿Quién pensaba que había muerto? —quiso saber Tommy.

—Tuppence.

—Supongo que debió recordar el refrán: «Todos los buenos mueren jóvenes». Pero debe quedar aún en mí algo malo para haber sobrevivido. A propósito, ¿dónde está Tuppence?

—¿No está aquí?

—No, en conserjería me dijeron que acababa de salir hace poco.

—Habrá ido de compras. Yo la traje aquí en el coche hará cosa de una hora. Pero, oiga, ¿es que no puede abandonar esa flema de una vez? ¿Qué diablos ha estado usted haciendo todo este tiempo?

—Si piensa comer aquí —replicó Tommy—, será mejor que ordene que le sirvan. Va a ser una historia bastante larga.

Julius acercó su silla al otro lado de la mesa y expresó sus deseos al camarero. Luego volvióse a Tommy.

—Empiece. Imagino que habrá tenido algunas aventuras.

—Una o dos —replicó Tommy con modestia, pasando a relatárselas.

Julius le escuchaba hechizado, olvidándose de comer, y al fin exhaló un profundo suspiro.

—¡Bravo! ¡Parece una de esas novelas baratas!

—¿Y ahora qué me cuenta el frente hogareño? —dijo Tommy alargando la mano para tomar un melocotón del frutero.

—Pu… es —tartamudeó Julius—. No tengo inconveniente en confesar que también hemos corrido nuestras aventuras.

Y le tocó el turno de convertirse en narrador. Empezó por sus infructuosas pesquisas en Bournemouth; luego le habló de su regreso a Londres, la compra del automóvil, la creciente amistad de Tuppence, la visita de sir James y los sensacionales acontecimientos de la noche anterior.

—Pero ¿quién la mató? —preguntó Beresford—. No lo comprendo.

—El doctor insinuó la posibilidad de que se hubiera suicidado —replicó en tono seco.

—¿Y sir James? ¿Qué opina?

—Además de ser una lumbrera como abogado, es una ostra viviente —replicó Julius—. Yo diría que «se reserva su opinión».

Y continuó relatando con detalle lo sucedido aquella mañana.

—Conque ha perdido la memoria, ¿no es eso? —dijo Tommy con interés—. Cielos, eso explica por qué me miraron tan extrañados cuando yo hablé de interrogarla. ¡Ése fue un pequeño desliz por mi parte! Pero no es algo que se le pudiera ocurrir a cualquiera.

—¿No le dieron ninguna pista de dónde puede estar Jane?

Tommy movió la cabeza con pesar.

—Ni una palabra. ¿Sabe? Soy bastante tonto. Tendría que haberles sonsacado algún dato respecto a su paradero, como fuera.

—Yo creo que tiene usted suerte de poder estar aquí ahora. Consiguió engañarles muy bien. ¡Cuando pienso en lo oportuno que estuvo, me hago cruces!

—Estaba tan apurado que tuve que pensar algo —dijo Tommy con sencillez.

Hubo unos momentos de silencio y al cabo Tommy volvió a referirse al tema de la muerte de mistress Vandemeyer.

—¿No pudo ser otra cosa sino cloral?

—Creo que no. Por lo menos dijeron que murió de un ataque al corazón producido por una dosis excesiva de cloral. Está bien así. No queremos que nos molesten ahora abriendo una investigación. E imagino que Tuppence, e incluso el orgulloso sir James, han tenido la misma idea.

—¿Míster Brown? —insinuó Tommy.

—Seguro.

—De todas formas —dijo Tommy pensativo—, míster Brown no tiene alas, y no veo de qué modo pudo entrar y salir.

—¿Qué me dice de una fuerza extraordinaria para transmitir el pensamiento? Alguna influencia magnética que irresistiblemente impulsara a mistress Vandemeyer a suicidarse.

Tommy le miró con deferencia.

—Bien, Julius. Muy bueno. Sobre todo la fraseología. Pero me deja frío. Yo busco a míster Brown de carne y hueso, y creo que los jóvenes detectives deben ponerse a trabajar, estudiando las entradas y salidas y golpearse la frente hasta dar con la solución de este misterio. Volvamos al escenario del crimen. Ojalá pudiera encontrar a Tuppence. El Ritz disfrutaría del atractivo espectáculo del feliz encuentro.

En el vestíbulo dijeron que Tuppence no había regresado todavía.

—De todas formas, creo que será conveniente mirar arriba —dijo Hersheimmer—. Pudiera estar en mi saloncito. —Y desapareció.

De pronto un botones se acercó a Tommy para decirle:

—La señorita se ha ido en tren, según creo, señor —murmuró tímidamente.

—¿Qué? —Tommy volviose en redondo.

El botones se puso como la grana.

—Le pedí un taxi, señor. Y oí que le decía al chofer que la llevara a la estación de Charing Cross y que fuera aprisa.

Tommy le miró asombradísimo y el chico, envalentonándose, continuó:

—Eso es lo que deduje, puesto que había pedido una guía de ferrocarril.

Tommy le interrumpió:

—¿Cuándo la pidió?

—Cuando le llevé el telegrama, señor.

—¿Un telegrama?

—Sí, señor.

—¿Cuándo fue eso?

—Cerca de las doce y media, señor.

—Cuénteme exactamente lo que ocurrió.

El botones tomó aliento.

—Subí un telegrama a la habitación ochocientos noventa y uno... y allí estaba la señorita. Al abrirlo lanzó una exclamación y luego me dijo muy contenta: «Tráeme un horario de trenes, y vigila, Henry». Yo me llamo Henry, pero...

—No importa cómo te llames —dijo Tommy impaciente—. Continúa.

—Sí, señor. Se lo llevé y me dijo que aguardara, pero al mirar el reloj me ordenó: «Date prisa. Di que me busquen un taxi», y empezó a colocarse el sombrero delante del espejo, cosa que hizo en dos segundos. Luego la vi bajar la escalera, meterse en el taxi y gritarle al chofer lo que le he dicho.

El muchacho se detuvo para llenar de aire sus pulmones. Tommy continuaba mirándole, y en aquel momento Julius se unió a ellos con una carta en la mano.

—Oiga, Hersheimmer. —Tommy se volvió—. Tuppence se ha ido a investigar por su cuenta.

—¡Cáscaras!

—Sí, se marchó a la estación de Charing Cross en un taxi a todo correr después de recibir un telegrama. —Reparó en la carta que Julius tenía en la mano—. ¡Oh, le dejó una nota! Espléndido. ¿Adónde ha ido?

Casi inconscientemente alargó la mano para agarrarla, mas Julius la metió en su bolsillo, algo violento.

—No tiene nada que ver con esto. Es algo bien distinto... algo que ayer le pedí, y hoy me da la respuesta.

—¡Oh! —Tommy, muy intrigado, parecía aguardar más explicaciones.

—Escuche —dijo Hersheimmer de pronto—. Será mejor que se lo cuente. Le pedí a miss Tuppence que se casara conmigo.

—¡Oh! —replicó Tommy aturdido. Las palabras de Julius fueron completamente inesperadas, y por un momento retumbaron en su cerebro.

—Quiero que sepa —continuó Julius— que antes de hablar de ello con miss Tuppence dejé bien sentado que yo no deseaba interponerme entre usted y ella.

Tommy se rehízo.

—No se preocupe —dijo a toda prisa—. Tuppence y yo hemos sido amigos durante años. Pero nada más. —Encendió un cigarrillo con mano temblorosa—. Es natural, Tuppence siempre dijo que buscaba...

Se detuvo bruscamente y enrojeció, en tanto que Julius se quedaba tan campante.

—¡Oh!, me figuro que se refiere a los dólares. Miss Tuppence ya me puso al corriente. No es capaz de engañar a nadie. Estoy seguro de que nos llevaremos muy bien.

Tommy le miró con curiosidad, como si fuera a decir algo, pe-

ro no abrió la boca. ¡Tuppence y Julius! Bueno, y ¿por qué no?
¿No se lamentaba de no conocer hombres ricos? ¿No había ex-
presado abiertamente su intención de casarse por dinero de tener oportunidad? El joven estadounidense representaba una
oportunidad única... y era tonto esperar que no la aprovechase.
Iba en busca de dinero. Siempre lo había dicho. ¿Por qué repro-
charle el que fuese fiel a su credo?

Sin embargo, Tommy sintió un resentimiento apasionado y
completamente ilógico. Estaba bien decir cosas como aquéllas...,
pero una mujer de verdad no se casa nunca por dinero. Tuppence era una egoísta, poseía una terrible sangre fría, y él estaría con-
tentísimo de no volver a verla. ¡Y el mundo era un asco!

La voz de Julius interrumpió su pensamiento.

—Sí, creo que nos llevaremos muy bien. He oído decir que las
mujeres dicen que no la primera vez... es una especie de convenio.

Tommy le asió del brazo.

—¿Le ha rechazado? ¿Dice que dijo que no?

—Sí. ¿No se lo había dicho? Se limita a decir que «no» sin
alegar ninguna razón. Los alemanes lo llaman el eterno femenino. Pero ya cambiará de opinión. Ya la convenceré...

Mas Tommy le interrumpió sin el menor decoro.

—¿Qué dice en la nota? —le exigió con fiereza.

El bueno de Julius se la tendió.

—No hay la menor pista que pueda indicarnos adónde ha ido
—le aseguró—. Pero puede comprobarlo usted mismo si no me
cree. —Y le tendió el papel.

«Querido Julius:
»Siempre es mejor decir las cosas por escrito. No me siento capaz de pensar en el matrimonio hasta que Tommy haya
aparecido. Dejémoslo hasta entonces.
»Suya afectísima,

TUPPENCE

Tommy se la devolvió con los ojos brillantes. Sus sentimientos habían experimentado una reacción brusca. Ahora sentía que
Tuppence era toda nobleza y desinterés. ¿Pues no había rechazado a Julius sin la menor vacilación? Cierto que la nota daba
muestras de flaqueza, pero podía disculparla. Quiso dar a entender a Julius que casi era su novia para animarle en sus esfuerzos
para encontrarle a él, pero estaba seguro de que no era eso lo que
ella quería decir. Querida Tuppence, ¡no había en todo el mundo

una muchacha como ella! Cuando la viera... —Sus pensamientos sufrieron una sacudida brusca.

—Como usted bien dice —observó volviendo en sí con un esfuerzo—, no hay el menor indicio de dónde puede haber ido. ¡Eh... Henry!

El botones acudió obediente y Tommy sacó cinco chelines de su bolsillo.

—Otra cosa más. ¿Recuerdas lo que la señorita hizo con el telegrama?

—Lo hizo una pelota y lo arrojó a la chimenea gritando «¡Ale... op!».

—Muy gráfico, Henry —dijo Tommy—. Aquí tienes cinco chelines. Vamos, Julius. Tenemos que encontrar ese telegrama.

Subieron a toda prisa. Tuppence había dejado la llave en la puerta y la habitación estaba tal como ella la dejara. En el hogar había una bolsa de papel naranja y blanco. Tommy alisó el telegrama.

«Ven en seguida a La Casa del Foso, Ebury Yorkshire; grandes acontecimientos. —Tommy.»

Se miraron estupefactos. Julius fue quien habló primero.

—¿Usted no lo envió?

—Desde luego que no. ¿Qué significa esto?

—Me figuro que lo peor —replicó Julius sin alterarse—. Que la han atrapado.

—¿Qué?

—¡Seguro! Firmaron con su nombre y ella cayó en la trampa como un corderito.

—¡Cielo Santo! ¿Qué haremos ahora?

—¡Darnos prisa y salir tras ella! ¡Ahora mismo! No hay tiempo que perder. Ha sido providencial que no se llevara el telegrama. De otro modo no hubiéramos podido dar con ella. Pero hay que apresurarse. ¿Dónde está ese revólver?

La energía de Julius era contagiosa. De haber estado solo, lo más probable es que Tommy se hubiera sentado a meditar por espacio de media hora por lo menos, antes de decidir un plan de acción, pero estando al lado de Julius Hersheimmer la rapidez era inevitable.

Después de musitar varias imprecaciones le tendió el revólver a Tommy por estar más versado con sus misterios, y éste tomó el horario de trenes.

—Manos a la obra. Abury, Yorks. De King's Cross. Saint Pancras. El botones ha debido equivocarse. Es King's Cross, y no Charing Cross. Doce cincuenta, éste es el tren que tomó; el de las dos y diez ha salido ya; el siguiente es a las tres veinte… y es muy lento.

—¿Y si fuéramos en coche?

Tommy movió la cabeza.

—Como quiera, pero será mejor que tomemos el tren. Lo importante es conservar la calma.

—Es cierto. ¡Pero me pongo fuera de mí al pensar que esa joven inocente está en peligro!

Tommy asintió distraído. Estaba pensando, y al cabo de unos instantes, dijo:

—Oiga, Julius, ¿y para qué iban a quererla?

—¿Eh? No lo comprendo.

—Quiero decir que no creo que vayan a hacerle ningún daño —explicó Tommy frunciendo el ceño debido a su esfuerzo mental—. Es un rehén, eso es lo que es. No corre peligro inmediato, ya que si nosotros averiguáramos alguna cosa, ella les sería de gran utilidad. Mientras la tengan en su poder nosotros estaremos dominados. ¿Comprende?

—Tiene mucha razón —repuso Julius pensativo—. Eso es.

—Además —añadió Tommy—, tengo gran fe en Tuppence.

El viaje fue pesadísimo, con muchas paradas y gran cantidad de gente. Tuvieron que cambiar dos veces de tren, una en Doncaster y otra en otro desvío poco importante. Ebury era una estación desierta con un solo mozo, a quien Tommy se dirigió para preguntarle:

—¿Puede indicarme por dónde se va a la Casa del Foso?

—¿La Casa del Foso? Está muy cerca de aquí. ¿Se refiere a la casa grande junto al mar?

Tommy asintió con descaro y, tras escuchar las minuciosas explicaciones de aquel hombre, se dispusieron a salir de la estación. Empezaba a llover y se subieron el cuello de la americana. De pronto Tommy se detuvo.

—Espere un momento. —Y corrió de nuevo a la estación para buscar al mozo.

—Escuche, ¿recuerda a una jovencita que llegó en un tren anterior… en el de las doce cincuenta de Londres? Probablemente debió preguntarle el camino de la Casa del Foso.

Acto seguido le describió a Tuppence tan bien como pudo, mas el mozo negó con la cabeza. En aquel tren habían llegado diversas personas y no recordaba a ninguna jovencita, pero estaba seguro de que nadie le había preguntado por la Casa del Foso.

Tommy fue a reunirse con Julius y se lo contó muy deprimido. Estaba convencido de que sus pesquisas resultarían infructuosas. El enemigo había tenido tres horas de ventaja, y tres horas eran más que suficientes para míster Brown, que no había pasado por alto la posibilidad de que hubieran encontrado el telegrama.

El camino parecía interminable. Una vez se equivocaron y anduvieron cerca de un cuarto de kilómetro en dirección opuesta. Eran más de las siete cuando un chiquillo les dijo que la Casa del Foso estaba al volver la esquina.

¡Una verja ruinosa chirriando sobre sus goznes! Un camino cubierto de maleza y hojas. Aquel lugar tenía un aspecto tan siniestro que les heló el corazón. Echaron a andar por el desierto sendero; la alfombra de hojas ahogaba sus pasos. Era ya casi de noche y les parecía hallarse en un mundo fantasmal. Sobre sus cabezas las ramas oscilaban y crujían lúgubremente. De vez en cuando una hoja desprendida les sobresaltaba con su frío contacto.

Al volver un recodo apareció la casa ante su vista. Los postigos estaban cerrados, y los escalones que había ante la puerta cubiertos de musgo. ¿Era allí donde atrajeron con engaños a Tuppence? Costaba creer que ningún ser humano lo hubiera hollado con su planta durante meses.

Julius tiró de la rústica argolla de la campanilla, que resonó en el interior. Nadie acudió. Volvieron a llamar una y otra vez…, pero no hubo la menor señal de vida. Entonces fueron a dar la vuelta a la casa. Todo estaba silencioso y no se veía ni una ventana abierta. Sin duda aquel lugar estaba desierto.

—No hay nada que hacer —dijo Hersheimmer, resignado.

Lentamente volvieron sobre sus pasos hasta la verja.

—Debe de haber un pueblo por aquí cerca —continuó el joven estadounidense—. Será mejor que hagamos averiguaciones allí. Sabrán algo de este lugar, y si ha vivido alguien en él últimamente.

—Sí, no es mala idea.

Continuaron por el camino hasta llegar a un pequeño pueblo. En las afueras encontraron a un obrero con un saco de herramientas a cuestas y Tommy le detuvo con una pregunta.

—¿La Casa del Foso?

—Está deshabitada. Hace muchos años que no vive nadie allí. Mistress Sweedy tiene la llave si desean verla… está junto al estanco.

Tommy le dio las gracias y no tardó en encontrar el estanco, que además era dulcería y tienda de regalos. Llamaron a la puerta de la casa de al lado, que abrió una mujer de aspecto limpio y aseado. En seguida les entregó la llave de la Casa del Foso.

—Aunque no creo que les convenga, señor. Está muy abandonada. Los techos se están cayendo. Sería necesario gastar mucho dinero en repararla.

—Gracias —dijo Tommy en tono alegre—. Sí, se está derrumbando, pero hoy en día escasean las viviendas.

—Y que usted lo diga —declaró sinceramente la mujer—. Mi hija y mi yerno andan buscando una casita decente desde hace no sé cuanto tiempo. Es por la guerra. Lo ha trastornado todo. Pero ¿no será demasiado oscuro para que puedan ver la casa? ¿No sería mejor que esperaran a mañana?

—No importa. Esta noche le echaremos un vistazo. Hubiéramos llegado antes de no haber equivocado el camino. ¿Cuál es el mejor lugar para pasar la noche por estos alrededores?

Mistress Sweedy quedó pensativa.

—Las Armas de Yorkshire, pero no es lugar para unos caballeros como ustedes.

—¡Oh, estaremos muy bien! A propósito, ¿no ha venido una señorita hoy a pedirle la llave?

—Nadie ha venido a preguntar por esa casa desde hace tiempo.

—Muchísimas gracias.

Regresaron a la Casa del Foso, y cuando la puerta principal se abrió crujiendo sobre sus goznes, Julius se agachó para examinar el suelo con una cerilla. Luego meneó la cabeza.

—Juraría que nadie ha pasado por aquí. Mire el polvo. Forma una capa un tanto espesa y no se ven huellas de pisadas.

Recorrieron la casa y todo estaba por el estilo. Nadie había alterado el polvo ni las espesas telarañas.

—Esto me extraña —dijo Hersheimmer—. No creo que Tuppence haya entrado en esta casa.

—Pues ha debido hacerlo.

Julius meneó la cabeza sin contestar.

—Volveremos mañana por la mañana —dijo Tommy—. Quizá veamos mejor a la luz del día.

Al día siguiente la registraron una vez más, y a pesar suyo hubieron de llegar a la conclusión de que la casa no había sido habitada durante un espacio de tiempo considerable, y se hubieran marchado del pueblecito a no ser por un afortunado descubrimiento de Tommy. Cuando estaban ya cerca de la verja, se detuvo lanzando un grito, y agachándose tomó algo de entre la hojarasca, que tendió a Julius. Era un pequeño broche de oro.

—¡Es de Tuppence!

—¿Está seguro?

—Absolutamente. Se lo he visto llevar muy a menudo.

Julius aspiró el aire con fuerza.

—Me figuro que es una prueba contundente. Por lo visto llegó hasta aquí. Convertiremos esa posada en nuestro cuartel general y removeremos cielo y tierra hasta dar con ella. Alguien tiene que haberla visto.

Y comenzaron su campaña. Tommy y Julius trabajaron juntos y por separado, pero el resultado fue el mismo. En la vecindad no había sido vista ninguna mujer que respondiera a la descripción de Tuppence. Estaban desconcertados, pero no perdieron la esperanza. Al fin decidieron cambiar de táctica. Sin duda Tuppence no había permanecido mucho tiempo por las cercanías de la Casa del Foso, lo cual indicaba que fue traída y llevada en automóvil. Renovaron las averiguaciones. ¿No habían visto ningún coche detenido cerca de la Casa del Foso aquel día? Y tampoco tuvieron éxito.

Julius telegrafió para que le enviaran su automóvil y recorrieron a diario la vecindad con celo incansable. Un coche gris en el que habían puesto sus más caras esperanzas resultó ser propiedad de una solterona respetabilísima que vivía en Harrogate.

Cada día iban tras una nueva pista. Julius, como un galgo en pos de la liebre, perseguía el rastro más leve. Cada coche que pasó por la aldea el día fatal fue identificado. Se introdujo en las propiedades del condado y sometió a sus dueños a un examen estricto. Sus disculpas eran tan buenas como sus métodos y casi siempre conseguía apaciguar la indignación de sus víctimas; mas los días se iban sucediendo y no daban con el paradero de Tuppence. El rapto había sido tan bien planeado que la muchacha parecía haberse desvanecido materialmente en el aire.

Y otra preocupación comenzaba a hacer mella en el ánimo de Tommy.

—¿Sabe cuánto tiempo llevamos aquí? —preguntó a su compañero una mañana cuando desayunaban—. ¡Una semana! No hemos adelantado nada en la búsqueda de Tuppence, y el próximo domingo es veintinueve.

—¡Cáscaras! —replicó Julius pensativo—. Casi había olvidado esa fecha. No he pensado más que en Tuppence.

—Igual que yo. Yo no me había olvidado del día veintinueve, pero me parecía que no me importaba ni un comino comparado con el buscar a Tuppence. Pero hoy estamos a veintitrés y el plazo se acorta. Si hemos de dar con ella, tiene que ser antes del veintinueve… después su vida tal vez no dure ni una hora. Entonces habrá terminado el juego del secuestro. Empiezo a creer que hemos cometido una gran equivocación al llevar este asunto como lo hicimos. Hemos perdido inútilmente el tiempo sin adelantar nada.

—Estoy de acuerdo con usted en esto. Somos un par de tontos que nos hemos metido en la boca un bocado mayor del que podíamos mascar. ¡Voy a dejar de hacer tonterías en el acto!

—¿Qué quiere decir?

—Va a saberlo en seguida. Haré lo que debimos haber hecho una semana atrás. Volver a Londres y poner el caso en manos de la policía británica. Nos creímos unos sabuesos. ¡Sabuesos! ¡Ha sido una estupidez! ¡Estoy harto! Esto se acabó. ¡Voy en busca de Scotland Yard!

—Tiene razón —repuso Tommy despacio—. Ojalá lo hubiéramos hecho en seguida.

—Más vale tarde que nunca. Hemos estado jugando a vigilantes y ladrones. Ahora me voy a Scotland Yard para pedirles que me guíen de la mano y me enseñen el camino a seguir. Supongo que al final los profesionales siempre vencen a los aficionados. ¿Viene usted conmigo?

Tommy negó con la cabeza.

—¿Para qué? Con uno de nosotros basta. Puedo quedarme y husmear un poco más. Tal vez surja algo nuevo. Nunca se sabe.

—De acuerdo. Bien, hasta la vista. Volveré pronto con un par de inspectores y les diré que procuren portarse lo mejor que sepan.

Pero el curso de los acontecimientos no iba a permitir que Julius pusiera en práctica su plan. Poco después Tommy recibió un telegrama:

«Reúnase conmigo en el Hotel Manchester, Midland. Noticias importantes. —JULIUS.»

A las siete y media de la tarde, Tommy se apeaba de un tren correo procedente del campo. Julius le aguardaba en el andén.

—Pensé que llegaría en este tren si mi telegrama le encontraba en casa.

—¿Qué ocurre? ¿Ha encontrado a Tuppence?

—No. Pero encontré esto esperándome en Londres. Acababa de llegar.

Le tendió un telegrama, y Tommy abrió mucho los ojos al leer:

«Jane Finn hallada. Venga inmediatamente al Hotel Manchester Midland. —Peel Edgerton.»

Julius lo tomó de nuevo y lo dobló.

—Es curioso —dijo pensativo—. ¡Creí que ese abogado había renunciado ya!

Capítulo XIX

JANE FINN

—Mi tren llegó hace una media hora —explicó Julius, al acompañarle fuera de la estación—. Calculé que usted llegaría en este tren antes de que yo dejara Londres y por ello telegrafié a sir James. Él nos ha reservado habitaciones y cenaremos con él a las ocho.

—¿Qué le hizo pensar que había dejado de interesarse por este caso? —preguntó Beresford con visible extrañeza.

—Lo que dijo —replicó Julius tajante—. ¡Ese pajarraco es más cerrado que una ostra! Como todos ellos no quiso comprometerse hasta estar seguro de poder entregar la mercancía.

—Quisiera saber… —dijo Tommy, pensativo.

Julius se volvió a mirarle.

—¿Qué es lo que quisiera saber?

—Si ha sido ése el motivo verdadero.

—Seguro. Puede apostar hasta la vida.

Tommy meneó la cabeza sin dejarse convencer.

Sir James llegó puntualmente a las ocho y Julius le presentó a Tommy. Sir James le estrechó la mano con calor.

—Encantado de conocerle, míster Beresford. He oído hablar mucho de usted a miss Tuppence… —sonrió involuntariamente—, y la verdad es que casi me parece conocerle muy bien.

—Gracias, señor —dijo Tommy con su alegre sonrisa observándole de cerca, y al igual que Tuppence sintió el magnetismo de su personalidad. Le recordó a míster Carter. Los dos eran totalmente distintos. Bajo el aire cansado de uno y la reserva profesional del otro se escondía la misma inteligencia afilada como un estoque.

Al mismo tiempo se daba cuenta del escrutinio a que le estaba sometiendo sir James. Cuando el abogado apartó los ojos tuvo la certeza de que había leído a través de él como en un libro abierto. No pudo saber cuál fue su juicio, ni esperaba conocerlo. Sir James se apoderaba de todo, pero daba únicamente lo que quería, y pronto tuvo prueba de ello.

Una vez se hubieron saludado, Julius le hizo una avalancha de preguntas. ¿Cómo había conseguido localizar a la muchacha? ¿Por qué no les dijo que seguía trabajando en el caso? Y otras muchas.

Sir James se acarició la barbilla y sonrió. Al fin se explicó:

—Bueno, ya ha aparecido. Y eso es a mi parecer, en este momento, lo importante, ¿no les parece? Bueno, ¿no es lo más importante?

—Desde luego. Pero ¿cómo encontró su pista? Miss Tuppence y yo pensamos que había abandonado el caso definitivamente.

—¡Ah! —El abogado le dirigió una mirada escrutadora mientras volvía a rascarse la barbilla—. ¿Así es que eso es todo lo que ustedes pensaron? ¿De veras? ¡Hum! Pobre de mí.

—Pero me figuro que estábamos equivocados —continuó Julius.

—Bueno, yo ignoraba que hubiera llegado a decirlo. Pero ha sido una gran suerte para todos que hayamos conseguido encontrarla.

—Pero ¿dónde está? —preguntó Julius, y sus pensamientos siguieron otros derroteros—. Creí que la traería con usted.

—Eso hubiera sido imposible —dijo sir James en tono grave.

—¿Por qué?

—Porque ha sufrido un accidente callejero y recibió heridas leves en la cabeza. La han llevado al hospital y al recobrar el conocimiento ha dicho llamarse Jane Finn. Cuando... ¡Ah! Al oír esto la hice llevar a la clínica de un médico... amigo mío, y les telegrafié en seguida. Volvió a quedar inconsciente y desde entonces no ha vuelto a hablar.

—¿No está herida de gravedad?

—No; un cardenal y un par de cortes; la verdad, desde el punto de vista médico, es muy poco para haberle producido semejante estado, y más bien lo atribuyen al shock mental debido a haber recobrado la memoria.

—¿La ha recobrado? —exclamó Julius excitadísimo.

Sir James golpeó la mesa con impaciencia.

—Sin duda, míster Hersheimmer, puesto que ha sido capaz de dar su verdadero nombre. Creí que había reparado en ello.

—¿Y usted estaba en el lugar del suceso por casualidad? —dijo Tommy—. Parece un cuento de hadas.

Mas sir James estaba demasiado cansado para bromear.

—Las coincidencias son a veces muy curiosas —dijo en tono seco. Sin embargo, ahora Tommy supo con certeza lo que antes sospechara, que la presencia de sir James en Manchester no fue accidental. Lejos de abandonar el caso, como Julius había supuesto, consiguió por medios propios dar con la muchacha desaparecida. Lo único que le intrigaba era la razón de todo aquel secreto. Y al fin decidió que debía ser producto de su mentalidad de abogado.

Julius estaba hablando.

—Después de cenar —anunció— iré a ver a Jane en seguida.

—Me temo que será imposible —dijo sir James—. No es probable que le dejen recibir visitas a estas horas de la noche. Yo le sugiero que vaya por la mañana a las diez.

Julius enrojeció; había algo en sir James que le convertía siempre en su antagonista. Era un choque de dos personalidades vigorosas.

—De todas formas, iré esta noche para ver si consigo romper sus reglas absurdas.

—Será inútil, míster Hersheimmer.

Las palabras fueron como un disparo de revólver, y Tommy alzó la vista sobresaltado. Julius estaba nervioso y excitado, y la mano con que tomó el vaso para llevarlo a sus labios temblaba ligeramente, aunque sus ojos siguieron desafiando la mirada de sir James. Por un momento la hostilidad existente entre los dos hombres pareció a punto de inflamarse, mas al fin Julius bajó los ojos derrotado.

—De momento, reconozco que es usted quien manda.

—Gracias —replicó el otro—. ¿Entonces quedamos a las diez? —Se volvió a Tommy—. Debo confesar, míster Beresford, que me ha sorprendido verle aquí esta noche. Lo último que supe de usted es que sus amigos estaban muy preocupados por su paradero. No sabían nada de usted desde hacía varios días y miss Tuppence sentíase inclinada a creer que se encontraba en apuros.

—¡Y así era, señor! —Tommy sonrió al recordarlo—. En mi vida me había visto en una situación más apurada.

Y ayudado por las preguntas de sir James, le hizo un breve resumen de sus aventuras. Al terminar, el abogado le miró con renovado interés.

—Supo usted salir muy bien —le dijo en tono grave—. Le felicito. Demostró una gran habilidad y supo representar perfectamente su papel.

Tommy enrojeció de placer ante sus alabanzas.

—No hubiera conseguido huir a no ser por esa muchacha, señor.

—No —sir James sonrió—. Tuvo suerte caerle... en gracia

155

—Tommy pareció dispuesto a protestar, mas sir James continuaba—: Supongo que no existe la menor duda de que también pertenecía a la banda.

—Me temo que sí, señor. Creí que tal vez la retenían a la fuerza, pero su modo de actuar no concuerda con esta creencia. Volvió junto a ellos cuando podía escapar.

Sir James asintió pensativo.

—¿Qué dijo ella? ¿Algo así como que quería regresar junto a Marguerite?

—Sí, señor. Supongo que se refería a mistress Vandemeyer.

—Siempre firmaba Rita Vandemeyer, y todos sus amigos la conocían por Rita. No obstante, imagino que esa joven habría tomado la costumbre de llamarla por su nombre completo. ¡Y en el momento en que la nombraba mistress Vandemeyer estaba muriendo o había fallecido ya! ¡Es curioso! Hay una o dos cosas que no veo claras... por ejemplo, su repentino cambio de actitud hacia usted. A propósito, supongo que registrarían la casa...

—Sí, señor, pero todos habían volado.

—Es natural —dijo sir James secamente.

—Y no dejaron el menor rastro.

—Me pregunto... —El abogado tamborileó con sus dedos encima de la mesa, pensativo.

Y el tono de su voz hizo que Tommy alzara los ojos. ¿Es que acaso aquel hombre había visto algo que para los demás pasó inadvertido?

—¡Ojalá hubiera estado usted aquí cuando registramos la casa! —exclamó impulsivamente.

—A mí también me hubiera gustado —repuso sir James con calma, y tras guardar silencio unos instantes alzó los ojos—. ¿Y desde entonces... qué ha estado usted haciendo?

Tommy le miró de hito en hito, y luego comprendió que el abogado lo ignoraba.

—Olvidaba que no sabía usted lo de Tuppence —dijo despacio, volviendo a sentir aquella ansiedad enfermiza que había olvidado con la excitación de saber que al fin habían encontrado a Jane Finn.

El abogado dejó caer sobre la mesa el cuchillo y el tenedor.

—¿Le ha ocurrido algo a miss Tuppence? —Su tono era cortante.

—Ha desaparecido —dijo Hersheimmer.

—¿Cuándo?

—Hace una semana.

—¿Cómo?

Sir James lanzaba sus preguntas como disparos. Entre Tommy y Julius le contaron la historia de aquella semana y su inútil búsqueda.

Sir James fue en seguida a la raíz del asunto.

—¿Un telegrama, firmado con su nombre? Sabían lo bastante de los dos para hacer una cosa semejante. No estaban muy seguros de lo que usted habría aprendido en esa casa. El secuestro de miss Tuppence es la represalia de su huida. De ser necesario podrían sellarle los labios con la amenaza de lo que pudiera sucederle a ella.

Tommy asintió.

—Eso es lo que yo he pensado, señor.

—¿Usted lo ha pensado? —dijo sir James mirándole fijamente—. No está mal... No está nada mal. Lo curioso es que no sabía nada de usted cuando lo hicieron prisionero. ¿Está seguro de que no descubrió su identidad usted mismo?

Tommy negó con la cabeza.

—Así es —intervino Julius—. Por lo tanto reconozco que alguien les puso al corriente... y no antes del domingo por la tarde.

—Sí, pero ¿quién?

—¡El poderoso e inmenso míster Brown, por supuesto!

Había cierto matiz irónico en la voz del joven estadounidense que hizo que sir James le mirara en el acto.

—¿No cree usted en míster Brown, míster Hersheimmer?

—No, señor —replicó el estadounidense con énfasis— Es decir, no creo en él como tal. Reconozco que es una figura nominal... sólo un nombre con el que se asusta a los niños. El cabecilla verdadero de este tinglado es ese ruso... Kramenin. Le creo capaz de organizar revoluciones en tres países a la vez si se lo propone. Whittington es probablemente el cabecilla de la rama inglesa.

—No estoy de acuerdo con usted —replicó sir James tajante—. Míster Brown existe. —Se volvió a Tommy—. ¿Se fijó desde dónde fue enviado el telegrama?

—No, señor, me temo que no.

—¡Hum! ¿Lo lleva encima?

—Está arriba, señor, en mi maletín.

—Me gustaría echarle un vistazo, pero no hay prisa. Ya han perdido una semana. —Tommy agachó la cabeza—. Un día o dos más no tienen importancia. Primero nos ocuparemos de miss Jane Finn. Después nos pondremos a trabajar de firme para rescatar a miss Tuppence. No creo que corra peligro inminente. Es decir, en tanto ellos ignoren que tenemos a Jane Finn y que ha recobrado la memoria. Debemos mantenerlo en secreto a toda costa. ¿Comprendido?

Los dos jóvenes asintieron y tras quedar de acuerdo para la mañana siguiente, el gran abogado se despidió.

A las diez en punto, Tommy y el estadounidense estaban en el lugar acordado. Sir James se había reunido con ellos en la puerta y era el único que no parecía excitado. Les presentó al doctor.

—¿Nos permite subir a verla?

—Sigue bien, y evidentemente no tiene idea del paso del tiempo. Esta mañana preguntó cuántos se habían salvado del *Lusitania*. Y si había aparecido ya la lista en los periódicos. Claro que esto era de esperar. Aunque creo que tiene una preocupación.

—Me parece que podremos aliviar su ansiedad. ¿Nos permite subir a verla?

—Desde luego.

A Tommy el corazón comenzó a latirle más de prisa mientras subía la escalera detrás del médico. ¡Al fin Jane Finn! ¡La anhelada, la misteriosa y escurridiza Jane Finn! ¡Qué difícil le había parecido dar con ella! Y allí en aquella casa, con la memoria recobrada casi milagrosamente, yacía la muchacha que tenía en sus manos el futuro de Inglaterra. De sus labios casi se escapó un gemido. ¡Si Tuppence hubiera podido estar a su lado para compartir el final triunfante de su aventura! Luego apartó de su mente el recuerdo de Tuppence. Su confianza en sir James iba aumentando. Aquel hombre lograría descubrir el paradero de Tuppence. ¡Entretanto, Jane Finn! Y de pronto un repentino temor atenazó su corazón. Parecía demasiado fácil... ¿Y si la encontraban muerta... asesinada por la mano de míster Brown?

Al minuto siguiente se reía de sus fantasías. El doctor abrió la puerta de una habitación, penetrando en ella. Sobre la cama blanca yacía la muchacha con la cabeza vendada. En cierto modo parecía una escena irreal y daba la impresión de haber sido escenificada a la perfección.

La muchacha miró a cada uno de los recién llegados con sus grandes ojos ausentes. Sir James habló primero.

—Miss Finn —le dijo—, éste es su primo, míster Julius P. Hersheimmer.

Un ligero rubor coloreó el rostro de la joven, mientras Julius se adelantaba para estrecharle la mano.

—¿Cómo estás, prima Jane? —dijo en tono alegre.

Pero Tommy captó el temblor de su voz.

—¿Eres tú realmente el hijo de tío Hiram? —le preguntó.

Su voz, con el cálido acento del oeste, tenía un matiz casi emocionante, y a Tommy le resultó vagamente familiar, aunque lo consideró imposible.

—Pues claro.

—Solíamos leer cosas de tío Hiram en los periódicos —continuó la muchacha con su voz grave—. Pero nunca pensé que llegaría a conocerte. Mi madre se figuraba que tío Hiram nunca haría las paces con ella.

—El viejo era así —admitió Julius—. Pero creo que la nueva generación es distinta. No sirven de nada las peleas familiares. Lo primero que pensé, al terminar la guerra, fue venir a buscarte.

El rostro de la joven se ensombreció.

—Me han estado contando cosas... cosas terribles... que he perdido la memoria, y que hay años que no recordaré nunca... años de mi vida perdidos.

—¿No lo comprendes tú misma?

—Pues no. Me parece como si apenas hubiera transcurrido tiempo desde que fuimos introducidos en los botes. ¡Lo veo como si estuviera pasando ahora! —Cerró los ojos con un estremecimiento.

Julius miró a sir James, que hizo un gesto de asentimiento.

—No te atormentes más. No vale la pena. Ahora escucha, Jane, hay algo que quiero que me digas. A bordo iba un hombre que era portador de un documento importante, y los grandes personajes de este país dicen que te lo entregó a ti. ¿Es cierto?

La muchacha vacilaba, mirando ora a uno, ora a otro. Julius comprendió.

—Míster Beresford está autorizado por el gobierno inglés para devolver este documento a su país. Sir James Peel Edgerton es miembro del Parlamento inglés, y podría ser miembro del gabinete si quisiera. Gracias a él hemos podido dar al fin contigo. De modo que puedes contarnos toda la historia. ¿Te dio Danvers los papeles?

—Sí. Dijo que yo tenía más posibilidades de salvarme, ya que primero embarcaban a las mujeres y los niños.

—Lo que habíamos imaginado —dijo sir James.

—Dijo que eran muy importantes... que podrían hacer que todo cambiara para los aliados. Pero si ha pasado tanto tiempo, y la guerra ha terminado, ¿qué puede importar ahora?

—Imagino que la historia se repite, Jane. Primero se armó

gran alboroto y se lamentó la pérdida de esos papeles, y luego se fue apaciguando. Ahora ha vuelto al surgir de nuevo toda esa cuestión por distintas razones. ¿Entonces puedes entregárnoslos en seguida?

—Pero si no puedo.

—¿Qué?

—No los tengo.

—¿Qué tú... no los tienes? —Julius subrayó las palabras con pequeñas pausas.

—No... los escondí.

—¿Los escondiste?

—Sí. Estaba intranquila. Me parecía que me vigilaban, y me asusté... muchísimo. —Se llevó la mano a la cabeza—. Es casi lo último que recuerdo antes de despertarme en el hospital...

—Continúe. ¿Qué es lo que recuerda? —dijo sir James.

Jane se volvió a él obediente.

—Estaba en Holyhead. Fui ahí.. no recuerdo por qué...

—Eso no importa. Continúe.

—Me escurrí entre la confusión del muelle. Nadie me vio. Tomé un taxi y le dije al conductor que me llevara fuera de la población. Cuando estuvimos en la carretera abierta miré si nos seguía algún coche, pero no era así. Vi un camino al otro lado de la carretera, y le dije al taxista que esperara.

Hizo una pausa y continuó:

—El camino llevaba al acantilado bajando hasta el mar entre grandes arbustos amarillentos... que eran como llamas doradas. Miré a mi alrededor. No se veía ni un alma, y precisamente a la altura de mi cabeza había un hueco en la roca... bastante pequeño... sólo me cabía la mano, pero era profundo. Tomé el paquete impermeable que llevaba colgando del cuello y lo introduje lo más adentro que me fue posible. Luego arranqué unos matojos... ¡ay! cómo pinchaban... pero cubrían el agujero tan bien que nadie hubiera imaginado que allí había una cavidad. Entonces grabé en mi memoria aquel lugar para que pudiera volver a encontrarlo. Precisamente había una piedra muy curiosa... parecía un perro sentado pidiendo limosna. Luego regresé a la carretera donde me aguardaba el taxi, y una vez de regreso tomé el tren algo avergonzada por mi exceso de imaginación; pero poco a poco vi que un hombre sentado ante mí guiñaba un ojo a la mujer que estaba sentada a mi lado, y volví a sentirme asustada, y me alegré de haber puesto a salvo los papeles. Salí al pasillo a tomar un poco de aire y con la idea de trasladarme a otro vagón. Mas aquella mujer me llamó diciéndome que se me había caído no sé qué, y cuando me agaché para mirar, algo me golpeó... aquí... —señaló con la mano la parte posterior de su cabeza.

Hubo una pausa.

—Gracias, miss Finn —era sir James quien había hablado—. Espero que no la habremos cansado con nuestra conversación.

—¡Oh!, no tiene importancia. Me duele un poco la cabeza, pero por lo demás me encuentro bien.

Julius, adelantándose, volvió a estrecharle la mano.

—Hasta la vista, prima Jane. Voy a estar ocupado hasta que encuentre esos papeles, pero volveré en un abrir y cerrar de ojos, y haré que pases la temporada más divertida de tu vida en Londres antes de que regresemos a los Estados Unidos. Te lo prometo... de modo que date prisa en ponerte buena.

Capítulo XX

DEMASIADO TARDE

En la calle sostuvieron una especie de consejo de guerra. Sir James había sacado un reloj de su bolsillo.

—El transbordador que va a Holyhead se detiene en Chester a las doce catorce. Si se marchan en seguida creo que podrán alcanzar el tren que tiene enlace con él.

Tommy le miró extrañado.

—¿Es necesaria tanta prisa, señor? Hoy es sólo veinticuatro.

—Creo que siempre es conveniente madrugar —dijo Hersheimmer antes de que el abogado tuviera tiempo de replicar—. Iremos en seguida a tomar el tren.

Sir James frunció ligeramente el entrecejo.

—Ojalá pudiera acompañarles. Pero tengo que hablar en una reunión a las dos. Es una lástima.

Era evidente su contrariedad, así como la satisfacción de Julius al verse libre de su compañía.

—Creo que no se trata de nada complicado —observó—. Sólo de jugar al escondite.

—Eso espero —replicó sir James.

—Seguro. ¿Qué otra cosa iba a ser si no?

—Es usted muy joven todavía, míster Hersheimmer. A mi edad es probable que haya aprendido una lección: «Nunca desprecies a tu enemigo».

La gravedad de su tono impresionó a Tommy, aunque causó poco efecto en Julius.

—¡Usted cree que míster Brown va a venir a meter baza! Si lo hace me encontrará preparado. —Se palpó el bolsillo—. Llevo revólver. La pequeña Willie va conmigo a todas partes. —Sacó una automática que acarició con cariño antes de volverla a su sitio—. Pero esta vez no voy a necesitarla. No hay persona alguna que pueda avisar a míster Brown.

El abogado se alzó de hombros.

—No había nadie que pudiera avisar a míster Brown de que mistress Vandemeyer iba a traicionarle y, sin embargo, mistress

Vandemeyer murió sin hablar ni una palabra. Sólo quiero ponerle sobre aviso. Adiós y buena suerte. No corran riesgos innecesarios una vez tengan el documento en su poder. Si tienen algún motivo para creer que les han seguido, destrúyanlo en seguida. Les deseo buena suerte. Ahora el juego está en sus manos. —Les estrechó la mano a los dos.

Diez minutos más tarde los dos jóvenes hallábanse sentados en un compartimiento de primera clase camino de Chester.

Durante un buen rato ninguno habló, y cuando al fin Julius rompió el silencio fue con un comentario totalmente inesperado.

—Oiga —observó pensativo—, ¿alguna vez se ha enamorado usted estúpidamente como un tonto del rostro de una chica?

Tommy, tras reponerse de su asombro, se esforzó por recordar.

—No podría decirle —replicó—. Por lo menos ahora no lo recuerdo. ¿Por qué?

—Porque durante los dos últimos meses me he convertido en un sentimental por culpa de Jane. Desde el primer momento en que vi su fotografía el corazón me dio todos esos vuelcos de que hablan en las novelas. Me siento avergonzado al confesarlo, pero vine decidido a encontrarla y llevármela convertida en la esposa de Julius P. Hersheimmer.

—¡Oh! —exclamó Tommy asombrado.

Julius continuó refiriendo la cuestión con notoria brusquedad:

—¡Eso demuestra lo tonto que puede llegar a ser uno! ¡Una sola mirada a la chica de carne y hueso… y me he curado!

Sin saber qué decir sobre la cuestión, Tommy volvió a exclamar:

—¡Oh!

—No es que desprecie a Jane —continuó el otro—. Es una muchacha encantadora y capaz de enamorar a cualquiera.

—La encuentro muy atractiva —dijo Tommy encontrando al fin su lengua.

—Claro que lo es. Pero no se parece en nada a la fotografía. Bueno, en cierto sentido sí… puesto que la reconocí en seguida. De haberla visto en medio de una multitud hubiese dicho: «Esta cara la conozco», sin tener la menor vacilación. Pero había un algo en la foto… —Julius exhaló un largo y significativo suspiro—. ¡El amor es algo muy extraño!

—Debe serlo —dijo Tommy con frialdad—, si usted, estando enamorado de esa muchacha, pide a otra en matrimonio en menos de quince días.

Julius tuvo el pudor de violentarse.

—Pues verá, tuve una especie de presentimiento y creí que nunca lograría encontrar a Jane... y de todas formas fue una tontería creerme enamorado de ella. Y luego... ¡oh, bueno...!, los franceses, por ejemplo, ven las cosas de un modo mucho más sensible. Consideran que el amor y el matrimonio son cosas distintas...

Tommy enrojeció.

—¡Bueno, que me ahorquen! ¡Si eso es lo...!

Julius se apresuró a interrumpirle.

—Escuche, no se precipite. No quise decir lo que usted ha entendido. Los estadounidenses tenemos una moral mucho más elevada que ustedes. Lo que he querido decir es que los franceses ven el matrimonio por el lado comercial... buscan dos personas que se convengan mutuamente, miran la cuestión económica y lo consideran con espíritu práctico y comercial.

—En mi opinión —replicó Tommy—, hoy en día estamos todos demasiado materializados. Siempre decimos, ¿me conviene? Los hombres somos bastante malos, y las mujeres peores todavía.

—Cálmese, hombre. No se acalore.

—Pues lo estoy —dijo Tommy.

Julius, al contemplarle, decidió que lo mejor era no decir nada.

No obstante, Tommy tuvo tiempo de calmarse antes de llegar a Holyhead, y cuando llegaron a su destino su alegre sonrisa había vuelto a su rostro.

Tras preguntar, y con la ayuda de un mapa de carreteras, se orientaron en cuanto a la dirección a seguir y en un taxi se trasladaron sin más dilación a la carretera que lleva a Treaddur Bay. Dijeron al conductor que fuera despacio y vigilaron con suma atención para que no se les pasase el camino. Lo encontraron poco después de dejar la ciudad y Tommy hizo detener el taxi, preguntando en tono casual si llevaba hasta el mar, y al oír la respuesta afirmativa, lo despidió después de pagar el importe del viaje.

Momentos después el coche regresaba lentamente a Holyhead y Tommy y Julius al perderle de vista, echaron a andar por el estrecho sendero.

—Supongo que será éste —dijo Tommy sin gran seguridad—. Debe haber muchísimos parecidos por estos alrededores.

—Seguro. Mire estos arbustos. ¿Recuerda lo que dijo Jane?

Tommy contempló los arbustos cuajados de florecillas doradas que bordeaban el camino y quedó conmovido.

Fueron bajando uno detrás del otro. Julius iba delante. Por dos veces Tommy volvió la cabeza intranquilo, y Julius le preguntó:

—¿Qué ocurre?

—No lo sé. Debe haber sido el viento. Pero no puedo dejar de pensar que nos sigue alguien.

—No es posible —replicó Julius—. Le hubiéramos visto.

Tommy tuvo que admitir que era cierto. Sin embargo, su inquietud se acentuó, y a pesar suyo creía en el poder del enemigo.

—Casi preferiría que viniera ese individuo —comentó Julius, palpando su bolsillo—. ¡La pequeña Willie está deseando hacer ejercicio!

—¿Siempre la lleva… consigo? —preguntó Beresford en voz alta, manifestando profunda extrañeza y evidente curiosidad.

—Casi siempre. Nunca se sabe lo que puede ocurrir.

Tommy guardó un respetuoso silencio. Sentíase impresionado por la pequeña Willie, que al parecer suprimía la amenaza de míster Brown.

El camino corría al lado del acantilado, paralelo al mar. De pronto Julius se detuvo tan bruscamente que Tommy tropezó con él.

—¿Qué pasa? —quiso saber.

—Mire ahí. ¡Ahora ya no puede haber dudas!

Tommy miró donde le indicaban. En mitad del camino, casi bloqueando el paso, había una piedra que ciertamente recordaba la silueta de un perrito mendigando.

—Bien —replicó Tommy sin participar del entusiasmo de Julius—, es lo que esperábamos, ¿verdad?

Julius le miró con pesar y meneó la cabeza.

—¡La flema británica! Claro que lo esperábamos… pero de todas formas me emociona lo mismo verle ahí sentado donde esperábamos encontrarle.

Tommy, cuya calma era tal vez más aparente que natural, golpeó el suelo con el pie.

—Siga. ¿Y el agujero?

Registraron el acantilado, y Tommy dijo estúpidamente:

—Los matojos no estarán en él después de tantos años.

Y Julius replicó solemnemente:

—Supongo que tiene usted razón.

De pronto Beresford señaló con mano temblorosa cierto punto.

—¿Y esa cavidad de ahí?

Julius replicó con voz alterada:

—Ésa es… seguro.

Se miraron.

—Cuando estuve en Francia —dijo Tommy—, siempre que mi asistente se olvidaba de llamarme, decía que había perdido la cabeza. Yo nunca le creí. Pero ahora comprendo que existe esa sensación. ¡Ahora la siento intensamente!

Miró la roca con una especie de pasión arrebatada.

—¡Maldita sea! —exclamó—. ¡Es imposible! ¡Cinco años! ¡Piénselo! Niños que van en busca de niños, excursionistas, cientos de personas habrán pasado por aquí. ¡Existe una oportunidad contra ciento de que aún siga aquí! ¡Va contra la razón!

Le parecía imposible… más aún, quizá porque no podía creer en su propio éxito donde tantos otros habían fracasado. Era demasiado sencillo, y por lo tanto no era posible. El agujero estaría vacío.

Julius le miraba con una amplia sonrisa.

—Me parece que ahora está bien aturdido —exclamó con cierto regocijo—. ¡Bien, allá va! —E introdujo su mano en la cavidad, haciendo una mueca—. Es muy estrecha. La mano de Jane debe ser mucho más pequeña que la mía. No encuentro nada… no… oiga, ¿qué es esto? ¡Aquí está! —Y sacó un paquete pequeño y descolorido—. Tiene que ser el documento. Está cosido dentro de la cubierta impermeable. Sosténgalo mientras saco mi cortaplumas.

Lo increíble había ocurrido. Tommy sostuvo el paquete entre sus manos con ternura. ¡Habían triunfado!

—Es curioso —murmuró—, yo diría que las puntadas tendrían que estar rotas y parecen nuevas.

Las cortaron con sumo cuidado y quitaron la envoltura impermeable. En su interior encontraron una hoja de papel que desdoblaron con manos temblorosas. ¡Era una página en blanco! Se miraron extrañados.

—¿Será un engaño? —preguntó Julius—. ¿Acaso Danvers no fue más que un señuelo?

Tommy meneó la cabeza. Aquella solución no le satisfacía, y de pronto su rostro se iluminó.

—¡Ya lo tengo! ¡Tinta simpática!

—¿Usted cree?

—De todas formas vale la pena probarlo. Generalmente el calor la vuelve visible. Traiga algunas ramas. Haremos un fuego.

A los pocos minutos una pequeña hoguera de ramas y hojas ardía alegremente. Tommy sostuvo la hoja de papel cerca de la llama; el papel se curvó ligeramente por el calor, pero nada más.

De pronto Julius le asió del brazo, señalándole unos caracteres que iban apareciendo poco a poco.

—¡Bravo! ¡Hemos dado con él! Oiga, ha tenido usted una gran idea. A mí no se me hubiera ocurrido.

Tommy mantuvo el papel en la misma posición durante algunos minutos más hasta que juzgó que el calor había realizado su trabajo. Luego lo retiró. Momentos después lanzaba una exclamación.

En el centro de la hoja de papel y en letras de imprenta de color castaño se leía claramente:

«CON SALUDOS DE MÍSTER BROWN»

Capítulo XXI

TOMMY HACE UN DESCUBRIMIENTO

Durante unos instantes los dos se contemplaron estúpidamente, aturdidos por la sorpresa. De manera inexplicable míster Brown se había adelantado. Tommy aceptó la derrota con calma, no así Julius.

—¿Cómo diablos ha podido llegar antes que nosotros? ¡Eso es lo que me pone fuera de mí!

—Eso explica que las puntadas fuesen tan nuevas —repuso Tommy—. Podíamos haber adivinado...

—No importan esas malditas puntadas. ¿Cómo pudo llegar antes que nosotros? Es imposible llegar aquí antes de lo que llegamos nosotros, y de todas formas, ¿cómo lo supo? ¿Usted cree que había un micrófono en la habitación de Jane? Yo supongo que debía haberlo.

Mas el buen sentido de Tommy expuso algunos razonamientos.

—Nadie pudo saber de antemano que iba a ir a esa clínica... y mucho menos a qué habitación.

—Es cierto —admitió Julius—. Entonces una de las enfermeras debió espiar detrás de la puerta. ¿Qué le parece?

—De todas formas no creo que importe —dijo Tommy contrariado—. Pudo haberlo encontrado hace meses, y cambiar los papeles entonces... No, eso no es posible. Lo hubieran publicado en seguida.

—¡Segurísimo! No, alguien se nos ha adelantado hoy, pero lo que me intriga es cómo lo han sabido.

—Ojalá estuviera aquí Peel Edgerton —dijo Tommy pensativo.

—¿Por qué? —Julius le miró extrañado—. El mal ya estaba hecho cuando llegamos.

—Sí... —Tommy vacilaba sin saber cómo expresar su sentir... La absurda creencia de que de haber estado allí el abogado hubiese evitado la catástrofe. Y volvió a su primitivo punto de vista—. De nada sirve discutir sobre cómo ha ocurrido. El juego ha terminado y hemos fracasado. Sólo queda una cosa por hacer.

—¿Y qué es?

—Regresar a Londres lo más pronto posible para avisar a míster Carter. Ahora sólo es cuestión de horas para que estalle el desastre. Pero de todas formas, debe saberlo.

La tarea era desagradable, mas Tommy no tenía intención de soslayarla. Debía dar cuenta de su fracaso a míster Carter. Después su trabajo habría terminado. Tomó el tren correo del mediodía, de regreso a Londres, en tanto que Julius prefirió pasar la noche en Holyhead.

Media hora después de su llegada, pálido y nervioso, Tommy se presentaba ante su jefe.

—He venido a informarle, señor. He fracasado... fracasado rotundamente.

—¿Quiere decir que el convenio...?

—Está en manos de míster Brown.

—¡Ah! —dijo míster Carter, sin inmutarse. Su rostro no cambió de expresión aunque Tommy captó en sus ojos un relámpago de desesperación. Cosa que le convenció más que nada de que ya no quedaba ninguna esperanza.

—Bien —dijo míster Carter tras un silencio—. Supongo que no nos deben temblar las rodillas. Celebro saberlo definitivamente. Hemos hecho lo que hemos podido.

Por la mente de Tommy pasó como un relámpago la frase: «¡Ya no hay esperanza, y él lo sabe!»

—No lo tome tan a pecho, muchacho —le dijo en tono amable—. Ha hecho cuanto ha podido, pero su adversario era uno de los cerebros más grandes de este siglo. Y ha estado usted muy cerca del éxito. Recuérdelo.

—Gracias, señor. Es usted muy amable.

—La culpa es mía. Me lo he estado reprochando desde que oí las otras noticias.

Su tono atrajo la atención de Tommy haciéndole sentir nuevos temores.

—¿Hay... algo más, señor?

—Me temo que sí —replicó míster Carter en tono grave mientras tomaba una hoja de papel que había sobre su mesa.

—¿Tuppence?

—Lea usted mismo.

Las letras escritas a máquina bailaban ante sus ojos; describían un sombrerito verde, un abrigo con un pañuelo en uno de sus bolsillos marcado con las iniciales P. L. C. Tommy miró interrogadoramente a míster Carter, quien le contestó:

—Aparecieron en la costa de Yorkshire... cerca de Ebury. Me temo que... haya sido víctima de un atentado.

—¡Dios mío! —exclamó Tommy—. ¡Tuppence! Esos diablos... no descansaré hasta haber acabado con ellos. ¡Les perseguiré! Les...

La compasión que reflejaba el rostro de míster Carter le detuvo.

—Sé lo que siente, mi pobre amigo. Pero no va a servirle de nada. Gastará su energía inútilmente. Tal vez le parezca algo duro, pero mi consejo es éste: contenga sus ímpetus. El tiempo todo lo cura y olvidará.

—¿Olvidar a Tuppence? ¡Nunca!

—Eso piensa usted ahora —míster Carter meneó la cabeza—. Bueno, yo tampoco puedo soportar la idea... ¡Esa muchacha tan valiente! Lo siento mucho... muchísimo.

Tommy se rehízo con un esfuerzo.

—Le estoy entreteniendo, señor —dijo—. No tiene por qué reprocharse nada. Fuimos un par de tontos al acometer semejante empresa. Usted ya nos lo advirtió. Pero hubiera preferido ser yo la víctima. Adiós, señor.

De nuevo en el Ritz, Tommy fue recogiendo mecánicamente sus pocas pertenencias, ya que sus pensamientos estaban muy lejos. Aún no acababa de hacerse cargo de la tragedia que se había introducido en su tranquila existencia. ¡Con lo que él y Tuppence se habían divertido juntos! Y ahora... ¡Oh, no podía creerlo...! No podía ser cierto. ¡Tuppence... muerta! La pequeña Tuppence, rebosante de vida. Era un sueño, una horrible pesadilla, pero nada más...

Le trajeron un nota... unas breves palabras de simpatía de Peel Edgerton, que había leído la noticia en los periódicos, en los que aparecía bajo un gran titular: «SE TEME QUE HAYA MUERTO AHOGADA UNA EX AUXILIAR FEMENINA». La carta terminaba con el ofrecimiento de un empleo en un rancho de la Argentina, donde sir James tenía intereses considerables.

—Qué amable es —musitó Tommy al dejarla sobre la mesa.

Se abrió la puerta, y entró Julius con su habitual violencia y un periódico en la mano.

—Oiga, ¿qué significa esto? Parece que han publicado una noticia falsa acerca de Tuppence.

—Es cierto —dijo Tommy sin alterarse.

—¿Quiere decir que la han matado?

Tommy asintió.

—Supongo que al apoderarse del pacto, ella ya no les serviría de nada y tendrían miedo de dejarla en libertad.

—Bueno, que me ahorquen —exclamó Julius—. La pequeña Tuppence... la muchacha más valiente del mundo...

Algo pareció romperse de pronto en el interior de Tommy, que se puso en pie.

—¡Oh, márchese! ¡A usted no le importaba de verdad! Le pidió que se casara con usted con su eterna sangre fría, pero yo la amaba. Hubiera dado mi vida por evitarle el menor daño, y hubiese dejado que se casase con usted sin pronunciar palabra, porque podía darle lo que se merecía, y yo sólo soy un pobre diablo sin un céntimo. ¡Pero no hubiera sido porque no me importase!

—Escúcheme —empezó a decir Julius.

—¡Oh, váyase al diablo! No puedo soportar que venga aquí a hablarme de «la pequeña Tuppence». Vaya y cuide de su prima. ¡Tuppence me pertenece! Siempre la he querido... desde que jugábamos siendo niños, y cuando crecimos la quise lo mismo. Nunca olvidaré cuando estaba en el hospital y la vi aparecer con aquel delantal y la ridícula cofia. Fue como un milagro verla aparecer en el hospital... vestida de enfermera... a la muchacha que amaba...

Julius le interrumpió.

—¡Vestida de enfermera! ¡Ya lo tengo! ¡Debo ir a Colney Hatch! Juraría que también he visto a Jane vestida de enfermera. ¡Y eso es imposible! No. ¡Ya lo tengo! Fue a ella a quien vi hablando con Whittington en la clínica de Bournemouth. ¡Y no era una paciente! ¡Sino enfermera!

—Me atrevo a decir —dijo Tommy, enfadado— que probablemente ha estado con ellos desde el principio. No me extrañaría que hubiese sido ella quien robara a Danvers esos papeles para empezar.

—¡Que me ahorquen si lo hizo! —gritó Julius—. Es mi prima, y tan patriota como la que más.

—¡No me importa en absoluto lo que sea, pero salga de aquí! —replicó Tommy, también a voz en grito.

Los dos jóvenes estaban a punto de llegar a las manos, cuando de pronto el furor de Julius se apaciguó como por arte de magia.

—De acuerdo —dijo con calma—. Ya me marcho. No le reprocho nada de lo que me ha dicho. Ha sido una suerte que lo dijera. He sido el ciego más estúpido que es posible imaginar. Cálmese —Tommy había hecho un gesto de impaciencia—. Ahora me marcho... por si le interesa saberlo, a la estación del noroeste.

—No me importa en absoluto a dónde vaya —gruñó Tommy.

Cuando la puerta se hubo cerrado tras Julius, volvió a ocuparse de su equipaje.

—Listo —murmuró, disponiéndose a llamar al timbre.

Cuando se presentaron a su llamada, secamente ordenó:

—Bajen mi equipaje.

—Sí, señor. ¿Se marcha el señor?

—Sí, al diablo —replicó sin preocuparle los sentimientos de los demás.

No obstante, el empleado le respondió amablemente:

—Bien, señor. ¿Quiere que avise un taxi?

Tommy asintió.

¿A dónde iba? No tenía la más ligera idea. Aparte de su determinación de acabar con míster Brown, no tenía plan alguno. Releyó la carta de sir James. Tenía que vengar a Tuppence. No obstante, Edgerton era muy amable.

«Supongo que será mejor que le conteste.» Y se dirigió a la mesita dispuesta a este efecto. Con la acostumbrada perversidad de todos los hoteles, había muchos sobres, pero ninguna hoja de papel. Llamó y nadie acudió. Tommy maldijo aquel retraso, pero entonces recordó que había papel de cartas en la salita de Julius, y como el estadounidense le anunció su partida inmediata, no era de temer que se tropezase con él. Además, no le hubiera importado. Empezaba a avergonzarse de las cosas que le había dicho. ¡Oh! Julius supo tomarlo muy bien, y si le encontraba se disculparía.

Pero la habitación estaba desierta. Tommy se dirigió al escritorio y abrió el cajón central. Le llamó la atención una fotografía que había en su interior, y por un momento quedó como clavado en el suelo. Luego la agarró, cerró el cajón dirigiéndose a una butaca y sentóse con ella en la mano para contemplarla.

¿Qué diablos hacía la fotografía de la francesita Annette en el escritorio de Julius Hersheimmer?

Capítulo XXII

EN DOWNING STREET

El primer ministro tamborileó con dedos nerviosos sobre su escritorio. Su rostro denotaba cansancio y desánimo al proseguir la conversación que sostenía con míster Carter cn el punto en que fue interrumpida.

—No lo comprendo —dijo—. ¿De verdad cree que después de todo las cosas no han llegado a un extremo desesperado?

—Eso piensa ese muchacho.

—Volvamos a leer su carta.

Míster Carter se la entregó. Estaba escrita con letra juvenil.

«Querido míster Carter:

»He descubierto algo que me ha sorprendido. Claro que tal vez no tenga importancia, pero no lo creo. Si mis conclusiones son acertadas, esa chica de Manchester era una impostora. Todo fue planeado de antemano, así como lo del maldito paquete, con el objeto de hacernos creer que el juego había terminado; por lo tanto, creo que debíamos estar muy cerca de la verdadera pista.

»Creo saber quién es la verdadera Jane Finn, y también tengo una idea de dónde pueda estar el documento. Claro que esto último es sólo una corazonada, pero tengo el presentimiento de que acertaré. De todas formas, lo incluyo en sobre lacrado por si hiciera falta. Les pido que no lo abran hasta el último momento, es decir, a las doce de la noche del día veintiocho. Lo comprenderán en seguida. Verá, he deducido que lo de Tuppence es también falso, y que está tan viva como yo. Mis razonamientos son éstos: como última oportunidad dejarán escapar a Jane Finn con la esperanza de que haya estado fingiendo haber perdido la memoria, y que una vez se vea libre vaya directamente al lugar donde lo escondió. Claro que corren un gran riesgo, ya que ella conoce todos los secretos, pero están desesperados por hacerse con el documento. Mas si supieran que esos papeles fueron recobrados por nosotros,

173

esas dos jóvenes no tendrían ni una hora de vida. Debo intentar recuperar a Tuppence antes de que Jane escape.

»Deseo una copia del telegrama que le fue enviado a Tuppence al Ritz. Sir James Peel Edgerton dijo que usted podría proporcionármelo. Es muy inteligente.

»Una cosa más... por favor, haga que vigilen la casa del Soho de día y de noche.

»Suyo afectísimo,

T. Beresford.»

El primer ministro alzó los ojos.

—¿Y el sobre que incluye, según dice?

Míster Carter sonrió.

—En la caja del banco. No quiero correr riesgos.

—¿No cree usted que sería mejor abrirlo ahora? —dijo el primer ministro—. Habrá que asegurar el documento, es decir, suponiendo que la corazonada de ese joven fuera acertada, y podemos mantener en secreto el haberlo abierto.

—¿Sí? No estoy tan seguro. Estamos rodeados de espías. Y una vez se supiera yo no daría ni esto... —y dio un chasquido con los dedos— por la vida de esas dos señoritas. No, el muchacho ha confiado en mí y no voy a decepcionarle.

—Bien, bien, entonces lo dejaremos donde está. ¿Qué tal es ese muchacho?

—Exteriormente es un joven inglés de facciones corrientes y cabeza cuadrada. Lento en sus procesos mentales. Por otro lado, es casi imposible que le pierda su imaginación... porque no la tiene... Por eso es difícil de engañar. Medita las cosas lentamente y una vez consigue algo no lo deja escapar. Esa jovencita es muy distinta. Tiene más intuición y menos sentido común. Hacen una buena pareja para trabajar juntos. Calma y vitalidad.

—Parece de fiar —musitó el primer ministro.

—Sí, eso es lo que me da esperanza. Es muy tímido y tiene que estar muy seguro de una cosa antes de aventurar su opinión.

—Y este muchacho..., ¿desafiará al mayor criminal de nuestros días?

—¡Este muchacho...!, como usted dice. Pero algunas veces creo ver una sombra tras de él.

—¿Se refiere...?

—A Peel Edgerton.

—¿Peel Edgerton? —exclamó el primer ministro, asombrado.

—Sí. Veo su mano en esto. —Blandió la carta—. Está aquí...

trabajando en la sombra, silenciosamente. Siempre he pensado que si alguien habría de descubrir a míster Brown, sería Peel Edgerton. Le digo que ahora trabaja en este caso, pero no quiere que se sepa. Por cierto que el otro día me hizo una petición bastante rara.

—¿Sí?

—Me envió un recorte de periódico estadounidense que hablaba del hallazgo del cadáver de un hombre cerca de las dársenas de Nueva York hará cosa de tres semanas, pidiéndome que recogiera toda información que me fuera posible del asunto.

—¿Y bien?

Carter se encogió de hombros.

—No conseguí gran cosa. Resultó ser un hombre de unos treinta y cinco años… pobremente vestido… con el rostro desfigurado. No pudo ser identificado.

—¿Y usted imagina que ambos asuntos pueden tener alguna relación?

—En cierto modo, sí. Claro que puedo equivocarme.

Hubo una pausa y al cabo Carter continuó:

—Le pedí que pasara por aquí. No es que pensara sonsacarle algo que él no quisiera decir. Su sentido del deber es demasiado fuerte, pero no existe la menor duda de que él puede aclararnos un par de puntos oscuros de la carta del joven Beresford. ¡Ah, ya está aquí!

Los dos hombres se pusieron en pie al entrar el recién llegado, y como un relámpago pasó por la mente del premier este pensamiento: «¡Tal vez sea mi sucesor!».

—Hemos recibido una carta del joven Beresford —dijo míster Carter yendo directo al asunto—. Supongo que le habrá usted visto.

—Pues supone usted mal —replicó inmediatamente el abogado.

—¡Oh! —míster Carter quedó algo desilusionado.

Sir James sonrió acariciándose la barbilla.

—Me telefoneó —dijo.

—¿Tendría inconveniente en decirnos exactamente lo que pasó entre ustedes?

—Ninguno. Me dio las gracias por cierta carta que yo le había escrito… a decir verdad, ofreciéndole un empleo. Entonces me recordó algo que yo había dicho en Manchester con respecto a ese telegrama falso que hizo que se marchara miss Cowley. Le pregunté si había ocurrido algo nuevo y me dijo que… en un cajón del saloncito de míster Hersheimmer había descubierto una fotografía —el abogado hizo una pausa antes de continuar—. Le pregunté si la fotografía llevaba el nombre y la dirección de un fotógrafo de California, y me replicó: «Ha acertado usted, señor. Así es». Luego continuó contándome algo que yo ignoraba..., que el original de aquella fotografía era la francesita, Annette, que le había salvado la vida.

—¿Qué?

—Exactamente esto. Le pregunté, no sin cierta curiosidad, qué había hecho de la fotografía, y replicó que había vuelto a dejarla donde la encontró —el abogado hizo otra pausa—. Eso estuvo bien... francamente bien. Ese joven sabe hacer uso de su inteligencia. Le felicité. El descubrimiento fue providencial, puesto que desde el momento en que probaba que la joven de Manchester era una impostora, todo cambiaba. El joven Beresford lo comprendió así sin necesidad de que yo se lo dijera. Pero no podía confiar en su juicio para pensar en lo ocurrido a miss Cowley. Me preguntó si yo creía en la posibilidad de que siguiera con vida. Yo le dije que había muchas posibilidades a su favor, y todo eso nos hizo buscar ansiosos el telegrama.

—¿Sí?

—Le aconsejé que pidiera una copia original. Se me había ocurrido como cosa probable que después de que miss Cowley lo arrojara al suelo, ciertas palabras pudieron ser alteradas con la expresa intención de poner a sus amigos sobre una pista falsa.

Carter asintió, y sacando una hoja de papel de su bolsillo, leyó en voz alta:

«Ven en seguida a Astley Priors, Gatehouse. Kent. Grandes acontecimientos. —TOMMY.»

—Muy sencillo y muy ingenioso —dijo sir James—. Sólo unas palabras alteradas y la pista importante se pasa por alto.

—¿Cuál era?

—La declaración del botones de que miss Cowley se había dirigido a Charing Cross. Estaban tan seguros de sí mismos que dieron por hecho que se había equivocado.

—Entonces el joven Beresford ahora está...

—En Gatehouse, Kent, a menos que me equivoque.

Míster Carter le contempló con curiosidad.

—Me pregunto cómo no está usted también allí, Peel Edgerton.

—¡Ah, estoy muy ocupado trabajando en un caso!

—Creí que estaba de vacaciones…

—¡Oh!, tal vez fuese más exacto decir que estoy preparando un caso. ¿Sabe algo más de ese estadounidense sobre el que pedí informes?

—Me temo que no. ¿Es importante descubrir quién era?

—¡Oh!, ya sé de quién se trata —repuso sir James—. No puedo hablar…, pero lo sé.

No le hicieron ninguna pregunta, convencidos de que sería perder el tiempo.

—Pero lo que no comprendo —dijo de pronto el primer ministro— es cómo fue a parar al cajón de míster Hersheimmer esa fotografía…

—Tal vez nunca salió de allí —insinuó el abogado.

—Pero, ¿y el falso inspector de policía? ¿El inspector Brown?

—¡Ah! —replicó sir James pensativo, al tiempo que se ponía en pie—. No debo entretenerle más. Continúen con los asuntos de la nación. Yo debo volver a trabajar en mi… caso.

Dos días después Julius Hersheimmer regresaba de Manchester y encontró una nota de Tommy encima de la mesa:

«Apreciado Hersheimmer:

»Siento haber perdido los estribos. Por si no volviera a verle, adiós. Me han ofrecido un empleo en la Argentina, y puede que lo acepte.

»Suyo afectísimo,

T. Beresford.»

Una sonrisa muy peculiar apareció en el rostro de Julius.

—¡El muy tonto! —murmuro.

Capítulo XXIII

UNA CARRERA CONTRA RELOJ

Después de telefonear a sir James, Tommy se dispuso a visitar las Mansiones South Audley. Encontró a Albert cumpliendo sus tareas profesionales, y se presentó sin rodeos, como amigo de Tuppence. Albert mostrose muy amable.

—Esto ha estado muy tranquilo últimamente —le dijo en seguida—. Espero que la señorita estará bien.

—Pues ése es el caso, Albert. Ha desaparecido.

—¿Quiere decir que esos malvados se la llevaron?

—Eso han hecho.

—¿Al otro mundo?

—¡No, hombre!

—Pero ¿usted cree que la habrán matado?

—Espero que no. A propósito, ¿no tendrías por casualidad una tía, prima, abuela o alguna otra pariente que pudiera fingir que está a punto de morir?

Una sonrisa de placer se extendió lentamente por el rostro de Albert.

—Sí, señor. Mi pobre tía que vive en el campo hace tiempo que está enferma y no hace más que llamarme en su delirio.

Tommy asintió aprobadoramente.

—¿Puedes avisarle y reunirte conmigo en la estación de Charing Cross dentro de una hora?

—Allí estaré, señor. Puede contar conmigo.

Como Tommy había supuesto, el botones resultó un aliado valioso, y los dos instalaron su cuartel en la posada de Gatehouse. A Albert le correspondió la tarea de recoger información, cosa que hizo con toda facilidad.

Astley Priors era propiedad de un tal doctor Adams, que no ejercía ya. Se había retirado, según dijo el posadero, pero aún tenía algunas pacientes particulares, y aquí el buen hombre se tocó la cabeza. «¿Comprende?» El doctor era una figura popular en el pueblo, estaba suscrito a todas las sociedades… «es un caballero muy agradable». ¿Si llevaba allí mucho tiempo? ¡Oh!, un

178

par de años, poco más o menos..., tal vez más. Era un hombre de ciencia. Venían a verle muy a menudo profesores y gente de la ciudad. Su casa era muy grande, y siempre estaba llena de invitados.

Tommy sintió dudas al conocer sus relaciones. ¿Sería posible que aquella figura tan conocida y popular fuese en realidad un criminal peligroso? Su vida parecía tan abierta..., sin la menor sospecha de andanzas siniestras. ¿Y si todo aquello fuese una gigantesca equivocación? Tommy sintió frío sólo de pensarlo.

Luego recorrió los pacientes particulares y preguntó si entre ellos había alguno que respondiera a la descripción de Tuppence. Pero se sabía muy poco de ellos, pues apenas se les veía por los jardines. Luego describió a Annette, pero tampoco fue reconocida.

Astley Priors era un bonito edificio de ladrillos rojos, rodeado de espesas arboledas que impedían fuese visto desde la carretera.

La primera tarde, Tommy, acompañado de Albert, exploró los alrededores. Debido a la pertinente insistencia de Albert lo hicieron arrastrándose sobre sus estómagos, y por lo tanto produciendo mucho más ruido que si hubieran estado de pie. De todas formas, aquellas precauciones eran totalmente innecesarias. Aquellos terrenos, como todos los de las casas cercanas, estaban desiertos después de anochecer. Tommy creyó posible encontrar un perro furioso. Albert soñaba con un puma o una cobra amaestrada, mas llegaron hasta los matorrales que rodeaban la casa sin ser molestados.

Las cortinas del comedor estaban descorridas y se veía una gran mesa rodeada de gente. El oporto pasaba de mano a mano. Daba la sensación de que celebraban una fiesta normal y agradable. Por la ventana abierta salían fragmentos de conversación que flotaban en el aire de la noche. ¡Se discutía acaloradamente sobre cricket!

De nuevo Tommy sintió dudas. Le resultaba fácil creer que aquellas personas fueran otra cosa que lo que parecían. ¿Se habría engañado una vez más? El aspecto del caballero de la barba rubia y lentes que se sentaba a la cabecera de la mesa parecía extremadamente honrado y natural.

Tommy durmió mal aquella noche. A la mañana siguiente el infatigable Albert, que se había hecho amigo del chico de la verdulería, ocupó su puesto ganándose la confianza de la cocinera de Molthouse, y volvió con el informe de que sin duda alguna «era de la banda», pero Tommy desconfiaba de su vivaz imaginación. Al interrogarle, no pudo aportar nada que probara su declaración, sólo su propia opinión de que no era una persona como es debido... y que bastaba sólo con verla.

Aquella situación se repitió, debido en gran parte a la mayor ganancia económica por parte del chico de la verdulería al día siguiente, y Albert trajo la primera noticia que permitiera albergar alguna esperanza. En la casa había una jovencita francesa, y Tommy dejó a un lado sus vacilaciones. Aquélla era la confirmación de su teoría. Mas el tiempo apremiaba. Estaban a veintisiete. El veintinueve era el «Día del Trabajo», sobre el que circulaban tantos rumores. Los periódicos comenzaban a inquietarse, y se hablaba en ellos libremente de un sensacional *coup d'État* laborista. El gobierno nada decía. Sabiéndolo, estaba preparado. Corrían rumores de desavenencia entre los dirigentes laboristas. No eran todos de la misma opinión. Los que veían más allá de sus narices comprendían que sus propósitos podrían resultar un golpe mortal para la Inglaterra que amaban de corazón. Temblaban ante la perspectiva de hambre y miseria que traería consigo una huelga general, y deseaban encontrarse con el gobierno a medio camino. Mas tras ellos trabajaban fuerzas sutiles e insistentes, recordando antiguos errores, despreciando la debilidad de los términos medios, y fomentando malentendidos.

Tommy, gracias a míster Carter, comprendía la situación con bastante exactitud. Con el documento fatal en manos de míster Brown, la opinión pública se inclinaría del lado de los extremistas y revolucionarios laboristas. Sin él, no era posible luchar. El gobierno, con un ejército leal y la policía, podría ganar... aun a costa de grandes sufrimientos. Mas Tommy acariciaba otro sueño descabellado. Una vez desenmascarado míster Brown y hecho prisionero, creía que toda la organización se vendría abajo instantáneamente. La extraña y constante influencia de su jefe invisible les mantenía unidos. Sin él estaba convencido de que serían presa del pánico y una vez los hombres honrados fueran de nuevo dueños de la situación sería posible la reconciliación.

«Esto es todo obra de un solo hombre —decíase Tommy—. Lo que hay que hacer es atraparle.»

En parte, para sostener su ambicioso proyecto, había pedido a míster Carter que no abriera el sobre lacrado. El documento era su cebo. De vez en cuando se asustaba de su presunción. ¿Cómo se atrevía a pensar que había descubierto lo que tantos otros hombres mucho más inteligentes no consiguieron? Sin embargo, seguía firme en su idea.

Aquella noche, Albert y él penetraron una vez más en los terrenos que rodeaban Astley Priors con el propósito de entrar en la casa como fuera. Mientras se aproximaba cautelosamente, Tommy ahogó una exclamación.

En el segundo piso se recortaba una silueta en una de las ventanas gracias a la luz que había a sus espaldas. ¡Y Tommy la hubiera reconocido en cualquier parte! ¡Tuppence estaba en la casa!

Cogió a Albert por un hombro.

—¡Quédate aquí! Y cuando yo empiece a cantar mira la ventana.

Corrió a situarse en el camino que conducía a la casa y comenzó a cantar en voz ronca y paso vacilante el estribillo siguiente:

Soy un soldado,
Un alegre soldado inglés,
Ustedes pueden verlo por mis pies…

Había sido su canción favorita durante los días que estuvo en el hospital con Tuppence y estaba seguro de que ella habría de reconocerla y sacar conclusiones. Tommy no tenía oído para la música, pero sí unos magníficos pulmones, y armaba un ruido terrible.

De pronto un mayordomo impecable, acompañado por otro criado igualmente impecable, apareció en la puerta principal para amonestarle. Tommy continuó cantando, dirigiéndose al mayordomo y llamándole «viejo bigotes». El criado lo tomó de un brazo, y el mayordomo por otro, y le llevaron hasta la verja, amenazándole con llamar a la policía si volvía a entrar. Todo fue hecho con sobriedad y el mayor decoro. Cualquiera hubiera jurado que el mayordomo era auténtico, y el criado también… ¡Sólo que daba la casualidad de que el mayordomo era Whittington!

Tommy regresó a la posada y aguardó el regreso de Albert. Al fin éste apareció.

—¿Y bien? —exclamó con ansiedad.

—Salió perfectamente. Mientras le echaban a usted se abrió la ventana y alguien arrojó esto. —Le tendió un pedazo de papel. Iba envolviendo un pesacartas.

En el papel se leían estas cinco palabras:

«Mañana a la misma hora.»

—¡Gracias a Dios! —exclamó Tommy—. Hemos adelantado algo.

—Yo escribí un mensaje en un pedazo de papel y envolví con él una piedra que hice entrar por la ventana —continuó Albert sin respirar.

Tommy gruñó:

—Tu celo excesivo podría perdernos, Albert. ¿Qué escribiste?

—Puse que estábamos en la posada, y que si conseguía salir que viniera y croara como una rana.

—Comprenderá que has sido tú —dijo Tommy con un suspiro de alivio—. Tu imaginación corre más que tú, Albert. Eres incapaz de reconocer el croar de una rana aunque la oyeras.

Albert pareció algo abatido.

—Anímate —dijo Tommy—. No ha ocurrido nada malo. Ese mayordomo es un viejo amigo mío… y apuesto a que sabe quién soy, aunque lo disimulara. No entra en sus cálculos demostrar que sospechan. Por eso nos ha salido todo bien. No quieren desanimarme del todo. Y por otro lado, tampoco quieren ponerme las cosas demasiado fáciles. Soy un simple peón en su juego, Albert, eso es lo que soy. ¿Comprendes? Si la araña dejara escapar a la mosca demasiado fácilmente, la mosca pudiera pensar que se trataba de un truco. De ahí la utilidad de ese joven prometedor, T. Beresford, que aparece en el momento oportuno para ellos. ¡Pero será mejor que T. Beresford esté alerta!

Tommy se retiró a descansar aquella noche muy contento. Había preparado un plan para la noche siguiente. Estaba seguro de que los habitantes de Astley Priors no se meterían con él… hasta cierto límite, y se disponía a darles una sorpresa.

No obstante, a las doce su calma sufrió una brusca sacudida. Le avisaron de que alguien le esperaba en el bar, y resultó ser un carretero malcarado y cubierto de barro.

—Bien, amigo, usted dirá —le invitó Beresford.

—Traigo esto para usted. —El carretero le tendió una nota sucia en cuyo texto se leía: «Lleve esta nota al caballero que está en la posada cerca de Astley Priors y él le dará diez chelines».

La letra era de Tuppence. Tommy supo apreciar su rápida inteligencia, puesto que había previsto que pudiera estar en la posada bajo un nombre supuesto.

—Muy bien.

El hombre se la entregó.

—¿Y qué hay de mis diez chelines?

Tommy se apresuró a sacar un billete de diez chelines para recompensar al carretero por su hallazgo, que se dispuso a leer tan pronto como el carretero se hubo alejado:

«Querido Tommy:
»Supe que eras tú. No vengas esta noche. Te están preparando una trampa. Mañana por la mañana nos llevarán de aquí. Creo haber oído algo acerca de Gales... Holyhead, me parece. Si tengo oportunidad tiraré esto por la carretera. Annette me contó cómo habías escapado. Ánimo.
»Tuya,

TUPPENCE.»

Tommy llamó a Albert casi antes de terminar esta epístola.

—¡Haz el equipaje! ¡Nos vamos!

—Sí, señor. —Albert echó a correr.

¿Holyhead? ¿Es que al fin y al cabo...? Tommy estaba intrigado y volvió a leer despacio.

El ruido de las botas de Albert se oía en el piso de arriba.

De pronto volvió a llamarle a gritos.

—¡Albert! ¡Deshaz el equipaje!

—Sí, señor.

Tommy alisó la nota pensativo.

—Sí, soy un tonto —dijo en tono bajo—. ¡Pero no soy el único! ¡Y al fin sé quién es!

Capítulo XXIV

JULIUS ECHA UNA MANO

En sus habitaciones del Claridge, Kramenin estaba dictando a su secretario, en ruso sibilante, recostado en un diván.

De pronto sonó el teléfono, y el secretario, tras hablar unos momentos por él, se volvió a su jefe, diciéndole muy respetuoso.

—Abajo preguntan por usted.

—¿Quién es?

—Dice llamarse Julius P. Hersheimmer.

—Hersheimmer —repitió Kramenin, pensativo—. Creo haber oído ese nombre.

—Su padre era uno de los reyes del acero de Estados Unidos —explicó el secretario, cuya obligación era saberlo todo—. Este joven tiene que ser varias veces millonario.

Los ojos del otro se abrieron apreciativamente.

—Será mejor que bajes a verle, Iván. Averigua lo que desea.

El secretario obedeció y al salir cerró la puerta sin hacer el menor ruido. A los pocos minutos estaba de regreso.

—Se niega a decirlo... dice que es un asunto enteramente personal y que debe hablar con usted.

—Un multimillonario —murmuró Kramenin—. Hazle subir, mi querido Iván.

El secretario abandonó la estancia una vez más, para volver escoltando a Julius.

—¿Monsieur Kramenin? —dijo al entrar.

El ruso se inclinó, estudiándole con sus ojillos claros y venenosos.

—Celebro conocerle —dijo el estadounidense—. Tengo que hablarle de algunos asuntos muy importantes, si es posible verle a solas —concluyó señalando al otro.

—Éste es mi secretario, monsieur Grieber, para el que no tengo secretos.

—Usted puede que no..., pero yo sí —replicó Julius secamente—. De modo que le agradeceré de veras le diga que se largue.

—Iván —dijo el ruso en tono suave—, tal vez no te importe retirarte a la habitación contigua.

184

—La habitación de al lado no sirve —le interrumpió Julius—. Conozco estas *suites* ducales… y deseo que ésta quede vacía… con la excepción de usted y yo. Envíele al colmado de la acera de enfrente a comprar un penique de cacahuetes.

A pesar de que no le divertía precisamente el lenguaje libre del estadounidense, a Kramenin le estaba devorando la curiosidad.

—¿Van a llevarnos mucho tiempo… sus asuntos…?

—Tal vez toda la noche, si usted los entiende.

—Muy bien, Iván. No te necesitaré ya esta noche. Vete al teatro… tienes la noche libre.

—Gracias, Excelencia.

El secretario se inclinó y se fue.

Julius quedó en la puerta mirándole marchar. Al fin, con un suspiro de alivio, la cerró y volvió a situarse en el centro de la estancia.

—Ahora, míster Hersheimmer, tal vez sea usted tan amable de ir directamente a la cuestión.

—No tardo ni un minuto —replicó Julius, y luego, con un repentino cambio de tono, agregó—: ¡Manos arriba… o disparo!

Por un momento, Kramenin miró fijamente la enorme automática, pero luego, con prisa casi cómica, alzó sus manos por encima de su cabeza. En ese instante Julius tomó sus medidas. El hombre que tenía ante él era un vil cobarde… y el resto sería fácil.

—Esto es un atropello —exclamó el ruso con voz histérica—. ¡Un atropello! ¿Es que quiere matarme?

—No, si procura bajar la voz. No se acerque al timbre. Así está mejor.

—¿Qué es lo que quiere? No cometa imprudencias. Recuerde que mi vida tiene un valor incalculable para mi pueblo. Tal vez me hayan calumniado.

—Yo creo —dijo Hersheimmer— que el hombre que le agujeree hará un gran bien a la humanidad. Pero no tiene por qué preocuparse. No tengo intención de matarle ahora…, es decir, si se muestra razonable.

El ruso apreció la dura amenaza en los ojos de Julius y se pasó la lengua por sus resecos labios.

—¿Qué quiere usted? ¿Dinero?

—No. Quiero a Jane Finn.

—¿Jane Finn? ¡Nunca… oí ese nombre!

—¡Es usted un condenado mentiroso! Sabe perfectamente a quién me refiero.

—Le digo que nunca he oído hablar nada referente a ella.

—Y yo le digo que la pequeña Willie está deseando entrar en movimiento.

El ruso se amansó visiblemente.

—No se atrevería a...

—¡Oh, ya lo creo que sí!

Kramenin debió comprender que hablaba convencido porque dijo a pesar suyo:

—Bueno. Y suponiendo que supiera de quién se trata... ¿qué?

—Va a decirme ahora mismo... aquí mismo... dónde puedo encontrarla.

Kramenin movió la cabeza.

—No me atrevo.

—¿Por qué no?

—No me atrevo. Pide usted un imposible.

—Tiene miedo, ¿verdad? ¿De quién? ¿De míster Brown? ¡Ah, eso le asusta! ¿Es que existe, entonces? Lo dudaba. ¡Y su sola mención le produce tal efecto que se pone lívido de pavor!

—Le he visto —dijo el ruso despacio—. Le he hablado cara a cara. No lo supe hasta después. Era un tipo corriente. No le reconocería. ¿Quién es en realidad? Lo ignoro. Pero sé... que es un hombre de temer.

—Él no lo sabrá.

—Lo sabe todo... y su venganza no se hace esperar. ¡Incluso yo... Kramenin... no podría librarme de ella!

—Entonces, ¿no hará lo que le pido?

—Es imposible.

—Pues lo siento por usted —dijo Hersheimmer en tono festivo—. Mas el mundo en general se beneficiará. —Alzó el revólver.

—Espere —gritó el ruso—. ¿No irá a matarme?

—¡Pues claro que sí! Siempre he oído decir que ustedes los revolucionarios venden barata la vida, pero parece que es distinto cuando se trata de la parodia. Le doy la oportunidad de salvar su sucio pellejo y no la aprovecha.

—¡Me matarán!

—Bueno —repuso Julius, complacido—, como guste. Pero sólo diré una cosa. ¡La pequeña Willie es la muerte cierta, y yo en su lugar me arriesgaría a probar suerte con míster Brown!

—Le ahorcarán si me mata —musitó el ruso.

—No; ahí es donde se equivoca. Olvida los dólares. Se pondrán a trabajar una multitud de abogados, me someterán al examen de varios doctores y al fin dirán que mi cerebro está desequilibrado. Pasaré unos cuantos meses en un sanatorio tranquilo, donde mejorará mi salud mental. Y los médicos volverán a declararme curado, y todo terminará bien para el pequeño Julius. Supongo que podré soportar unos meses de aislamiento con tal de librar al mundo de su presencia, pero no se engañe pensando que me ahorcarán por ello.

El ruso le creyó. Como él estaba corrompido, creía ciegamente en el poder del dinero. Había leído que los juicios por asesinato se llevaban a cabo en Estados Unidos según las normas indicadas por Julius. Él mismo había comprado y vendido a la justicia. Aquel estadounidense tan joven y varonil, de voz expresiva, tenía la sartén por el mango.

—Voy a contar hasta cinco —continuó Julius—, y si me deja pasar de cuatro ya no necesitará preocuparse por míster Brown. ¡Puede que le envíe flores para su entierro, pero usted no las olerá! ¿Está dispuesto? Empezaré. Uno… dos… tres… cuatro…

El ruso le interrumpió con un grito.

—No dispare. Haré lo que desea.

Julius bajó el revólver.

—Sabía que tenía sentido común. ¿Dónde está esa joven?

—En Gatehouse, Kent. El lugar se llama Astley Priors.

—¿Está prisionera?

—No se le permite abandonar la casa… aunque es bastante segura, la verdad. La pobrecilla ha perdido la memoria, ¡maldita sea!

—Reconozco que debe haber sido una contrariedad para ustedes. ¿Qué ha sido de la otra joven?… La que secuestraron hará cosa de una semana.

—Está allí también —replicó el ruso.

—Bien. ¿No le parece que todo va saliendo estupendamente? ¡Y hace una noche espléndida para viajar!

—¿Viajar? —repitió Kramenin, sorprendido.

—Nos vamos a Gatehouse, desde luego. Le agradará.

—¿Qué quiere decir? Me niego a acompañarle.

—Ahora no pierda los estribos. Debe comprender que no soy tan tonto como para dejarle aquí. ¡Lo primero que haría sería telefonear a sus amigos! ¡Ah! —observó por la expresión del ruso que no ofrecía resistencia—. Comprenda, hay que dejarlo todo bien sentado. No, señor, usted se viene conmigo. ¿Su dormitorio está en la habitación de al lado? Entre allí. La pequeña Willie y yo le seguiremos. Póngase un abrigo grueso… bien. ¿Forrado de piel? ¡Y usted es socialista! Ahora ya estamos dispuestos. Bajaremos, y usted atravesará el vestíbulo para llegar hasta mi automóvil. ¡Y no olvide que no cesaré de vigilarle y que puedo disparar a través del bolsillo de mi abrigo! Una palabra, o tan sólo una mirada a cualquiera de los empleados, y es hombre muerto.

Juntos bajaron la escalera y llegaron al vestíbulo. El ruso temblaba de rabia. Estaban rodeados de empleados y estuvo a punto de gritar, pero en el último momento le faltó valor. El estadounidense era hombre de palabra.

Cuando estuvieron junto al automóvil, Julius exhaló un suspiro de alivio. Habían conseguido atravesar la zona de peligro y el miedo había hipnotizado al hombre que le acompañaba.

—Suba —le ordenó, y al sorprender una mirada de soslayo del ruso agregó—: No, el chofer no le ayudará. Es marino. Iba en un submarino cuando estalló la revolución. Un hermano suyo fue asesinado por los suyos. ¡George!

—¿Diga, señor? —el chofer volvió la cabeza.

—Este caballero es un ruso bolchevique. No deseamos matarle a menos que sea estrictamente necesario. ¿Entendido?

—Perfectamente, señor.

—Deseo ir a Gatehouse, Kent. ¿Conoce una carretera?

—Sí, señor. Está a una hora y media.

—Hágalo en una hora. Tengo prisa.

—Haré lo que pueda, señor. —El coche salió disparado entre el tránsito.

Julius se recostó cómodamente junto a su víctima. Conservaba la mano en el bolsillo, pero sus modales eran corteses hasta el máximo.

—Había un hombre contra quien disparé una vez en Arizona... —comenzó a decir en tono alegre.

Al cabo de una hora de viaje, el desgraciado Kramenin estaba más muerto que vivo. Después de la anécdota del hombre de Arizona había tenido que soportar otra de San Francisco y un episodio de las Rocosas. ¡El estilo narrativo de Julius, si no verídico, era por lo menos muy pintoresco!

Aminorando la marcha, el chofer les anunció que estaban llegando a Gatehouse. Julius obligó al ruso a que les indicara el camino. Su plan era ir directamente a la casa donde Kramenin preguntaría por las dos jóvenes. Julius le explicó que la pequeña Willie no toleraría el menor fallo. Por aquel entonces el pobre ruso era un juguete en sus manos. La terrible velocidad que llevaron todo el camino contribuyó a excitar sus nervios, pensando encontrar la muerte en cada recodo.

El automóvil enfiló la avenida y se detuvo ante el porche, donde el chofer aguardó nuevas órdenes.

—Dé la vuelta al coche primero, George. Luego, haga sonar

el timbre y vuelva a su puesto. Conserve el motor en marcha y esté dispuesto a salir pitando cuando le avise.

—Muy bien, señor.

La puerta principal fue abierta por el mayordomo, Kramenin sintió el cañón del revólver junto a sus riñones.

—Vamos —susurró Julius—. Y ande con cuidado.

El ruso gritó con los labios muy pálidos y voz insegura:

—¡Soy yo... Kramenin! ¡Baje a esa joven enseguida! ¡No hay tiempo que perder!

Whittington había bajado los escalones y exhaló una exclamación de asombro al ver al ruso.

—¡Usted! ¿Qué ocurre? Sin duda conocerá el plan...

Kramenin le interrumpió empleando las palabras que han creado tantos temores innecesarios:

—¡Hemos sido traicionados! ¡Hay que abandonar nuestros planes y salvar el pellejo! ¡La chica! ¡En seguida! Es nuestra única oportunidad.

Whittington vacilaba, pero fue sólo un instante.

—¿Tiene órdenes... de él?

—¡Naturalmente! ¿Estaría aquí si no? ¡Deprisa! No hay tiempo que perder. La otra chica tiene que venir también.

Whittington dio media vuelta y corrió al interior de la casa. Los minutos transcurrieron angustiosamente. Al fin... dos figuras envueltas en capas aparecieron en los escalones y fueron introducidas en el automóvil a toda prisa. La más pequeña de las dos quiso resistirse y Whittington la obligó sin ceremonia. Julius se inclinó hacia delante y al hacerlo la luz le dio de lleno en el rostro. Un hombre que estaba detrás de Whittington lanzó una exclamación de sorpresa. El engaño había llegado a su fin.

—Vámonos, George —gritó Julius.

El chofer se deslizó en su puesto y el coche arrancó con una brusca sacudida.

El hombre que había en el porche lanzó un juramento al llevarse la mano al bolsillo. Brilló un fogonazo y se oyó una detonación y la bala pasó a un centímetro de la más alta de las dos muchachas.

—Agáchate, Jane —le gritó Julius—. Échate al suelo —y luego apuntó con cuidado y disparó a su vez.

—¿Le ha dado? —exclamó Tuppence.

—Seguro —replicó Julius—. Aunque no le he matado. Esos golfos tienen siete vidas. ¿Se encuentra bien, Tuppence?

—¡Claro que sí! ¿Dónde está Tommy? ¿Y quién es éste? —señaló al tembloroso Kramenin.

—Tommy está haciendo el equipaje para irse a la Argentina. Supongo que creyó que usted había muerto. ¡Enfila la verja, George! Muy bien. Tardarán más de cinco minutos en poder seguirnos. Es de suponer que utilizarán el teléfono, de modo que hay que estar ojo avizor para no caer en ninguna trampa... será mejor que no vayamos por la carretera directa. ¿Dice usted que quién es éste? Permítame que le presente a monsieur Kramenin, al cual he convencido para que hiciera este viaje en bien de su salud.

El ruso continuó callado, y seguía lívido de terror.

—Pero, ¿cómo nos han dejado salir? —preguntó Tuppence, recelosa.

—¡He de confesar que monsieur Kramenin se lo ha pedido tan gentilmente que no han podido negarse!

Aquello fue demasiado para el ruso, que exclamó con vehemencia:

—¡Maldito sea..., maldito sea! Ahora saben que les he traicionado. En este país ya no me queda ni una hora de vida.

—Es cierto —asintió Julius—. Le aconsejo que vuelva a Rusia en seguida.

—Suélteme entonces —exclamó el otro—. Ya hice lo que usted quería. ¿Por qué quiere que siga a su lado?

—No es precisamente por el placer de su compañía. Me imagino que puede marcharse ya, si lo desea, pero pensé que preferiría que le lleváramos de nuevo a Londres.

—No llegarán nunca a Londres —rugió Kramenin—. Déjenme bajar aquí.

—Desde luego. Para, George. El caballero no nos acompaña de regreso. Si alguna vez voy a Rusia, monsieur Kramenin, espero un caluroso recibimiento, y...

Mas antes de que Julius hubiera terminado su discurso y de que el coche se hubiera detenido del todo, el ruso saltó del automóvil, desapareciendo rápidamente en la noche.

—Estaba algo impaciente por dejarnos —comentó Julius cuando el coche volvía a adquirir velocidad—. Y ni siquiera se ha despedido de las señoritas. Jane, ahora ya puede sentarse.

Por primera vez habló la joven.

—¿Cómo le «persuadió» usted? —preguntó.

Julius acarició su revólver.

—¡El mérito es de la pequeña Willie!

—¡Estupendo! —exclamó la joven, y el color volvió a sus mejillas al mirar a Julius con admiración.

—Annette y yo no sabíamos lo que iba a ocurrirnos —dijo

Tuppence—. El viejo Whittington nos hizo salir a toda prisa. Pensábamos que nos llevaba al matadero como corderitos.

—Annette —dijo Hersheimmer—, ¿es así como usted la llama? Parecía querer acostumbrarse a la novedad.

—Ése es su nombre —replicó Tuppence, abriendo mucho los ojos.

—¡Cáscaras! —repuso Julius—. Puede creer que se llama así porque la pobrecilla ha perdido la memoria. Pero ante usted tiene en estos momentos a la verdadera Jane Finn.

—¿Qué…? —exclamó Tuppence.

Pero la interrumpió el ruido de una bala al introducirse en la carrocería del coche, detrás de su cabeza.

—Agáchense —gritó Julius—. Es una emboscada. Esos individuos han ido muy deprisa. Corre un poco más, George.

El automóvil salió hacia delante. Sonaron otros tres disparos; pero ninguno les alcanzó. Julius miró hacia atrás.

—No hay a quién disparar —anunció, contrariado—. Pero me imagino que no tardarán en darnos otra fiestecita. ¡Ah!

Se llevó la mano a la mejilla.

—¿Le han herido? —dijo Annette, preocupada.

—Sólo es un rasguño.

La joven se levantó del suelo.

—¡Déjeme bajar! ¡Le digo que me dejen bajar! Paren el coche. Es a mí a quien persiguen. No quiero que pierdan la vida por mi culpa. Déjenme bajar. —Y comenzó a forcejear con la manija de la portezuela.

Julius la sujetó por ambos brazos, mirándola con fijeza al darse cuenta de que había hablado sin el menor acento extranjero.

—Siéntate, pequeña —le dijo en tono amable—. Me parece que a tu memoria no le ocurre nada malo. Les has estado engañando todo el tiempo, ¿verdad?

La muchacha asintió y de pronto se deshizo en lágrimas. Julius le dio unas breves palmaditas en el hombro.

—Vamos, vamos… estáte quieta. No vamos a dejar que te atrapen.

Entre sollozos, la muchacha consiguió decir:

—Eres de mi patria. Lo adivino por tu voz. Me hace sentir nostalgia de mi casa.

—¡Claro que soy de tu patria! Soy tu primo… Julius Hersheimmer. Vine a Europa para buscarte… ¡y vaya trabajo que me has dado!

El automóvil aminoró la marcha y George dijo por encima de su hombro:

—Aquí hay un cruce, señor, y no estoy seguro qué dirección seguir.

El coche fue disminuyendo su velocidad hasta moverse apenas, cuando una figura, que por lo visto iba montada en la parte trasera, asomó su cabeza en medio de todos ellos.

—Lo siento —dijo Tommy, disculpándose.

Le saludaron con una salva de exclamaciones, a las que contestó explicándoles:

—Estaba entre los arbustos de la avenida y me monté en la parte de atrás. No pude avisaros debido a la velocidad que llevabais. Bastante trabajo tenía en procurar no caerme. Ahora... ¡ya podéis apearos!

—¿Apearnos?

—Sí. Hay una estación junto a esa carretera. El tren pasará dentro de tres minutos. Si os dais prisa podréis alcanzarlo.

—¿Qué diablos persigue con todo esto? —quiso saber Julius—. ¿Cree poder engañarles abandonando el automóvil?

—Usted y yo no lo abandonaremos. Sólo las señoritas.

—Está usted loco, Beresford. ¡Loco de remate! No puedo dejarlas solas. Si lo hiciera sería el fin.

Tommy se volvió a Tuppence.

—Baja en seguida, Tuppence, y llévatela como te digo. Ninguna de las dos recibirá daño alguno. Estáis a salvo. Tomad el tren que va a Londres e id directamente a ver a sir James Peel Edgerton. Míster Carter vive fuera de la ciudad, pero estaréis a salvo con el abogado.

—¡Maldito sea! —exclamó Julius—. Está loco, Jane, quédate donde estás.

Con un movimiento rápido Tommy arrebató el revólver de la mano de Julius.

—¿Ahora creéis que hablo en serio? Salid las dos, y haced lo que os he dicho, o... disparo.

Tuppence saltó del coche arrastrando tras de sí a Jane que se resistía.

—Vamos, si no pasa nada. Si Tommy dice que no hay peligro... será verdad. Date prisa. Vamos a perder el tren.

Echaron a correr.

Julius exteriorizó su ira.

—¿Qué diablos...?

Tommy le interrumpió.

—¡Cállese! Deseo hablar unas palabras con usted, míster Julius Hersheimmer.

192

Capítulo XXV

EL RELATO DE JANE

Sin soltar el brazo de Jane, Tuppence llegó jadeante a la estación, y su fino oído captó el rumor del tren que se aproximaba.

—Deprisa, o lo perderemos.

Llegaron al andén en el preciso momento en que se detenía. Tuppence abrió la puerta de un compartimiento de primera clase que estaba vacío, y las dos muchachas se dejaron caer sobre los mullidos asientos, extenuadas y sin aliento.

Un hombre asomó la cabeza y luego pasó al coche siguiente. Jane se sobresaltó y sus ojos se dilataron por el terror cuando miró a Tuppence interrogadoramente.

—¿Crees que será uno de ellos?

Tuppence negó con la cabeza.

—No, no. No te preocupes. —Tomó la mano de Jane—. Tommy no nos hubiera obligado a hacer esto si no estuviera seguro de que habría de salir bien.

—¡Pero él no les conoce tan bien como yo! —La joven se estremeció—. Tú no puedes comprenderlo. ¡Cinco años! ¡Cinco largos años! Algunas veces creí que iba a volverme loca.

—No pienses en eso. Ahora todo ha pasado.

—¿Tú crees?

El tren comenzaba a moverse, y poco a poco fue adquiriendo su normal velocidad. De pronto Jane Finn sobresaltose.

—¿Qué ha sido eso? Me ha parecido una cara… que nos miraba por aquella ventanilla.

—No. No hay nadie. Mira —Tuppence fue hasta la ventanilla y bajó el cristal.

—¿Estás segura?

—Segurísima.

Jane se vio precisada a dar alguna explicación.

—Creo que me estoy portando como un conejillo asustado, pero no puedo evitarlo. Si me atraparan ahora… —Sus ojos se abrieron desmesuradamente.

—¡No! —suplicó Tuppence—. Échate y no pienses. Puedes te-

193

ner la seguridad de que Tommy no nos hubiera dicho que estaríamos a salvo si no fuera verdad.

—Mi primo no opinaba lo mismo. Él no quería que viniéramos.

—No —repuso Tuppence un tanto violenta.

—¿En qué estás pensando? —preguntó Jane.

—¿Por qué?

—¡Tu voz ha sonado tan… extraña!

—Sí, pensaba en algo —confesó Tuppence—. Pero no quiero decírtelo ahora. Puede que esté equivocada, aunque no lo creo. Es una idea que se me metió en la cabeza hace algún tiempo. A Tommy le ha ocurrido lo mismo… estoy casi segura. Pero no te preocupes… ya habrá tiempo para eso después. ¡O puede que no lo haya en absoluto! De modo que haz lo que te digo… échate ahora y no pienses en nada.

—Lo intentaré —las largas pestañas se abatieron sobre sus ojos castaños.

Tuppence por su parte, continuó sentada… en actitud parecida a la de un terrier en guardia. A pesar suyo estaba nerviosa y sus ojos iban continuamente de una ventanilla a otra. Le hubiera sido difícil decir lo que temía, mas en su interior estaba muy lejos de sentir la confianza que puso en sus palabras. No es que desconfiara de Tommy, pero de vez en cuando le asaltaba la duda de que alguien tan sencillo y noble como él pudiera ser capaz de desenmascarar al criminal más malvado de aquellos tiempos.

Una vez llegaran junto a sir James Peel Edgerton todo iría bien. Pero ¿conseguirían llegar a su lado? ¿No se estarían organizando las silenciosas fuerzas de míster Brown contra ellas? Ni el ver a Tommy, revólver en mano, le había dado confianza. Tal vez ahora estuviese ya en manos de sus enemigos… Tuppence trazó su plan de campaña.

Cuando el tren se detuvo al fin de Charing Cross, Jane Finn se incorporó, sobresaltada.

—¿Hemos llegado? ¡No creí que lo consiguiéramos!

—Oh, hasta aquí no era de esperar que ocurriera nada. Si ha de haber jaleo, es ahora cuando empezará. Bajemos deprisa, tomaremos un taxi en cuanto podamos.

Al minuto siguiente cruzaban la salida, después de satisfacer el importe del billete, y subían a un taxi.

—King's Cross —ordenó Tuppence y acto seguido pegó un respingo. Un hombre había mirado por la ventanilla en el momento que el coche se ponía en marcha, y estaba casi segura de que era el mismo que ocupó el compartimiento contiguo al suyo.

Tuvo la horrible sensación de que la iban rodeando lentamente por todos lados.

—¿Comprendes? —le explicó Jane—. Si cree que vamos a ver a sir James, esto les despistará. Ahora creerán que vamos a casa de míster Carter, que vive en las afueras, al norte de Londres.

En Holborn había un atasco, y el taxi tuvo que detenerse. Aquello era lo que Tuppence había estado esperando.

—Deprisa —susurró—. ¡Abre la portezuela de la derecha!

Las dos jóvenes se apearon entre el tránsito y dos minutos después hallábanse en otro taxi retrocediendo lo andado, esta vez para ir directamente al Carlton House Terrace.

—Vaya —dijo Tuppence con gran satisfacción—, esto les despistará. ¡No puedo por menos que pensar que soy bastante inteligente! ¡Cómo se enfadará el otro taxista! Pero he tomado su número, y mañana le enviaré un giro postal para que no pierda nada, si es que era realmente un taxista. ¿Qué es eso...? ¡Oh!

Hubo un gran ruido y una terrible sacudida. Habían chocado con otro taxi.

Como un relámpago, Tuppence saltó a la acera. Se aproximaba un policía, pero antes de que llegara, Tuppence había entregado cinco chelines al taxista y se perdía entre la multitud en compañía de Jane.

—Estamos sólo a unos cuantos pasos —dijo Tuppence sin aliento. El accidente se había producido en la Plaza Trafalgar.

—¿Tú crees que hemos chocado por casualidad, o fue deliberado?

—No lo sé. Pueden ser las dos cosas.

Las dos muchachas corrieron velozmente tomadas de la mano.

—Puede que sean imaginaciones mías —dijo Tuppence de pronto—, pero tengo la desagradable sensación de que alguien nos sigue.

—¡Corre! —murmuró Jane—. ¡Oh, corre!

Estaban llegando a la esquina de Carlton House Terrace y sus temores se disiparon. De pronto un hombre alto y al parecer beodo les bloqueó el paso.

—Buenas noches, señoritas —dijo hipando—. ¿Adónde van tan deprisa?

—Déjenos pasar, por favor —dijo Tuppence en tono imperioso.

—Sólo quiero cambiar unas palabras con su hermosa amiguita. —Y alargando un brazo inseguro tomó a Jane por un hombro. Tuppence oyó otros pasos a sus espaldas y no se entretuvo en averiguar si se trataba de sus amigos o de los de él. Bajando la cabeza puso en práctica un truco de sus días de colegio, y golpeó con ella al agresor en pleno estómago. El éxito de su táctica poco deportiva fue inmediato. El hombre cayó sentado bruscamente sobre la acera, y Tuppence y Jane aprovecharon aquella oportunidad para escapar a todo correr. La casa que buscaban estaba un poco más abajo. Otros pasos resonaban tras ellas, y apenas podían respirar cuando llegaron a la puerta de sir James. Tuppence apretó el timbre y Jane golpeó el llamador.

El hombre que las había detenido llegaba entonces al pie del tramo de escalones... estuvo dudando unos instantes, y en esto se abrió la puerta. Las dos se precipitaron a un tiempo dentro del recibidor. Sir James salió de la biblioteca.

—¡Hola! ¿Qué es esto?

Se adelantó para sostener a Jane que parecía ir a desmayarse. La llevaron a la biblioteca y la tendieron sobre el sofá de cuero. Escanció un poco de coñac en un vaso y la obligó a beberlo. Jane se sentó con los ojos todavía muy abiertos por el miedo.

—No tiene por qué temer, pequeña. Ahora está a salvo.

Su respiración se hizo más acompasada y el color volvió a sus mejillas. Sir James miraba a Tuppence fijamente.

—De modo que no ha muerto, miss Tuppence..., ¡está tan viva como su amigo Tommy!

—Los Jóvenes Aventureros no se dejan matar así como así —replicó Tuppence.

—Eso parece —fue la seca contestación de sir James—. Estoy en lo cierto al pensar que su aventura ha terminado felizmente y que ésta es... —se volvió a la muchacha sentada en el sofá—, ¿miss Jane Finn?

—Sí —repuso la aludida—. Yo soy Jane Finn. Y tengo muchas cosas que contarle.

—Cuando se encuentre mejor.

—¡No... ahora! —su voz se elevó un tanto—. Me sentiré segura cuando lo haya contado todo.

—Como guste —dijo el abogado.

Y sentóse en una de las enormes butacas frente al sofá. Jane comenzó su historia.

—Me embarqué en el *Lusitania*, pues iba a hacerme cargo de un nuevo empleo en París. Me preocupaba muchísimo la guerra y me moría de ganas por ayudar de alguna manera. Había estado estudiando francés y mi profesora me dijo que necesitaban ayuda en un hospital de París, de modo que escribí ofreciendo mis servicios y me aceptaron. No tenía ningún pariente, así que me fue fácil arreglarlo todo.

»Cuando el *Lusitania* fue torpedeado, un hombre se acercó a mí. Había reparado en él en más de una ocasión... y siempre pensé que tenía miedo de algo... o de alguien. Me preguntó si era estadounidense y patriota, y me dijo que era portador de unos papeles que eran cuestión de vida o muerte para los aliados, pidiéndome que me hiciera cargo de ellos. Yo debía esperar que apareciera un anuncio en el *Times*, y si no se publicaba, entregarlos al embajador estadounidense.

»Lo que pasó después todavía me parece una pesadilla. Algunas veces vuelvo a verlo en sueños... Lo contaré muy por encima. Míster Danvers me dijo que estuviera alerta..., que posiblemente le habrían seguido desde Nueva York, aunque no lo creía así. Al principio no tenía sospechas, pero una vez en el bote camino de Holyhead empecé a sentirme intranquila. Había una mujer que se ocupaba mucho de mí, y por lo general siempre charlaba conmigo... una tal mistress Vandemeyer. Al principio le estaba agradecida por sus atenciones; pero no obstante había algo en ella que me disgustaba, y en el bote salvavidas la vi hablando con un hombre de extraño aspecto, y por el modo de mirarme comprendí que hablaban de mí. Recordé que estaba muy cerca de mí cuando míster Danvers me entregó el documento en el *Lusitania,* y antes de eso trató de hablar con él un par de veces. Empecé a sentirme asustada, pero no sabía qué hacer.

»Me asaltó la idea de detenerme en Holyhead y no continuar hasta Londres aquel día, pero no tardé en comprender que era una gran estupidez. Lo único que cabía hacer era portarme como si nada hubiese notado, y esperar. Nada podrían hacerme estando sobre aviso. Tomé una sola precaución... abrí el paquete impermeable y sustituí el documento por un papel en blanco. De modo que si alguien me lo robaba no importase.

»Lo que me preocupó en extremo era dónde esconder el auténtico. Al fin lo desdoblé... constaba sólo de dos hojas de papel... y lo introduje entre las páginas de una revista. Pegué los bordes con la goma de un sobre, y la llevé siempre en el bolsillo de mi chaquetón.

»En Holyhead traté de ocupar un compartimiento entre personas de aspecto normal. Pero siempre me encontraba rodeada de gente, que me empujaba en dirección contraria a la que yo quería llevar. Era algo aterrador. Al fin me vi en un vagón en el que iba mistress Vandemeyer. Salí al pasillo, pero los demás compartimientos estaban llenos, y tuve que volver a mi sitio. Me consolé pensando que había otras personas... un hombre de aspecto agradable con su esposa que iban sentados ante nosotros. Recliné la cabeza y cerré los ojos. Imagino que me creyeron dormida, pero mis ojos no estaban cerrados del todo, y de pronto vi que el hombre de aspecto agradable sacaba algo de su maleta y lo entregaba a mistress Vandemeyer al tiempo que le guiñaba un ojo...

»No puedo explicarles lo que pasó por mí. Mi único pensamiento era salir al corredor tan pronto como me fuera posible. Me levanté tratando de parecer natural y tranquila. Tal vez notaron algo... no lo sé... pero de pronto mistress Vandemeyer dijo "Ahora", y algo cubrió mi nariz y mi boca, cuando quise gritar. En aquel mismo instante sentí un golpe terrible en la parte de atrás de la cabeza.

Se estremeció, y sir James le dirigió unas palabras de consuelo. Luego Jane continuó:

—Ignoro cuánto tiempo tardé en recobrar el conocimiento. Me sentía muy mareada y enferma. Estaba tendida en una cama sucia, oculta tras un biombo y pude oír a dos personas que hablaban en la habitación. Mistress Vandemeyer era una de ellas. Luego empecé a comprender de qué se trataba... y quedé horrorizada. Aún no sé cómo pude contenerme y no gritar.

»Habían encontrado los papeles. El paquete impermeable con las dos hojas en blanco, ¡y estaban furiosos! No sabían si yo había cambiado los papeles o si Danvers fue portador de un mensaje para despistar, mientras el verdadero era enviado por otro conducto. Hablaron de... —cerró los ojos— ¡torturarme hasta que lo averiguaran!

»Hasta entonces no había conocido aquel miedo... aterrador. Una vez se acercaron a mirarme. Yo cerré los ojos simulando seguir sin conocimiento, pero temía que oyeran los latidos de mi corazón. Sin embargo, volvieron a marcharse. Empecé a pensar y pensar... ¿Qué podía hacer? Sabía que no era capaz de soportar mucho tiempo el tormento.

»De pronto, algo me hizo pensar en la pérdida de memoria. Era un tema que siempre me había interesado y había leído muchísimo sobre él. Me lo sabía al dedillo. Si conseguía ponerlo en práctica con éxito, tal vez lograra salvarme. Recé, y luego abriendo los ojos comencé a balbucir en francés.

»Mistress Vandemeyer dio vuelta al biombo en el acto. Su rostro tenía una expresión tan malvada que casi me muero, pero le sonreí, preguntándole en francés dónde me encontraba.

»Comprendí que la había intrigado. Llamó al hombre que hablaba con ella, y permaneció junto al biombo con el rostro en la penumbra para que me hablase en francés. Su voz era vulgar y tranquila, pero sin embargo, y sin saber por qué; me asustó aún más que ella. Me daba la impresión de que podía leer a través de mí, pero continué con mi farsa. Volví a preguntar dónde me encontraba, y luego dije que debía recordar algo... algo... pero que de momento no me acordaba de nada. Procuré mostrarme cada vez más preocupada. Me preguntó cómo me llamaba. Yo dije que no lo sabía... que no conseguía recordar nada.

»De pronto me agarró de una mano y empezó a retorcerme el brazo. Me hacía mucho daño y grité. Continuó retorciéndomelo y yo grité y grité, pero procurando lanzar exclamaciones en francés. Ignoro cuánto tiempo hubiera continuado así, pero por suerte me desmayé. Lo último que oí fue una voz que decía: "¡No finge! Una chica de su edad no sabe tanto". Me figuro que olvidaron que las muchachas estadounidenses son mayores que las inglesas aunque tengan la misma edad y que se interesan por los temas científicos.

»Cuando volví en mí, mistress Vandemeyer se mostró dulce como la miel. Me figuré que había recibido órdenes. Me habló en francés, diciéndome que había sufrido un shock nervioso y estado muy enferma, pero que no tardaría en ponerme bien. Fingí estar bastante aturdida... y murmuré "que el doctor me había hecho daño en la muñeca". Ella pareció aliviada al oírlo.

»Luego se marchó de la habitación. Yo seguía recelando y no me moví durante algún tiempo. No obstante, al fin, me levanté y examiné la estancia. Pensé que aunque me estuvieran observando parecería natural, dadas las circunstancias. Era un lugar sucio y destartalado. No tenía ventanas, cosa que me llamó la atención. Imaginé que la puerta estaría cerrada, pero no lo comprobé. En las paredes había algunos cuadros descoloridos representando escenas de *Fausto*.

Los dos oyentes de Jane lanzaron un «¡Ah!» al unísono, y la joven asintió.

—Sí..., estaba en la casa del Soho donde encerraron a míster Beresford. Claro que entonces ni siquiera sabía que estaba en Londres. Una cosa me preocupaba en grado sumo; pero mi corazón saltó de gozo al ver mi chaquetón sobre el respaldo de una silla. *¡Y la revista seguía estando en el bolsillo!*

»¡Si hubiera podido estar segura de que no me observaban! Revisé las paredes con suma atención. No parecía haber ninguna mirilla... sin embargo, estaba segura de que debía haberla. ¡De pronto, me senté sobre la mesa, y escondiendo el rostro entre las manos comencé a sollozar, exclamando: *Mon Dieu! Mon Dieu!* Tengo un oído muy fino, y pude oír el rumor de una falda y un crujido ligero. Eso fue suficiente para mí. ¡Me vigilaban!

»Volví a tenderme en la cama y al cabo de un rato mistress Vandemeyer me trajo algo de cena. Seguía mostrándose muy amable. Supongo que debieron decirle que ganara mi confianza. De pronto me mostró un paquete impermeable preguntándome si lo reconocía, y sin dejar de observarme ni un instante.

»Lo tomé entre mis manos y estuve dándole vueltas con aire intrigado. Luego moví la cabeza y dije que debía recordar algo relacionado con él, que me daba la impresión de que iba a acudir a mi memoria y que luego, antes de poder recordarlo, volvía a alejarse. Entonces me dijo que yo era su sobrina, y que la llamara tía Rita. Obedecí y agregó que no me preocupara... que no tardaría en recobrar la memoria.

»Fue una noche terrible. Yo había trazado mi plan antes de que llegara. Los papeles habían estado seguros hasta entonces, pero no podía correr el riesgo de dejarlos allí por más tiempo. Podían tirar la revista en cualquier momento. Permanecí despierta hasta lo que yo calculaba que debían ser las dos de la mañana. Entonces me levanté sin hacer ruido y fui palpando la pared hasta dar con uno de los cuadros, que descolgué... el de Marguerite con el cofrecillo de joyas. Saqué la revista del bolsillo de mi chaquetón y un par de sobres que había puesto en ella. Entonces fui hasta el palanganero y humedecí el papel castaño de la parte posterior del grabado, hasta que pude separarlo. Previamente había arrancado las dos páginas de la revista con las dos preciosas joyas del documento y las deslicé entre el grabado y el papel castaño que había detrás del cuadro. Con un poco de goma de los sobres conseguí pegarlo de nuevo. Nadie hubiera sospechado lo hecho. Volví a colgarlo en la pared, puse la revista en el bolsillo del chaquetón y volví a acostarme. Estaba satisfecha del escondite. Nunca se les ocurriría mirar en sus propios cuadros. Esperaba que llegasen a la conclusión de que Danvers había llevado un documento falso, y que al fin me dejaran marchar.

»A decir verdad, creo que eso debieron pensar al principio, y en cierto modo era peligroso para mí. Después supe que estuvieron a punto de deshacerse de mí, y... no hubo oportunidad de dejarme marchar... puesto que el primer hombre, que era el jefe, prefirió conservarme viva por si acaso los hubiera escondido, y pudiera decirles dónde, cuando recobrase la memoria. Durante semanas me vigilaron constantemente. Algunas veces me interrogaban... Supongo que no ignoraban nada acerca del tercer grado... pero conseguí no traicionarme. Aunque aquella tensión fue terrible...

»Me devolvieron a Irlanda y vigilaron todos mis pasos por si había escondido algo *en route*. Mistress Vandemeyer y otra mujer no me dejaron ni un momento. Decían que era pariente de mistress Vandemeyer y que había perdido la memoria debido al hundimiento del *Lusitania*. No tenía a nadie a quien acudir sin descubrirme ante ellos y, si me arriesgaba y fracasaba... Mistress Vandemeyer iba tan bien vestida y era tan hermosa que estaba segura de que todos habrían de creerle a ella, pensando que era parte de mi dolencia mental el creerme perseguida... y comprendí que los horrores de mi aislamiento serían mucho más terribles si llegasen a enterarse de que había estado fingiendo.

Sir James asintió comprensivamente.

—Mistress Vandemeyer era una mujer de gran personalidad. Con su posición social le hubiera resultado fácil imponer su punto de vista frente al de usted. Sus acusaciones sensacionales contra ella no hubieran sido tenidas en cuenta.

—Eso es lo que pensé. Terminaron por enviarme a un sanatorio en Bournemouth. Al principio no sabía si era falso o auténtico. Una enfermera se hizo cargo de mí. Yo era una enferma especial. Me pareció tan simpática y normal que al fin resolví confiar en ella. La Providencia me salvó a tiempo de caer en aquella trampa. Por casualidad mi puerta estaba entreabierta y la oí hablar con alguien en el pasillo. ¡Era una de ellos! Aún imaginaban que pudiera estar fingiendo y era la encargada de asegurarse. Después de esto ya no me atreví a confiar en nadie.

»Creo que casi me hipnoticé yo misma. Al cabo de un tiempo, apenas recordaba que yo era Jane Finn. Estaba tan acostumbrada a representar el papel de Jane Vandemeyer, que mis nervios empezaron a fallarme. Estuve enferma... de verdad, varios meses y caí en una especie de atontamiento. Tenía el convencimiento de que iba a morirme pronto, y de que nada importaba ya. Dicen que una persona cuerda puede llegar a perder la razón encerrada en un sanatorio de lunáticos. Creo que eso me pasó. El representar aquel papel se había convertido para mí en una segunda naturaleza. Al final ni siquiera me sentía desgraciada... sólo práctica. Todo me daba lo mismo... y los años fueron trascurriendo.

»Y de repente, las cosas cambiaron. Mistress Vandemeyer regresó a Londres. Ella y el doctor me estuvieron haciendo preguntas, y probaron diversos tratamientos. Se habló de enviarme a un especialista de París. Al final, no se arriesgaron. Oí algo que parecía demostrar que otras personas... amigas... me buscaban. Más tarde supe que la enfermera que me cuidaba había ido a París para consultar al especialista simulando ser yo. Le sometió a algunos tests que demostraron que su pérdida de memoria era fingida, pero había tomado nota de sus métodos y me sometieron a ellos. Confieso que no hubiera podido engañar al especialista ni por un momento... el hombre que ha pasado toda su vida estudiando una cosa es único... pero me las arreglé para salir airosa ante ellos. El que ya no pensara como Jane Finn me ayudó mucho.

»Una noche, sin previo aviso, me llevaron a Londres, y me devolvieron a la casa del Soho. Una vez fuera del sanatorio empecé a sentirme distinta... como si en mí hubiera habido algo enterrado durante mucho tiempo que empezaba a despertar de nuevo.

»Me enviaron a servir a míster Beresford. Claro que entonces desconocía su nombre. Tuve miedo... pensé que era otra trampa, pero tenía una cara tan simpática que me resistía a creerlo. Sin embargo, tuve gran cuidado con mis palabras porque podían oírnos. Hay un agujero pequeño en lo alto de la pared.

»Pero el domingo por la noche llegó un mensaje a la casa, todos parecieron preocupados y sin que se dieran cuenta les estuve escuchando. Habían recibido orden de matarlo. No es preciso que les cuente lo que siguió, porque ya lo saben. Creí que tendría tiempo de subir para sacar los papeles de su escondite, pero me atraparon, de modo que grité que se escapaba y que yo deseaba volver con Marguerite. Grité el nombre tres veces, con todas mis fuerzas. Para que creyeran que llamaba a mistress Vandemeyer, pero con la esperanza de que tal vez a míster Beresford se le ocurriera pensar en el cuadro. Lo había descolgado el primer día... y eso fue lo que me impidió confiar en él.

Hizo una pausa.

—Entonces el documento —dijo sir James— sigue estando en la parte de atrás de uno de los cuadros de esa habitación.

—Sí —la joven volvió a tenderse en el sofá extenuada por la tensión de recordar aquella larga historia.

Sir James se puso en pie y miró su reloj.

—Vamos —dijo—, tenemos que ir en seguida.

—¿Esta noche? —preguntó Tuppence, sorprendida.

—Mañana pudiera ser demasiado tarde —replicó sir James en tono grave—. Además, yendo esta noche tenemos la oportunidad de capturar al gran hombre y supercriminal... ¡A míster Brown!

Hubo un silencio y sir James continuó:

—Las han seguido hasta aquí... de eso no hay duda. Cuando salgamos de esta casa volverán a seguirnos, pero no nos molestarán, porque míster Brown tiene dispuesto que le guiemos. La casa del Soho está vigilada por la policía día y noche y por varios hombres. Cuando entremos en ella, míster Brown no retrocederá... lo arriesgará todo con tal de conseguir la chispa que hará estallar su bomba. ¡Y él imagina que el riesgo no será grande... puesto que entrará disfrazado de amigo!

Tuppence enrojeció, abriendo la boca impulsivamente.

—Pero hay algo que usted ignora... que no le he dicho. —Miró a Jane, perpleja.

—¿Qué es? —preguntó sir James, impaciente—. No hay que vacilar, miss Tuppence. Tenemos que estar seguros de todo.

Mas Tuppence, por primera vez, parecía tener la lengua atada.

—Es tan difícil... comprenda, si me equivoco. Oh, sería terrible. —Hizo una mueca indicando a Jane—. Nunca me perdonaría —observó.

—Quiere que la ayude, ¿verdad?

—Sí, por favor. Usted sabe quién es míster Brown, ¿no es cierto?

—Sí —replicó sir James—. Al fin lo sé.

—¿Al fin? —preguntó, vacilando—. Oh, pero yo creía... —Se detuvo.

—Pensaba acertadamente, miss Tuppence. He tenido la certeza moral de su identidad desde hace algún tiempo... desde la noche de la misteriosa muerte de mistress Vandemeyer.

—¡Ah! —exclamó Tuppence.

—Porque iba contra la lógica de los hechos. Existían sólo dos soluciones. O bien el cloral lo tomó por su propia mano, cosa que rechazo plenamente, o de otro modo.

—¿Sí?

—Le fue administrado en el coñac que usted le dio a beber. Sólo tres personas tocaron ese coñac... usted, miss Tuppence, yo, y una tercera... ¡Julius Hersheimmer...! Sí. ¡Ése era nuestro hombre! Seguro.

Jane Finn volvió a sentarse mirando al abogado con ojos de asombro.

—Al principio me parecía imposible. Míster Hersheimmer, como hijo de un millonario prominente, era una figura bien conocida en Estados Unidos. Parecía imposible que él y míster Brown pudieran ser la misma persona. Pero no se puede escapar a la lógica de los hechos… puesto que era así… debía aceptarse. Recuerde la repentina e inexplicable agitación de mistress Vandemeyer. Otra prueba más, si es que era necesaria.

»Tan pronto como me fue posible, me tomé la libertad de dejárselo entrever. Por algunas palabras que dijo míster Hersheimmer en Manchester me figuré que usted lo había comprendido y actuaba de acuerdo con ello. Entonces me telefoneó y me dijo lo que yo ya sospechaba, que la fotografía de miss Jane Finn no había dejado de estar nunca en posesión de míster Hersheimmer…

Mas la joven le interrumpió poniéndose en pie y exclamando con enojo:

—¿Qué quiere usted decir? ¿Qué trata de insinuar? ¿Que Julius es míster Brown? ¡Julius… mi propio primo!

—No, miss Finn —dijo sir James inesperadamente—. No es su primo. El hombre que se hace llamar Julius Hersheimmer no tiene ningún parentesco con usted.

Capítulo XXVI

MÍSTER BROWN

Las palabras de sir James produjeron el efecto de una bomba. Las dos jóvenes se miraron extrañadísimas. El abogado dirigiose a su escritorio, regresó con un recorte de periódico que entregó a Jane. Tuppence lo leyó por encima de su hombro. Míster Carter lo hubiera reconocido. En él se hablaba de un hombre misterioso que fue encontrado muerto en Nueva York.

—Como le decía a miss Tuppence —resumió el abogado—, me puse a trabajar para probar lo que parecía imposible. El muro más difícil de franquear era el hecho innegable de que Julius Hersheimmer no era un nombre supuesto. Cuando llegó a mis manos este recorte, mi problema quedó resuelto. Julius Hersheimmer había salido en busca del paradero de su prima. Fue al oeste, donde le dieron noticias y una fotografía que le ayudara a encontrarla. La tarde de su partida de Nueva York fue asaltado y asesinado. Vistieron su cadáver con ropas humildes y le desfiguraron el rostro para evitar que pudieran identificarlo. Míster Brown ocupó su puesto, y salió inmediatamente para Inglaterra. Ninguno de los verdaderos amigos o parientes del auténtico Hersheimmer le vieron antes de partir... aunque en realidad, poco hubiera importado, puesto que la suplantación era perfecta. Desde entonces ha sido carne y uña de los que nos habíamos conjurado para echarle abajo. Todos nuestros secretos le eran conocidos. Sólo una vez estuvo a punto de fracasar. Mistress Vandemeyer conocía su secreto. No entraba en sus cálculos que ofrecieran una cantidad tan crecida para sobornarla. A no ser el afortunado cambio de plan de miss Tuppence, hubieran estado lejos del piso cuando nosotros llegamos. Vio claramente que estaba descubierto y dio un paso desesperado, confiado en su supuesta personalidad para evitar sospechas. Casi lo consiguió... aunque no del todo.

—No puedo creerlo —murmuró Jane—. Parecía tan espléndido.

—¡El verdadero Julius Hersheimmer era muy espléndido! Y

míster Brown es un actor consumado. Pero pregunte a miss Tuppence si no tenía también sus sospechas.

Jane se volvió a Tuppence sin articular palabra.

—No quería decirlo, Jane... sabía que iba a dolerte. Y, después de todo, no estaba segura. Todavía sigo sin comprender por qué nos rescató, si era míster Brown.

—¿Fue Julius Hersheimmer quien les ayudó a escapar?

Tuppence relató a sir James los emocionantes acontecimientos de aquella noche, concluyendo:

—¡Pero no comprendo por qué!

—¿No? Pues yo sí. Y también el joven Beresford, por lo que me ha contado. Como última esperanza había que dejar escapar a Jane Finn... y debía organizarse de modo que no sospechara que era una farsa. No les importó que el joven Beresford estuviera en el vecindario, y que de ser preciso se comunicara con usted. Ya procurarían quitarle de en medio en el momento oportuno. Entonces Julius Hersheimmer las rescata de un modo melodramático. Llueven las balas... pero no hieren a nadie. ¿Qué hubiera ocurrido luego? Que las hubieran llevado directamente a la casa del Soho para asegurar el documento que miss Finn sin duda hubiera confiado a la custodia de su primo. O, de ser él quien dirigiera la búsqueda, hubiera simulado encontrar el escondite vacío. Hubiera tenido una docena de salidas para resolver la situación, pero el resultado hubiese sido el mismo. Imagino que después a ustedes dos les hubiera ocurrido algún accidente. Sabían demasiado. Confieso que me han pescado dormitando, pero alguien estaba muy alerta.

—Tommy —dijo Tuppence en voz baja.

—Sí. Sin duda cuando llegó el momento de librarse de él... fue más listo que ellos. De todas formas, no estoy demasiado tranquilo, por lo que le puede haber ocurrido a ese muchacho.

—¿Por qué?

—Porque Julius Hersheimmer es míster Brown —replicó sir James secamente—. Y es preciso más de un hombre y más de un revólver para detener a míster Brown.

Tuppence palideció.

—¿Qué podemos hacer?

—Nada. Hasta que hayamos ido a la casa del Soho. Si Beresford aún les lleva ventaja no hay que temer. ¡Por otra parte, si el enemigo viene a buscarnos, no nos encontrará desprevenidos!

Y dicho esto sacó un revólver de uno de los cajones de su escritorio y lo guardó en el bolsillo de su americana.

—Ahora estamos dispuestos. Sé que ahora menos que nunca puedo pedirle que no venga, señorita Tuppence.

—¡Por supuesto!

—Pero sugiero que miss Finn se quede aquí. Estará a salvo y me parece que está extenuada por todo lo que ha tenido que soportar.

Pero ante la sorpresa de Tuppence, Jane movió la cabeza.

—No. Yo voy con ustedes. Esos papeles fueron entregados a mi custodia. Debo seguir este asunto hasta el final, y ahora me encuentro mucho mejor.

Sir James mandó traer su automóvil, y durante el breve trayecto el corazón de Tuppence latió apresuradamente. A pesar de sus momentáneas dudas e inquietudes con respecto a Tommy, no podía dejar de sentirse contenta. ¡Iban a conseguirlo!

El coche dobló la esquina de la plaza, y se apearon. Sir James se aproximó a un hombre vestido de paisano que estaba de servicio con otros, y después de dirigirle unas palabras, volvió a reunirse con las dos jóvenes.

—Nadie ha entrado en la casa hasta ahora. Está vigilada también por la parte de atrás de modo que están seguros. Cualquiera que lo intente, después que entremos nosotros, será detenido inmediatamente. ¿Vamos?

Un policía trajo una llave. Todos conocían a sir James, y también habían recibido órdenes con respecto a Tuppence. Sólo el tercer miembro de la expedición les era desconocido. Entraron los tres cerrando la puerta a sus espaldas, y lentamente comenzaron a subir la desvencijada escalera. Arriba estaba la raída cortina que ocultaba el rincón donde Tommy estuvo escondido aquel día. Tuppence había oído contárselo a Jane cuando para ella era sólo «Annette». Contempló el terciopelo descolorido con interés. Incluso hasta imaginaba ver el contorno de una figura… Casi podía jurar que se movía… como si hubiera alguien oculto tras ella. Tan fuerte era aquella ilusión que creyó que míster Brown… Julius estaba allí esperándoles…

¡Imposible! No obstante apartó la cortina para asegurarse…

Estaban llegando al cuarto prisión. Allí no había sitio donde poder ocultarse, pensó Tuppence con un suspiro de alivio al tiempo que se reprendía severamente. No debía dejarse llevar de sus tontas imaginaciones… de aquella persistente sensación de que míster Brown estaba en la casa… ¡Eh! ¿Qué era aquello? ¿Unas fuertes pisadas en la escalera? Debía haber alguien en la casa. ¡Era absurdo! Se estaba poniendo nerviosa.

Jane fue directamente a descolgar el grabado de Marguerite. Estaba cubierto de una espesa capa de polvo y los festones de telarañas colgaban entre él y la pared. Sir James le tendió su cortaplumas y ella rasgó el papel castaño de la parte de atrás del cuadro... Una página de anuncio de una revista cayó al suelo y Jane la recogió y, al separar sus extremos, extrajo dos hojas de papel fino, cubiertas de escritura.

¡Esta vez no eran falsas! ¡Sino las verdaderas!

—Lo hemos conseguido —dijo Tuppence—. Al fin...

El momento era de gran emoción, y se olvidaron los ligeros crujidos y ruidos imaginarios de minutos antes. Ninguno de ellos tenía los ojos más que para lo que Jane tenía en sus manos.

Sir James lo cogió, examinándolo atentamente.

—Sí —dijo con calma—, éste es el maldito documento.

—Hemos triunfado —exclamó Tuppence maravillada.

Sir James repitió sus palabras mientras doblaba el papel con sumo cuidado y lo introducía en su librito de notas. Luego contempló aquella habitación con curiosidad.

—¿Aquí es donde estuvo encerrado su joven amigo, ¿verdad? —dijo—. Es un lugar siniestro. Fíjense en la ausencia de ventanas y el grosor de la puerta que cierra herméticamente. Lo que aquí ocurra no podrá ser oído en el exterior.

Tuppence se estremeció; aquellas palabras la alarmaron. ¿Y si hubiera alguien oculto en la casa? ¿Alguien que cerrara aquella puerta y les dejara encerrados en aquella ratonera? Comprendió en seguida lo absurdo de sus pensamientos. La casa estaba rodeada por la policía, quien de no verles salir, no vacilaría en entrar para efectuar un registro. Se rió de sus temores... y al alzar los ojos se sobresaltó al verse observada por sir James.

—Tiene usted razón, miss Tuppence. Usted olfatea el peligro, igual que yo, y que miss Finn.

—Sí—admitió Jane—. Es absurdo... pero no puedo evitarlo.

Sir James volvió a asentir.

—Ustedes perciben... todos presentimos... la presencia de míster Brown. Sí, no existe la menor duda... míster Brown está aquí.

—¿En la casa?

—En esta habitación... ¿No lo comprenden? Yo soy míster Brown.

Estupefactas le miraron sin dar crédito a sus oídos. Las líneas de su rostro habían cambiado. Tenían ante ellas a un hombre distinto, que sonreía de un modo cruel.

—¡Ninguna de las dos saldrá con vida de esta habitación! Acaban de decir que hemos triunfado. ¡Yo he triunfado! El documento es mío.

Su sonrisa se ensanchó al mirar a Tuppence.

—¿Quiere saber lo que ocurrirá? Más pronto o más tarde entrará la policía y encontrará a las víctimas de míster Brown... tres, ¿comprende? No, dos pero por fortuna la tercera no estará muerta, sólo herida y podré describir el ataque con toda suerte de detalles. ¿Y el documento? Está en manos de míster Brown. ¡De modo que a nadie se le ocurrirá registrar los bolsillos de sir James Peel Edgerton!

Se volvió a Jane.

—Usted supo engañarme. Lo reconozco, pero no volverá a ocurrir.

Se oyó un ligero ruido a sus espaldas, pero embebido en su éxito no volvió la cabeza. Se llevó la mano al bolsillo.

—Jaque mate a los Jóvenes Aventureros —dijo alzando lentamente su automática.

Mas, al hacerlo, sintióse aprisionado por una garra de hierro. El revólver cayó de su mano, y la voz de Julius Hersheimmer dijo despacio:

—Le hemos pillado con las manos en la masa.

La sangre desapareció del rostro del abogado, pero el dominio que tenía de sí mismo era maravilloso, y se puso en evidencia al mirar a sus dos opresores. Contempló a Tommy largamente.

—Usted —dijo entre dientes—. ¡Usted! Debí habérmelo figurado.

Al ver que no ofrecía resistencia aflojaron la presión, y rápido como el rayo, se llevó la mano izquierda, en la que llevaba un gran anillo, a los labios.

—*Ave César, morituri te salutan!* —dijo sin dejar de mirar a Tommy.

Luego su rostro cambió y con un estremecimiento convulsivo cayó hacia delante como un saco, mientras se esparcía por el aire un extraño olor a almendras amargas...

Capítulo XXVII

CENA EN EL SAVOY

La cena ofrecida por míster Julius Hersheimmer en la noche del día treinta a un grupo de amigos habría de recordarse mucho tiempo en los centros de abastecimientos. Tuvo efecto en un departamento privado y las órdenes de míster Hersheimmer fueron breves y terminantes. Dio carta blanca... y cuando un millonario da carta blanca suele conseguir lo que quiere.

Todas las exquisiteces fuera de estación fueron presentadas. Los camareros servían el vino añejo y superior, tratando las botellas con suma delicadeza. La decoración floral desafiaba a todas las estaciones, y frutas que maduraban en mayo y otras en noviembre, se encontraban reunidas milagrosamente. La lista de invitados era reducida, pero selecta. El embajador de Estados Unidos; míster Julius Carter, que según dijo se había permitido la libertad de traer a un amigo suyo: sir William Beresford; el arcediano Cowley, el doctor Hall, los dos Jóvenes Aventureros, miss Cowley y míster Thomas Beresford, y por último, aunque no la última, la invitada de honor, miss Jane Finn, en cuyo homenaje organizó Julius Hersheimmer la tal fiesta.

Julius no había escatimado esfuerzos para que la aparición de Jane fuera todo un éxito. Una llamada misteriosa hizo que Tuppence acudiera a la puerta de su departamento, que compartía con la joven estadounidense. Era Julius que traía un cheque en la mano.

—Oye, Tuppence —comenzó—, ¿querrás hacerme un favor? Toma esto y procura que Jane compre todo lo necesario para estar bonita esta noche. Vais a venir a cenar conmigo al Savoy. ¿Sabes? No repares en gastos. ¿Entendido?

—De acuerdo —replicó Tuppence—. ¡Lo que vamos a divertirnos! Será un placer vestir a Jane. Es la personita más encantadora que he visto en mi vida.

—Eso pienso yo —convino Hersheimmer con un fervor que hizo brillar los ojos de Tuppence.

—A propósito, Julius, todavía... no te he dado mi respuesta.

—¿Tu respuesta? —repitió Julius palideciendo.

—Ya sabes... cuando me pediste que... me casara contigo —concluyó Tuppence con los ojos bajos como una heroína de la época victoriana—. Y no quisiera que lo interpretaras como una negativa. Lo he pensado bien...

—¿Sí? —dijo Julius con la frente perlada de sudor.

—¡Grandísimo tonto! ¿Qué diablos te indujo a pedírmelo? ¡Me he dado cuenta de que no te importo dos cominos!

—No es cierto. Siempre he experimentado por ti, y sigo experimentando, los más altos sentimientos de estima y respeto... y admiración.

—¡Hum...! —replicó Tuppence—. ¡Esa clase de sentimientos son los que desaparecen cuando llega otro más fuerte! ¿No es verdad?

—No sé a qué te refieres —dijo Hersheimmer enrojeciendo violentamente.

—¡Cáspita! —exclamó la joven, y cerró la puerta riendo. Volvió a abrirla para añadir con dignidad—: ¡Moralmente siempre consideraré que me has dejado plantada!

—¿Quién era? —preguntó Jane cuando Tuppence se reunió con ella.

—Julius.

—¿Qué quería?

—La verdad, creo que quería verte, pero yo no le dejaré. ¡Hasta esta noche, cuando aparezcas como el rey Salomón en su gloria! ¡Vamos! ¡Tenemos que ir de compras!

Para la mayoría de la gente, el tan cacareado día veintinueve, «Día del Trabajo», había transcurrido como cualquier otro día. Se pronunciaron discursos en Hyde Park y en la plaza de Trafalgar, y varias manifestaciones, cantando *Bandera Roja,* pasearon por las calles más o menos a la aventura. Los periódicos que habían hablado de una huelga general y la inauguración de un reinado terrorista, viéronse obligados a agachar la cabeza. Los más osados y astutos dijeron que la paz había sido el efecto producido por seguir sus consejos. En la prensa del domingo apareció una breve nota dando cuenta de la muerte repentina de sir James Edgerton, el famoso abogado. La del lunes puso de relieve la carrera de aquel hombre, pero la verdad exacta de las causas que provocaron su muerte no se hizo pública.

Tommy tuvo razón al prever la situación. Todo era obra de un solo hombre, y, faltos de su jefe, la organización se vino abajo, Kramenin tuvo que regresar a Rusia precipitadamente, saliendo de Inglaterra a primera hora de la mañana del domingo. Los conspiradores abandonaron Astley Priors dominados por el pánico, y en su apresuramiento dejaron tras sí varios documentos que les comprometían irremisiblemente. Con aquellas pruebas en sus manos, además de un pequeño diario castaño que encontraron en el bolsillo del difunto que contenía un resumen de todo el complot, el gobierno convocó una conferencia, y los dirigentes laboristas se vieron obligados a reconocer que habían servido de tapadera de los manejos comunistas. El gobierno hizo algunas concesiones, que fueron aceptadas en el acto. ¡Iba a llegar la paz, y no la guerra!

Pero el gabinete sabía lo cerca que había estado del desastre total. Y en el cerebro de míster Carter ardía la extraña escena que se había producido la noche anterior en la casa del Soho.

Había entrado en la reducida habitación encontrando a su gran amigo, el amigo de toda su vida, muerto, descubierto por sus propias palabras. De su bolsillo extrajo el malhadado convenio, y allí mismo, en presencia de los otros tres, lo redujo a cenizas… ¡Inglaterra estaba salvada…!

Y ahora, la noche del día treinta, en un saloncito privado del Savoy, don Julius P. Hersheimmer obsequiaba a sus amigos.

Míster Carter fue el primero en llegar acompañado de un anciano caballero de aspecto iracundo, ante el cual Tommy enrojeció hasta la raíz del cabello.

—¡Ajá! —dijo el anciano caballero contemplándole con ojo crítico—. Con que tú eres mi sobrino, ¿eh? No eres gran cosa…, pero has realizado un buen trabajo, según parece. Después de todo tu madre no debió educarte mal. ¿Quieres que digamos lo pasado, pasado? Eres mi heredero, ¿sabes?; de ahora en adelante pienso darte una asignación… y puedes considerar Chalmers Park como tu casa.

—Gracias, señor, es usted muy bueno.

—¿Dónde está esa jovencita de quien tanto he oído hablar? Tommy le presentó a Tuppence.

—¡Ajá! —dijo sir William al verla—. Las chicas de ahora no son como en mis tiempos.

—Sí lo son —replicó Tuppence—. Quizá sus ropas sean distintas, pero en su interior, son las mismas.

—Bueno, tal vez tengas razón. Entonces las había muy desenvueltas… y ahora también.

—Eso es —dijo Tuppence—. Yo lo soy mucho.

—Te creo —rió el anciano tirándole de una oreja. La mayoría de las jovencitas sentían temor ante «el viejo zorro», como le llamaban, pero el desparpajo de Tuppence le encantaba.

Luego llegó el tímido arcediano, un tanto azorado por hallarse en semejante compañía y satisfecho porque su hija se había distinguido, aunque no pudo evitar el mirarla de vez en cuando con aprensión. Mas Tuppence se comportó admirablemente. No cruzó las piernas, supo contener su lengua y se negó a fumar.

El siguiente en llegar fue el doctor Hall, seguido del embajador de Estados Unidos.

—Podemos sentarnos —dijo Hersheimmer cuando hubo presentado a todos sus invitados—. Tuppence..., ¿quieres...?

Le indicaba el sitio de honor, mas Tuppence movió la cabeza.

—¡No..., éste es el lugar que corresponde a Jane! Cuando pienso en lo que ha tenido que soportar durante estos años... esta noche tiene que ser ella la reina de la fiesta.

Julius le dirigió una mirada agradecida y Jane se adelantó tímidamente a ocupar su puesto. Si antes era ya de por sí bonita, ahora estaba maravillosa con sus nuevas galas. Tuppence había representado admirablemente su papel. El modelo que adquirieron en una famosa casa de modas se titulaba «Lirio atigrado»... y era de tonos dorados, verdes y castaños suaves... de entre lo que se alzaba como una columna blanca la garganta de la joven y la masa de cabellos bronceados que coronaban su linda cabecita. Todos la miraron con admiración mientras se sentaba.

Pronto la reunión estuvo en pleno apogeo y de común acuerdo todos pidieron a Tommy una explicación completada y detallada.

—Eres demasiado reservado —le acusó Julius—. ¡Me dijiste que te ibas a la Argentina... aunque me figuro qué razón tendrías para ello! ¡El que tú y Tuppence creyerais que yo era míster Brown me hace desternillar de risa!

—La idea no fue suya —dijo míster Carter en tono grave—. Les fue insinuada, y el veneno hizo un efecto al ser cuidadosamente administrado por un maestro en ese arte. La noticia del periódico neoyorkino le hizo concebir el plan y con él fue tejiendo una red que casi les envuelve fatalmente.

—Nunca me fue simpático —dijo Hersheimmer—. Desde el principio me dio mala espina, y siempre sospeché que había sido él quien hizo callar a mistress Vandemeyer tan oportunamente. Pero no fue hasta que oí que la orden de ejecutar a Tommy llegó inmediatamente después de nuestra entrevista con él aquel domingo, cuando empecé a sospechar que el pez gordo era él.

—Yo nunca lo sospeché —se lamentó Tuppence—. Siempre me creí mucho más lista que Tommy... pero esta vez me ha tomado la delantera.

—¡Tommy ha sido el cerebro! —exclamó Julius—. Y en vez de quedarse ahí sentado callado como un muerto, dejemos que se le pase el sofoco y que minuciosamente nos lo cuente todo.

—¡A ver! ¡A ver!

—No hay nada que contar —dijo Tommy, violento—. Fui un estúpido... hasta el momento en que encontré la fotografía de Annette y comprendí que era Jane Finn. Entonces recordé la insistencia con que gritó la palabra «Marguerite...», me acordé de los cuadros y... bueno, eso es todo. Entonces, naturalmente, repasé todo lo ocurrido para ver dónde había metido la pata.

—Continúe —le dijo míster Carter, al ver que Tommy parecía dispuesto a volver a su mutismo.

—Lo de mistress Vandemeyer me había preocupado cuando Julius me lo contó. A simple vista parecía que él o sir James debieron darle muerte. Pero no sabía cuál de los dos. El encontrar esa fotografía en el cajón, después de la historia que nos contó de habérsela entregado al inspector Brown, me hizo sospechar de Julius. Luego recordé que fue sir James quien había descubierto a la falsa Jane Finn. Al final, no supe por cuál decidirme... y por lo tanto resolví no correr ningún riesgo. Dejé una nota a Julius por si era míster Brown, diciéndole que me marchaba a la Argentina, y dejé caer junto al escritorio la carta de sir James en la que me ofrecía un empleo para que viera que era cierto. Luego escribí a míster Carter y telefoneé a sir James. Lo mejor era hacerle mi confidente a pesar de todo, y sólo le oculté que creía saber dónde estaba escondido el documento. La forma en que me ayudó a buscar a Tuppence y Annette casi llegó a desarmarme, pero no del todo. Continué considerándolos sospechosos a ambos, y luego, al recibir una nota falsa de Tuppence... lo supe.

—Pero ¿cómo?

Tommy sacó de su bolsillo la nota en cuestión, que pasó de mano en mano.

—Es su letra, desde luego, pero supe que no era suya por la firma. Ella nunca escribe Twopence sino Tuppence, pero cualquiera que no hubiera visto su nombre escrito lo hubiese puesto así. Julius lo había visto... en cierta ocasión me mostró una carta suya... pero sir James no. Después, todo fue coser y cantar. Envié a Albert a avisar a míster Carter a toda prisa. Yo simulé marcharme, pero regresé. Cuando Julius vino en su coche, comprendí que no formaba parte del plan de míster Brown y que probablemente habría jaleo. ¡A menos que sir James fuera atrapado con las manos en la masa, por así decirlo, sabía que míster Carter no daría crédito a mi palabra...!

—Y no se lo di —intervino Carter, penoso.

—Por eso envié a las señoritas a casa de sir James. Estaba seguro de que más pronto o más tarde los atraparíamos en la casa del Soho. Amenacé a Julius con el revólver, porque quería que Tuppence se lo contara a sir James, y así no se preocupara de nosotros. En cuanto las dos se perdieron de vista le dije a Julius que me llevara volando a Londres, y por el camino le conté toda la historia. Llegamos a la casa del Soho con el tiempo de sobra y encontramos fuera a míster Carter. Después de disponerlo todo, entramos, escondiéndonos detrás de la cortina del rellano. El policía recibió orden de decir, si le preguntaban, que nadie había entrado en la casa. Eso es todo.

Tommy se detuvo bruscamente.

Hubo un silencio.

—A propósito —dijo Hersheimmer de pronto—. Están equivocados con respecto a esa fotografía de Jane. Me la quitaron, pero volví a encontrarla.

—¿Dónde? —exclamó Tuppence.

—En la caja del dormitorio que ocupaba mistress Vandemeyer.

—Sabía que habías encontrado algo —dijo Tuppence en tono de reproche—. A decir verdad, por eso empecé a sospechar de ti. ¿Por qué no lo dijiste?

—Yo también estaba receloso. Me la habían quitado una vez, y estaba resuelto a no soltarla hasta que un fotógrafo me hiciera una docena de copias.

—Todos ocultamos una cosa u otra —dijo Tuppence pensativa—. ¡Supongo que el trabajar para el Servicio Secreto le hace a uno ser así!

Durante la pausa que siguió, míster Carter sacó de su bolsillo un librito de notas castaño muy usado.

—Beresford acaba de decir que yo no hubiera creído en la culpabilidad de sir James Peel Edgerton, a menos que le agarráramos con las manos en la masa. Es cierto. No obstante, hasta que hube leído el contenido de este librito, no me fue posible dar crédito a la sorprendente verdad. Este libro pasará a ser posesión de

215

Scotland Yard, pero nunca se exhibirá públicamente. El largo tiempo que sir James estuvo asociado con la ley lo hace poco deseable. Pero para ustedes que conocen la verdad, voy a leerles ciertos pasajes que ponen de relieve la extraordinaria mentalidad de este gran hombre...

Y abriendo el librito comenzó a volver las páginas.

«... Es una locura escribir este librito. Lo sé. Es una prueba contra mí. Pero nunca me han asustado los peligros, y siento la imperiosa necesidad de desahogarme... este librito sólo podrán hallarlo de mi cadáver...

»... Desde muy joven comprendí que poseía cualidades excepcionales. Sólo un tonto no sabe apreciar su capacidad. Mi cerebro era muy superior al término medio. Supe que había nacido para el éxito. Era vulgar, era lo único que tenía en contra. Era vulgar e insignificante...

»... Cuando era niño asistí a un famoso juicio por asesinato. Me impresionó grandemente el poder y elocuencia del abogado encargado de la defensa, y por primera vez pensé dedicar mis talentos a aquella profesión... Luego observé al criminal que se sentaba en el banquillo. Era un tonto... se portó de un modo estúpido, y ni siquiera la elocuencia de la defensa era probable consiguiera salvarle. Sentí un gran desprecio por él... y se me ocurrió que el tipo criminal era muy bajo. Eran la miseria, los fracasos y los altibajos de la vida lo que les arrastraba al crimen... Era extraño que hombres inteligentes no hubieran comprendido nunca sus extraordinarias oportunidades... Estuve dando vueltas a la idea... ¡Qué campo tan magnífico... posibilidades ilimitadas! Mi cerebro comenzó a dar vueltas...

»... Leí obras maestras sobre crímenes y criminales. Todas confirmaron mi opinión. Las causas siempre fueron... degeneración, enfermedad..., pero nunca la carrera escogida deliberadamente por un hombre previsor. Entonces me puse a pensar. Supongamos que se realizaran mis mayores ambiciones... que fuese llamado al Foro... y me elevara hasta la cima de mi profesión... que ingresara en la política... incluso, que llegara a ser primer ministro de Inglaterra. ¿Y entonces qué? ¿Era eso poder? Con el estorbo de mis colegas... encadenado a un sistema democrático del que sólo sería un caudillo nominal. ¡No..., el poder con que yo soñaba era absoluto! ¡Ser un autócrata! ¡Un dictador! Y ese poder sólo podía obtenerse trabajando fuera de la ley. Jugando con las debilidades de la naturaleza humana, luego con las debilidades de las naciones... reunir y dirigir una vasta organización, y por fin avasallar el orden existente y gobernar. La idea me dominó... No sé lo que pasó por mí...

»... Vi que debía llevar dos vidas. Un hombre como yo es lógico que llamara la atención. Debía tener una carrera de éxitos que encubriera mis verdaderas actividades... También debía cultivar mi personalidad. Tomé como modelo a su famoso consejero real e imité sus modales, su magnetismo. Si hubiera escogido la profesión de actor, hubiera sido el actor mejor del mundo. Nada de disfraces... ni pinturas... ni barbas postizas. ¡Personalidad! ¡Me la calcé como un guante! Cuando quería era un hombre tranquilo, discreto... como cualquier otro. Me hacía llamar míster Brown. Hay cientos de hombres que se llaman Brown... y tienen mi mismo aspecto... Tuve éxito en mi falsa carrera. Había nacido para lograrlo, y tenía que triunfar también en la otra. Un hombre como yo no puede fracasar...

»... Había leído la vida de Napoleón. Él y yo tenemos muchas cosas en común...

»... Me especialicé en la defensa de criminales. Un hombre debe velar por los suyos...

»... Un par de veces tuve miedo. La primera fue en Italia. Se daba una cena a la que asistió el profesor D..., el gran alienista. La conversación versó acerca de la locura. Dijo: "Muchos grandes hombres están locos, y nadie lo sabe... ni siquiera ellos mismos". No comprendí por qué me miraba a mí al decirlo. Su mirada era extraña. No me agradó...

»... La guerra me ha trastornado... Creía que favorecería mis planes. ¡Los alemanes son tan eficientes! Su sistema de espionaje también era excelente. Las calles están llenas de esos muchachos vestidos de caqui. Jóvenes de cabezas vacías... Sin embargo, no sé... Ganaron la guerra... Me inquieta...

»... Mis planes van bien... Ha intervenido una muchacha... no creo que en realidad sepa nada... Pero debemos renunciar a Estonia... No hay que correr riesgos ahora...

»... Todo va bien. Su pérdida de memoria es una contrariedad. No puede ser fingida. ¡Ninguna muchacha podría engañarme...!

»... El veintinueve... Está muy cerca...»

Míster Carter hizo una pausa.

—No leeré los detalles del *coup* que estaba planeando. Pero hay dos pequeños incisos que se refieren a ustedes tres y son interesantes.

«... Induciendo a la joven a acudir a mí por su propio acuerdo, he conseguido desarmarla. Pero tiene agudezas intuitivas que pudieran resultar peligrosas… Debe desaparecer… No puedo hacer nada con el estadounidense. Sospecha y le desagrado. Pero no puede saber. Mi armadura es inexpugnable… Algunas veces temo haber menospreciado al otro muchacho. No es listo, pero es difícil cerrarle los ojos a la evidencia…»

Míster Carter cerró el librito.

—Un gran hombre —dijo—. Un genio o un loco, ¿quién puede asegurarlo? Yo no me atrevería a hacerlo.

Hubo un silencio.

Luego, míster Carter se puso en pie.

—Voy a brindar. ¡Por los Jóvenes Aventureros que se han visto coronados por el éxito!

Todos bebieron aclamándoles.

—Hay algo más que quisiera saber —continuó míster Carter dirigiéndose al embajador de Estados Unidos—. Hablo también en su nombre. Pedimos a miss Jane Finn que nos cuente la historia que hasta ahora sólo conoce miss Tuppence, pero antes bebamos a su salud. ¡A la salud de una de las hijas de Estados Unidos más valientes, a quien deben gratitud dos grandes países!

Capítulo XXVIII

Y DESPUÉS...

—Ha sido un brindis magnífico, Jane —decía Julius Hersheimmer mientras acompañaba a su prima al Ritz, en un Rolls-Royce.

—¿El de los Jóvenes Aventureros?

—No... el que te dedicaron a ti. No hay otra muchacha en el mundo que hubiera hecho lo que tú. ¡Eres maravillosa!

Jane meneó la cabeza.

—No me siento maravillosa... sino cansada y sola... y deseosa de regresar a mi patria.

—Eso me recuerda que quiero pedirte una cosa. He oído que el embajador decía a su esposa que esperaba que fueras con ellos a la Embajada. Esto está muy bien, pero yo tengo otro plan, Jane... ¡Quiero que te cases conmigo! No te asustes y digas que no en seguida. Claro que no puedes quererme tan pronto; sería imposible. Pero yo te quiero desde el momento en que vi tu fotografía... y ahora que te he visto, estoy loco por ti. Si te casaras conmigo no te molestaría... te dejaría hacer lo que quisieras. Tal vez nunca llegues a quererme, y en ese caso te devolvería tu libertad. Pero quiero tener derecho a velar por ti y cuidarte con todo cariño.

—Eso es lo que deseo —dijo la joven alegremente—. Tener a alguien que me cuide. ¡Oh, tú no sabes lo sola que me encuentro!

—Claro que sí. Entonces todo arreglado. Mañana por la mañana veré al arcediano para que nos dé una licencia especial.

—¡Oh, Julius!

—Bueno, Jane, no quiero apresurarte, pero no tendría sentido que esperáramos. No tengas miedo... no espero que me quieras en seguida.

Una manecita tomó la suya.

—Te quiero ya, Julius —dijo Jane Finn—. Te quiero desde el momento en que te rozó aquella bala en el automóvil...

Cinco minutos después, Jane murmuraba con voz muy queda:

—No conozco Londres muy bien, Julius, pero ¿hay tanta distancia del Savoy al Ritz?

—Eso depende de cómo se vaya —explicó Julius sin avergonzarse—. ¡Y nosotros vamos a pasar precisamente por Regent's
Park!

—¡Oh, Julius…! ¿Qué pensará el chofer?

—Con el sueldo que le pago, sabe que es mejor no tener ideas
propias, Jane; la única razón que me ha impulsado a organizar la
cena en el Savoy ha sido para poder acompañarte a casa. No veía
otro medio de verte a solas. Tú y Tuppence estáis siempre juntas
como dos hermanas siamesas. Si llega a pasar un día más creo
que Beresford y yo nos volvemos locos.

—¡Oh! ¿Está…?

—Claro que sí. Como un loco.

—Lo suponía —dijo Jane, pensativa.

—¿Por qué?

—¡Por todo lo que Tuppence no ha dicho!

—En eso me has ganado —dijo Hersheimmer, pero Jane reía.

Entretanto, los Jóvenes Aventureros estaban sentados muy er-
guidos y nerviosos, en el interior de un taxi, que con gran caren-
cia de originalidad les llevaba al Ritz por Regent's Park.

Entre los dos existía una gran tirantez, y sin que supieran qué
había ocurrido, todo parecía distinto. Estaban mudos… paraliza-
dos, y su antigua camaradería había desaparecido.

Tuppence no encontraba nada que decir.

A Tommy le ocurría lo mismo.

Permanecían completamente inmóviles, sin atreverse a mirarse.

Por fin Tuppence hizo un esfuerzo desesperado.

—Ha sido bastante divertido, ¿no te parece?

—Sí, bastante.

Otro silencio.

—Me gusta Julius. —Tuppence hizo de nuevo un gran esfuerzo.

Tommy pareció volver a la vida.

—¿No irás a casarte con él, me oyes? —dijo en tono impera-
tivo—. Te lo prohíbo.

—¡Oh! —exclamó ella, sumisa.

—Rotundamente, ¿entiendes?

—Él no quiere casarse conmigo… sólo me lo pidió por cortesía.

—Eso no parece muy verosímil —gruñó displicentemente
Tommy.

—Es completamente cierto. Está loco por Jane. Supongo que
se estará declarando en estos momentos.

—Harán una buena pareja —replicó Tommy en tono condescendiente.

—¿No te parece la criatura más encantadora del mundo?

—¡Oh, no está mal!

—Pero supongo que tú preferirás ante todo un producto del país.

—Yo... ¡Oh, déjate de tonterías, Tuppence, ya lo sabes!

—Me gusta tu tío, Tommy —dijo Tuppence desviando la conversación—. A propósito, ¿qué piensas hacer? ¿Aceptar el ofrecimiento de míster Carter de un empleo gubernativo, o el mejor remunerado de Julius en su rancho de América?

—Creo que el del viejo, aunque considero que Hersheimmer se ha portado estupendamente. Creo que tú te encontrarás mejor en Londres.

—No veo qué tengo yo que ver.

—Pues yo sí —repuso Tommy.

Tuppence le miró de reojo.

—También tendrás dinero —observó con expresión pensativa.

—¿Qué dinero?

—Nos van a dar un cheque a cada uno. Me lo dijo míster Carter.

—¿Preguntaste cuánto? —dijo Tommy con alegre sarcasmo.

—Sí —replicó Tuppence triunfante—. Pero eso es algo que no te lo diré.

—¡Tuppence, eres el colmo!

—Ha sido divertido, ¿verdad, Tommy? Espero que tengamos que correr muchísimas más aventuras.

—Eres insaciable, Tuppence. Yo ya tengo bastante de momento.

—Bueno, el ir de compras casi resulta igual de divertido —dijo la joven—. Piensa lo estupendo que será comprar muebles, cortinas de seda, alfombras de colores brillantes... una mesa de comedor muy barnizada y un diván con muchos almohadones...

—Frena... —le cortó el muchacho—. ¿Para qué tantas cosas?

—Posiblemente para una casa... pero yo prefiero un piso.

—¿El piso de quién?

—Tú crees que me importa decirlo, pero no me importa en absoluto. ¡El nuestro, para que lo sepas!

—¡Amor mío! —exclamó Beresford, estrechándola entre sus brazos—. ¡Estaba decidido a hacértelo decir! Te lo mereces por lo inexorable que te has mostrado siempre que yo he querido ser sentimental.

Tuppence alzó la cabeza. El taxi continuó dando la vuelta por el lado norte de Regent's Park.

—Aún no me has pedido relaciones —dijo Tuppence—. Por lo menos no ha sido precisamente lo que nuestras abuelas llamarían una petición formal. Pero después de la que me hizo Julius, me siento inclinada a perdonarte.

—No podrás escaparte. Tendrás que casarte conmigo, de modo que no lo pienses siquiera.

—Será muy divertido —respondió Tuppence—. Al matrimonio le han llamado toda clase de cosas... un cielo, un refugio, un paraíso, una esclavitud, y muchísimas más. Pero ¿sabes lo que creo que es?

—¿Qué?

—¡Algo divertido!

—¡Algo muy divertido, desde luego! —replicó Tommy.